KB272733

아슈레이 세계

나메스
바라스
벤항일
리사다임
나유
리튜나스
유린의 땅
(아슈레일 중간지대)
리치온산맥
카브리스
테리온
미메이라
카르모니아
키링엔
가이칸 제국
호로스
이오카
자유도시 레카
제국수도 카드미엘
하나스
요하엘
케슈튼
페이요트산맥
대하 나하르
폴리카르 강
2000. 10. 18

아수레이

The Wind of Ashurei

5

아슈레이 5
김우인 판타지 장편 소설

초판 1쇄 찍은 날 | 2001년 7월 30일
초판 1쇄 펴낸 날 | 2001년 8월 10일

지은이 | 김우인
펴낸이 | 서경석
펴낸곳 | 도서출판 청어람
편집 | 문혜영, 허경란, 박영주, 김희정, 권민정
마케팅 | 정필, 강양원, 김규진

등록번호 | 제1081-1-89호
등록일자 | 1999. 5. 31
어람번호 | 제1-0129호

주소 | 경기도 부천시 원미구 심곡1동 350-1 남성B/D 3F (우) 420-011
전화 | 032-656-4452 팩스 | 032-656-4453
e-mail | eoram99@chollian.net

값 7,500원

ISBN 89-5505-044-5 (SET) / ISBN 89-5505-139-5 04810

김우인 판타지 장편 소설

아슈레이

The Wind of Ashurei

5

유린의 땅

도서출판
청어람

목차

제1장
편안한 길, 험한 길

The Wind of Ashurei

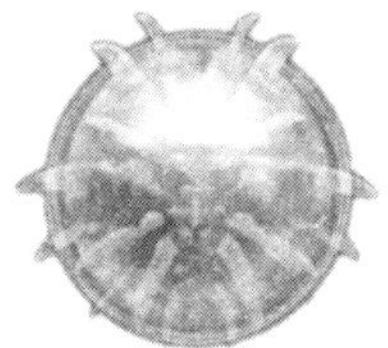

구름이 덮인 산등성에 비가 내리고 있었다.

타닥타닥 소리와 함께 산자락을 적시는 비는 깨끗하고 투명한 물 방울들이었지만 그 물방울들이 가득 떨어진 지면은 산을 오르는 여 행자의 발을 자꾸만 붙들어 버리는 장애물이었다.

아슈레이 대륙의 동북쪽에 위치한 험준한 산맥들보다도 훨씬 더 악명을 떨치고 있는 라치온 산맥. 그 산맥은 마치 아슈레이의 중간 지대를 감싸는 듯 중간 지대 둘레에 형성되어 있는 산맥이다.

어느 누구도 들어갈 수 없고, 혹 안으로 들어가더라도 그 어느 누 구도 돌아올 수 없게 하는 마의 산맥이라고 일컬어시는 것이 바로 이 라치온 산맥이다. 그러나 지금 그 라치온 산맥, 가이칸 제국 쪽 의 한 자락으로 네 사람이 열심히 발걸음을 재촉하며 오르고 있었 다.

"우~ 질척질척해. 로운, 좀 어디서 비를 피하면서 쉬다 가면 안 돼?"

"이 빗속에서 어디서 쉬겠다는 거야?"

차가운 대답이 얼굴을 때리는 비와 함께 돌아왔다.

시안은 말이라도 좀 곱게 해주면 얼마나 좋아라고 궁시렁거리면서 발을 옮겼다. 시안도 모르는 것은 아니다. 비는 주룩주룩 내리고 있고, 비에 젖은 산등성이는 미끄럽고 질척거리고, 거기다가 으슬으슬 한기까지 뿜어대고 있는 형편이다.

"에이! 그러니까 내가 좀 더 리튜나스에서 쉬다가 비가 그치면 가자고 했잖아! 그렇지 않아도 험한 길인데 조금 쉬다가 가면 어디가 어때서!"

"시안님, 자꾸 소리를 치시면 더 지치십니다."

"시끄러워!"

때리는 누구보다도 말리는 누가 더 밉다고 시안은 기엘에게 분통을 터뜨렸다.

시안의 호통을 듣고 조금 뻘쭘해진 기엘에게 이리야가 다가왔다.

"어이, 이봐. 괜시리 뭐라고 하지 말고 그냥 가. 하기사 나도 기왕이면 우기는 피하고 싶었다구. 당신들이 바쁘다고 서둘지만 않았으면 말이야."

"뭐, 사정이라는 게 그렇게 저희 형편에 맞추어주는 것은 아니니까 어쩔 수 없지요. 죄송합니다."

"죄송할 것까지는 없고. 저 녀석이야 냅두면 알아서 가잖아. 쓸데없이 찔러서 잔소리 듣지 마."

"하하하하."

"이리야! 당신마저 기엘이랑 로운 편을 들어버리면 어떻게 해!"

"뭐 어쩌긴. 그런다고 갈 길이 줄어드는 것도 아닌데. 기왕이면 협력해서 얼렁얼렁 가는 쪽이 좋지."

"에이, 정말이지 비 오는데 산행이라니."

얼굴을 적시는 빗방울과 피어 오르는 아지랑이. 비 사이로 스며드는 풀잎과 흙 냄새. 모든 것이 익숙하면서도 익숙하지 않은 것들이다.

비에 젖은 바위를 보자 아지랑이 사이로 너무나도 익숙한 광경이 떠올랐다.

"경하야, 조심하지 않으면 미끄러진다."

"하하, 이 정도는 껌인데… 우악!"

"거봐라, 어른 말을 무시하면 그렇게 되는 거야."

"에이, 아버지도 참."

순간 물을 머금어 진흙 상태가 되어 있는 곳에 발을 디디는 바람에 주르르륵 시안의 몸이 미끄러졌다.

"…우아악!"

"위험해!"

이리야가 재빨리 달려와 팔을 잡았다.

"나참, 어딜 보고 걷는 거야."

"…미안."

시안이 순순하게 사과를 하자 이리야는 왠지 뻘쭘해져서 옆으로 물러섰다. 아무래도 뭔가 조금 이상하다는 생각이 들었다.

보통 때라면 사람이 넘어질 수도 있지! 라고 하면서 펄펄 뛰어야 하는 것이 정상이기 때문이다.

"어디 다쳤어?"

"아니, 별로."

그렇게 말하면서 시안은 이리야의 얼굴을 멀뚱하게 바라보았다. 한마디 말도 하지 않고 그렇게 바라보자 이리야는 주춤주춤하면서 슬그머니 눈을 피하려 했다.

"이리야."

"으… 으응?"

"당신 물의 술사잖아."

"그, 그래서?"

반짝반짝 빛나는 시안의 눈.

"비를 그치게 해달라고는 말 안 할 테니까 이거 안 맞게 해줄 수 없어?"

"뭐어?"

시안의 발언에 잠시 발걸음을 멈추고 있던 남자들의 몸이 눈에 띄게 흔들렸다.

"왜 그런 거 있잖아. 쉴드 같은 거 써서 몸에는 비가 안 맞게. 응?"

"……."

"이렇게 몸 둘레에 경계선이 생기게 하면 좋을 것 같은데 말이야. 흐음, 생각하고 보니 정말 멋진 방법이잖아? 왜 이런 것을 지금에야 생각해 낸 거지?"

시안은 손가락을 들어 자신의 둘레에 사람 모양을 그려 보이며 즐겁게 말했다.

"…저기, 시안님."

"뭐, 늦었다고 해도 정말 천재적인 방법이로군. 역시 난 생각보다는 훨씬 머리가 좋은 진짜 천재일지도 몰라."

"시안님…."

"응? 이리와, 얼렁 해줘."

혼자서 자화자찬을 하던 시안은 아무래도 주위 공기가 조금 이상한 것을 느끼고는 사람들을 둘러보았다. 어느 누구도 미소를 띠고 있는 사람은 없었다.

"…아, 아하하하하. 아, 안 되는 거야, 설마?"

"설마는 무슨! 당연히 안 돼!"

단호한 목소리로 로운이 대답한다.

"너 편하라고 쓰잘데없이 그렇게 힘을 낭비한다는 게 말이나 돼?"

"하, 하지만…."

"좀 조용하다 싶더니만 어디서 엉뚱한 생각이나 하고 말이야. 요 며칠간 나와 기엘이 가르친 것은 어디로 들은 거지?"

"아하하하하, 뭐, 그건 그거고 이건 이거지. 나한테 가르쳐 준 건 바람술이지 물의 술은 아니잖…."

"기본은 같아!"

벼락 같은 로운의 노성. 결국 시안은 깨갱하고 꼬리를 내릴 수밖에 없었다. 그러나 시안은 절대로 깨끗하게 승복하지는 않았다.

"안 되면 그냥 안 된다고 하지, 뭘 그렇게 샐쭉한 여자애들처럼 화를 내고 그래? 역시 로운에게는 멸치볶음을 먹여야 한다니까."

"…너…."

"칼슘이 부족하면 화를 잘 낸다고 하더라구. 아, 칼슘이 뭔지 모르나? 으음~ 그럼 비슷한 것을 찾아봐… 우악!"

불끈하고 로운의 이마에 솟아오른 힘줄을 보자마자 시안이 후닥 닥 뛰어가기 시작했다.

"말이면 다인 줄 알아!"

로운은 주먹을 꾸욱 쥐고는 그 뒤를 쫓아갔다. 그런 로운을 돌아 보며 시안은 냅다 뛰어 도망갔다.

"가까이 오지 마! 따라오지 마!"

후두두 비가 떨어져 갈색의 옷자락을 적신다.

"으악! 기엘, 살려줘어!"

시안의 비명 아닌 비명이 비에 젖은 산등성이에 길고 길게 늘어 지며 퍼져 나갔다.

*   *   *

"꾸에에엑! 움직이잖아! 우악!"

"시안님, 고개를 숙이십시오!"

슈욱— 하고 바람을 가르는 소리가 났다.

후두두두.

"으아악! 뭐가 떨어져!"

머리 위에서 잘려진 식물의 줄기 끝에서 희멀건 수액이 비처럼 뿌려지는 순간 시안은 괴성을 질렀다.

"으아~!"

"망토를 덮어!"

로운이 재빨리 뛰어와 시안의 망토에 손을 대는 순간 부웅— 하 고 시안의 몸에서 바람이 불어 나왔다.

그것은 마치 전자동 드라이어처럼 불어 나와 시안의 머리 위에 떨어지는 것들을 모조리 날려 버렸다.

"어? 케인?"

손으로 머리를 감싸고 주저앉다가 말고 시안은 고개를 들었다. 세나케인이 나타나지는 않았지만 자신이 한 것 같지는 않으니 분명 그가 한 것이다.

"고, 고마워."

누구에게랄 것도 없이 시안은 인사를 했다.

기엘은 아직까지도 검을 들고 헉헉 숨을 몰아내쉬고 있었다.

"괜찮으십니까, 시안님?"

"아아, 괜찮아. 여기 옷이 조금 탄 거를 제외하면."

툭툭 하고 새까맣게 탄화된 수액과 옷자락을 털어내면서 시안이 대답했다.

주위에는 아직도 꿈틀꿈틀하는 가지들과 잎사귀들이 널려 있다.

"뭐 이런 게 다 있어? 완전히 식인 식물이잖아."

"식인이라기보다는 식충 식물이라고 해야 할 거야. 보통은 주위 동물들을 먹고 사는 것 같으니까."

그렇게 말하면서 로운이 옆에서 꿈틀거리고 있는 봉오리 하나를 라이트로 잘라냈다.

그 안에서 반쯤 소화된 토끼 한 마리가 주르륵 미끄러져 떨어졌다.

"꾸에에엑! 하지 마!"

시안은 온몸으로 구역질난다는 표정을 해 보이면서 손을 내저었다. 아니, 사실은 고개를 내저었다.

아무리 생각해도 로운은 생각보다 훨씬 무감동한 인간이 아닐까? 아무리 설명을 한다고 하지만 굳이 소화되다가 만 동물 시체(?)를 보여줄 것은 뭐란 말인가.

"그러니까 앞으로는 함부로 여기저기 손대지 말란 말이야."

"알았어."

사실 발단은 이랬다.

시안이 좀 이상한 꽃봉오리를 보고서 왜 식물인데 이렇게 움직이냐고 하면서 손을 댔던 것. 그것이 가만히 있던 식충 식물을 깨우게 되어 결국에는 일제히 일행을 덮쳐 버렸던 것이다. 장난 아니게 꿈틀거리며 그들을 덮쳐 왔던 식물 줄기들은 거의 그대로 호러.

덕분에 일행들은 새파랗게 얼굴이 질려 버렸다.

"허어! 정말 앞날이 깜깜하구만."

이리야가 이마를 짚으며 한숨을 토했다.

"그래도 차라리 동물이니 식물이니 이런 것들이 안전한 축에 속하지. 부디 이 이상의 일이 일어나지 않기를 바랄 뿐이야."

그 말에 모두들 동감을 표했다.

부디 아무 일도 일어나지 않고 무사하게 목적지에 도착하기를 그들은 정말 마음속으로 간절하게 바랐다.

*　　　*　　　*

"…우리에게 당신의 개가 되라는 말을 하고 있는 건가?"

"무엄하오!"

불끈하며 한 사람이 달려들려 하자 로렌이 손을 들어 그것을 막았다.

"폐하!"

"황제의 개가 되면 좀 어떻소. 최고의 사냥개가 된다면 나쁘지 않을 것 같은데?"

다른 사람의 말을 막고 로렌은 직접 앞에 서 있는 사람들에게 말을 건넸다.

"……"

검은색 일색으로 온몸을 감싸고 있는 네 사람의 남자는 뻣뻣하게 서서 로렌을 바라보았다. 광택없는 검은색의 옷감은 마치 주위의 빛을 흡수하고 있는 듯해서 그들이 서 있는 주위는 이상하리만치 어둡기만 했다.

"알아본 바에 의하면…"

씨익하고 로렌의 입가가 올라갔다. 하지만 그의 눈은 웃고 있지 않았다.

"얼마 전에 있었던 사건으로 중앙 지부가 박살이 났다고 하던데. 그것뿐만이 아니라 최근 몇 개의 공작이 실패로 돌아가 상당한 타격을 받았다고 들었소. 그런 상태라면 내 지원을 받아 재정비를 하는 것이 그쪽에도 이로울 것 같소만."

그의 말에 제일 뒤쪽에 서 있던 남자의 옷깃이 눈에 띌 만큼 흔들렸다.

로렌의 앞에 서 있는 남자들은 머리부터 발끝까지 검은색으로 꾸미고 있는, 왠지 존재감이 흐린 사람들이었다.

"하세카에 별로 좋은 기억은 없지만, 난 과거를 문제 삼을 생각은 없소."

"……"

"간단하게 말하지. 필요에 의한 계약 정도가 어떻겠소? 당신들이 충실하게 황제의 개가 되어 움직인다면 나는 충실한 개에게 과할 정도의 보답을 하겠소."

로렌의 차가운 말에 마치 주위가 얼어붙는 것 같았다.

그 옆 한쪽에 서 있던 카스핀 리우 미타 남작은 상황을 지켜보며 머리 속으로 끊임없이 생각을 하고 있었다.

"자, 내가 할 말은 이것뿐이오."

황제가 자리에서 일어섰다.

"나머지는 자네들에게 맡기겠네."

그가 눈길을 주는 곳에 한 남자가 서 있었다. 메로스 케이룬이라 불리는 남자였다. 미타 남작은 별로 좋아하지 않았지만 때로는 메로스 같은 종류의 인종도 필요하다는 것을 그는 충분히 알고 있었다.

"맡겨주십시오, 폐하."

조용한 목소리가 발걸음을 옮기는 로렌의 뒤를 따랐다.

"중간 지대로 점점 가까이 가고 있습니다. 이대로라면…."

"…역시 중간 지대로 들어가는군."

"시간이 얼마 남지 않았소. 이대로라면 곧장 중간 지대로 진입할 테고, 그러면 더 이상의 추격은 불가능하오."

두런두런 몇 사람의 남자들이 커다란 수경 앞에 있는 사람의 주위에서 말을 주고받고 있었다.

그들은 하나같이 새카만 두건을 쓰고 있었다.

"게다가 이것이 황제의 입김이 들어간 일이라는 것은 역시……."

"가이칸 황제의 입김이 들어갔다고 해도 원래부터 우리가 해야 했어야 할 일이 아니오. 어차피 우리에게는 일석이조의 일. 망설일 것은 없다고 생각합니다."

제3장로인 엘핀 수페스가 단호하게 말했다.

"그러나 원래 우리의 목적은 그들의 말살이 아니었습니까? 이렇게 되면 계약 파기가 되는 겁니다."

"계약이라는 것은 서로에게 이득이 있을 때 성립하는 것입니다. 비록 계약을 끝까지 완수하는 것이 우리 하세카의 불문율이자 제1원칙이라고는 하지만 이미 그들을 없애기 위해서 우리는 할 만큼 했습니다. 지난번 그 성에서의 사건으로 두 사람의 장로를 잃지 않았소이까?"

엘핀 수페스의 말에 반박하던 제7장로는 할 말을 잃었다.

계약 완수는 틀림없이 그들 하세카의 절대 명제이긴 하다. 하지만 그들은 암살단이다. 대륙 최대의 조직. 검은 암살단 하세카.

그것을 유지하는 것은 명예도 그 무엇도 아니다.

"이전의 계약은 이미 파기되었습니다. 언제까지나 지난날에 연연하고 있어서는 아무런 발전도 없습니다. 같은 목적으로 두 가지의 이익을 얻을 수도 있는 것입니다. 황제의 개가 되는 것은 또 어떻습니까? 황제의 개가 되든, 누구의 개가 되든 우리가 하세카임에는 변함이 없는 것입니다."

"그래도 황제의……."

"언제 누가 진심으로 황제의 수족이 되자고 했습니까?"

엘핀 수페스의 목소리가 점점 가라앉기 시작했다.

"황제 역시 우리에게 계약이라는 단어를 내걸었습니다. 충성을 하라는 소리는 하지 않았죠. 우리가 거짓으로 충성을 맹세한다고 해서 믿을 황제도 아닙니다. 그저 우리는 단순하게 조건에 따라 계약을 맺어 그것을 이행해 주고 그에 상응하는 대가를 받으면 그만이지요."

조용한 침묵이 그들의 주위를 맴돌았다.

한참의 시간이 흐른 후 엘핀 수페스가 입을 열었다.

"시간이 얼마 없습니다. 황제와의 첫 번째 계약. 그것을 실험 과제로 생각합시다. 그것은 우리에게도, 황제에게도 중요한 과제가 될 것입니다."

"……"

미묘한 공기가 흐르기 시작했다.

엘핀 수페스는 거대한 수경과 그 수경을 관장하고 있는 또 한 명의 장로에게 다가갔다.

"우리의 목표는 곧 우리 손에 닿지 않는 곳으로 사라질지도 모릅니다. 결단을 하기 위한 시간은 짧습니다. 바람은 기다려 주지 않는 존재이지 않습니까?"

그는 투명한 수경에 비친 네 사람의 인영을 손가락으로 가리켰다.

"심사숙고해 주시기 바랍니다."

*　　　*　　　*

"시안님, 그 열매에는 독이 있습니다."

살며시 나무 열매를 향해 손을 뻗던 시안은 흠칫하고 손을 당겼다.

"정말?"

"네. 미지륜이라고 하는데, 치명적이진 않지만 먹으면 몸이 마비되는 증상을 유발합니다."

기엘이 다가와서 시안의 손을 살폈다.

"에헤~"

시안은 화려한 붉은색으로 반짝이는 사과 비슷한 열매를 바라보았다.

중간 지대에 가까워져 가면 갈수록 다른 데서는 보지 못했던 희한한 식물들이 눈에 들어왔다. 사실 식물뿐만이 아니었다. 가끔 눈에 띄는 동물들도 다른 곳에서는 쉽게 볼 수 없는 것들이었다.

"그건 그렇고, 로운은 어디 간 거야?"

시안은 자리에서 일어서서 주위를 둘러보았다.

비교적 꽤나 평평한 평지가 있는 곳에 도착한 그들은 하룻밤을 노숙하고 조금 전 일어난 차였다.

"사냥을 하러 갔습니다. 이리야 씨는 마실 물을 모으고 계시구요."

"흐음, 뭔가 굉장히 멋지네. 흐흐흐."

시안은 뭔가 뿌듯한 기분이 들어서 히죽히죽 웃으면서 기엘을 바라보았다. 그의 앞에 있는 남자는 아마도 자신의 보디가드(?) 격으로 남은 터일 것이다.

기엘과 로운이 번갈아 식량을 구해 오고 이리야는 주로 마실 것이나 땔감을 조달한다.

사실 가끔은 현재의 일행 중에서 자신이 제일 쓸모없는 인간으로 생각되곤 했지만 그런 것쯤은 모르는 척 얼버무리고 만다.

'일단 내가 제일 중요한 인물이라구. 후후후후.'

"멋지다구요?"

"응, 상당히 멋진 파티잖아. 각기 알아서 자기 일들을 하는… 어?"

말을 하다 말고 시안은 귀를 쫑긋 세웠다.

"왜 그러십니까?"

"무슨 소리 안 들려?"

"소리요?"

기엘이 고개를 돌리며 귀를 기울이는데 아니나 다를까 멀리서 로운의 고함 소리가 들려왔다.

"기엘, 조심해! 타큘라가 그쪽으로 간다!"

"타큘라가 뭐야?"

"네? 타큘라요?"

"응."

"타큘라는 검은색의 털이 난 몸집이 커다란 돼지와 비슷한 짐승입니다. 하지만 상당히 난폭해서 사냥하기가 쉽지 않은 동물입니다. 그런데 갑자기 타큘라는 왜…"

"그게… 아무래도 이쪽으로 오고 있는 것 같아."

"뭐라고?"

심혈을 기울여 물방울(?)들을 모으고 있던 이리야가 시안의 말을 어떻게 들었는지 자리에서 벌떡 일어났다. 그와 동시에 차르릉 소리와 함께 기엘이 자신의 라이트를 뽑아 들었다.

멀리서 들려오던 로운의 날카로운 고함 소리는 이제 기엘의 귀에도 똑똑하게 들려오고 있었다.

"시안님, 나무 위로 올라가십시오!"

"에?"

"어서요!!"

"우악! 도대체 이게 무슨 소동이야!"

고요한 아침의 정적을 깨고 로운의 목소리와 함께 두두두 땅을 울리며 한 마리의 동물이 일행들이 있는 쪽으로 달려오고 있었다.

그 동물은 시안의 눈에는 마치 멧돼지와 비슷하게 보였다. 단지 다른 것이 있다면 시안이 아는 멧돼지가 갈색의 털을 가지고 있는 반면 타퀼라는 전신이 검은색의 털로 덮여 있다는 것이다. 거기다가 멧돼지보다도 훨씬 더 흉폭하게 생겼다.

"케엑―!!"

타퀼라는 다른 동물들에 비해 느끼하지 않고 맛있는 살집을 가지고 있지만, 그것은 죽은 다음의 이야기다. 살아 있을 때의 타퀼라는 어지간한 사냥꾼이 아닌 이상 절대로 손을 대지 않는 엄청나게 흉포한 짐승이었기 때문이다.

"어째서 저런 걸 잡으려는 거야!!"

시안이 우아아아! 하고 비명을 지르며 피했다.

멀리서부터 일직선으로 뛰어오고 있는 그 짐승은 다리께에 피를 흘리면서 이미 반쯤은 정신이 나가 있는 듯 거품을 내뿜으며 앞도 보지 않고 달리고 있었다.

흉흉하게 콧김을 내뿜고 있는 타퀼라를 피해서 시안은 열심히 나무에 올라가려고 했지만 그것은 생각만큼 쉽지 않았다.

언제 뒤를 덮칠지 모르는 저 시커먼 동물이 주는 위압감도 만만치 않았다.

주르륵하고 시안의 발이 몇 번이나 미끄러지는 동안 타퀼라는 점점 그들이 있는 곳으로 다가오고 있었다.

쿠르르르르륵―

귓가에까지 생생하게 울려오는 울음소리.

"끄아아아악!! 빨랑 잡아!!"

"피해!!"

그것은 다른 어떤 사람보다도 시안을 향해 곧바로 달려갔다. 타퀼라가 다가오는 모습을 똑똑히 바라보던 시안은 냅다 비명을 질렀다.

"우악!! 왜 나한테 오는 거야―!"

징그러! 징그러! 징그러!!

속으로 마구 비명을 지르지만 그렇다고 해서 일직선으로 달려오던 타큘라가 방향을 바꾸어 줄 리는 만무. 타큘라는 막무가내로 시안이 열심히 올라가려고 하는 나무 쪽으로 미친 듯이 달려왔다.

"으악!! 빨랑 잡아!!"

슈카—

기엘의 라이트가 빛을 발했지만 그것은 타큘라의 진행 방향을 아주 조금 바꾸었을 뿐, 그 짐승은 방향을 약간 틀어서 이리야 쪽으로 향하기 시작했다.

"우아아악!! 왜 내 쪽이야!! 젠장할!!"

자신을 향해 달려오는 미친 짐승을 본 이리야가 황급하게 손을 들어서 주문을 외우기 시작했다.

"이리야 노운…."

"주문은 안 돼!"

뒤늦게 달려온 로운이 뒤에서 이리야에게 소리를 쳤다.

"그, 그럼 어떻게 하란 말이야!!"

"주문은 안 돼!"

그렇게 말하며 로운은 등에서 재빨리 남은 두 대의 화살을 꺼내 활시위에 걸었다.

"빨리!"

두두두두두—

흥흥한 콧김을 내며 달려오는 시뻘건 눈의 타큘라.

이리야는 이제 도망가는 것도 잊은 채 그 자리에 주저앉았다.

"으아악!!!!"

휘이이잉—

날카로운 바람과 함께 화살이 날았다.

꿰에에엑! 꿰엑—!

타큘라의 비명 소리가 시안이 매달려 있는 나뭇가지를 찢어놓듯이 들려온다.

"기엘!! 지금이야!!"

단단한 화살을 다리에 맞은 타큘라가 휘청하는 그 찰나의 순간 기엘의 라이트가 다시 한 번 위에서 아래로 날카롭게 내리그어졌다.

꿰에에에엑—

단말마의 비명(?) 소리.

그렇게 이른 아침의 소동은 가까스로 끝을 맺었다.

"정말이지, 돼지 멱따는 소리가 따로 없군. 지난번에는 식충 식물. 그리고 이번에는 돼지 멱따는 비명 소리를 지르는 진짜 돼지 닮은 괴물이라니…."

시안은 아직도 귀에 타큘라의 비명 소리가 늘어붙어 있는 것 같아서 몸서리를 쳤다.

모락모락 피어 오르는 모닥불에는 엄청나게 큰 사이즈의 멧돼지 비스무리한 동물이 통째로 구워지고 있다.

"꼭 이렇게 통째로 구워야 해?"

"훈제를 해놓으면 당분간 식량 걱정은 하지 않아도 되니까요."

구수한 냄새가 풍겨 나오는 거대한 통구이를 한번 더 돌리면서 기엘이 대답했다.

"그래도 그렇지, 이건 무슨 사철탕용 개를 잡은 것도 아니고…."

"사철탕이요?"

"응. 그건 개를 잡아서 불에 그슬어서 만들거든."

"불에 그슬린다구요? 통구이와는 다른 겁니까?"

"조금 달라. 뭐, 별로 유쾌하지는 않지만 먹을 만은 해. 내가 있던 곳에서는 여름에 이열치열이니 하면서 먹어."

이열치열이 무슨 말인지 알 리는 없었지만 기엘은 그냥 고개를 끄덕였다. 시안이 가끔 말하는 이상한 단어들에는 이미 면역이 된 상태였기 때문이다.

"그러나저러나, 설마 여기 저런 것들이 우글우글한 곳이야? 지난번에는 설마설마 했는데."

잠시 잠깐의 순간이긴 했지만 시안은 이젠 앞에서 먹음직스러운 통구이로 변해 있는 짐승을 가리키며 물었다.

"아무래도 사람들의 발길이 많이 닿지 않은 곳이라 다른 곳보다는 훨씬 산짐승들이 많은 곳입니다. 가끔은 몬스터조차 출현을 하기 때문에…."

"모, 몬스터?"

"네."

놀란 토끼 눈을 한 시안에게 기엘이 설명을 했다.

사람 얼굴 모양의 꼬리를 가지고 흐릿한 안개 속에서 사람을 유혹해서 잡아먹는다고 하는 게이륜이라던가, 돼지 비슷한 얼굴에 거대한 인체형의 체격을 가지고 있다고 하는 바쿠, 거대한 도마뱀처럼 생겼지만 이빨과 몸에 나 있는 돌기에 독을 가지고 있다는 괴물 루카츠 등등 기엘이 줄줄 읊어대는 몬스터 리스트는 끝이 나지 않는다.

"그, 그만! 우어, 밥맛 버렸다."

"무슨 소리야? 네가 밥맛을 버릴 리가 없잖아. 안 그래?"

이리야가 가만히 듣고 있다가 딴지를 건다. 그에 맞추어 로운 역시 한마디 하는 것을 잊지 않았다.

"그렇지, 밥 벌레라고 해야 하나? 밥 벌레가 밥을 안 먹으면 뭘 먹겠어?"

"이봐, 로운!"

가만히 들어주기엔 역시나 무차별적인 인신공격을 해오는 로운에게 시안은 쌍심지를 켜고 대꾸한다.

"왜?"

"내가 어디가 밥 벌레냐!"

"음, 요즘에는 좀 덜 먹긴 하지만 원래 밥 벌레 아니었어?"

"말 다 했어?"

"그래. 다 먹었으면 이리야에게 대충 맡겨놓고 너는 이리 와."

"사과해!"

"바람술 안 배울 거야?"

살랑살랑.

로운이 시안의 앞에서 손을 흔들어 보인다.

"말꼬리 돌리지 말란 말이야!"

"말꼬리는 무슨. 가르쳐 달라고 한 건 너야."

씨익— 웃어 보이는 로운을 향해 시안은 뭐라고 더 이상 말도 못 하고 속을 부글부글 끓였다.

'젠장! 나중에 진짜로 바람술을 마스터하기만 해봐. 제일 먼저 한 방 쳐주겠어!'

하지만 그것은 시안의 생각일 뿐, 시안의 바람술이 로운을 따라가려면 아직도 멀고 먼 이야기다.

"시안님, 조금 더 드시겠습니까?"

"냅둬! 나중에 먹을 거야!"

"안 먹는다는 소리는 절대로 안 하는군."

"……"

"뭐 해? 빨리 따라와."

으드득— 하고 주먹을 쥐고 시안은 마치 성난 짐승처럼 로운의 뒤를 따라갔다.

그 뒤에서 이리야와 기엘이 웃지도 못하고 울지도 못하는 요상한 표정을 짓고 있는 것은 꿈에도 모르고 말이다.

＊　　　　＊　　　　＊

"안 돼?"

"으음."

시안은 자꾸만 고개를 갸웃거리며 애를 썼다.

왜 이렇게 안 되는 걸까 하며 머리를 굴려보지만 스스로 깨닫기에는 아는 것이 너무 없다. 물론 짐작을 할 수 있는 부분도 있지만 그것을 입 밖으로 내고 싶지는 않다.

"힘들군."

"……"

시안이 안 되는 것을 어떻게든 하려고 한다는 것은 잘 알고 있지만 역시나 가르치는 선생의 입장으로는 답답하기 이를 데 없다.

"분명 할 수 있었는데…"

"부담을 가질 필요는 없다. 그냥 단순하게 느끼란 말이야."

"하지만…"

매사 조금은 장난스러운 시안이지만 바람술을 배울 때만큼은 상당히 진지하다. 하지만 그 진지함에 비하여 시안이 배우는 속도는 완전 반비례. 그나마 이전에 할 줄 알았던 몇 가지 바람술마저 쓸 수 없는 상태가 된 시안은 울상을 지었다.

"안 되는 것을 가지고 너무 애를 쓸 필요는 없어."

웬일인지 로운이 툭툭 하고 시안의 어깨를 두들겨 준다. 하지만 시안은 로운의 손길은 아랑곳하지 않고 몇 번이나 다시 주문을 외워댔다.

"좀 쉬어라."

"……."

어린애처럼 퉁하게 입술을 내밀고 있는 것은 아니지만 분위기는 완전 토라진 어린애 같은 시안. 그런 시안을 두고 로운은 자리에서 일어섰다. 왠지 시안이 이렇게나 주문을 소화하지 못하는 것은 아무래도 시안 자신의 탓이 아닌 것 같았기 때문이다.

"조금 있다가 부르면 와."

"알았어."

로운이 자신의 뒷모습을 몇 번이나 돌아보면서 가는 것을 아는지 모르는지 시안은 골똘히 생각을 하면서 자신의 손을 내려다보고 있었다.

도대체 뭐가 문제인 걸까?

주문을 모르는 것도 아니다. 오히려 주문은 능력을 쓰지 못하는 만큼, 아니, 그것을 상쇄하기라도 하듯 로운이 가르쳐 주는 족족 모조리 외워 버린다. 그럼에도 불구하고 그는 바람술을, 정확하게는 엘을 쓸 수가 없었던 것이다.

'젠장! 도대체 어떻게 해야 하는 거지?'

기사인 기엘과 파계했다고는 하나 신관이자 기사인 로운, 그리고 얼결에 동료가 되긴 했지만 그럭저럭 믿음직한 이리야까지 자신의 일행들을 생각하면 할수록 시안 자신은 정말이지 아무런 데도 쓸모 없는 인간이 되어버리는 느낌이다.

이대로 아무것도 하지 못한다면 정말 손가락 하나 까닥 못하는 주제에 호강하는 꼴이 돼버린다는 생각이 시안의 머리를 지배했다.

한참을 그 자세로 앉아 있던 시안이 문득 세나케인을 불렀다.

"케인."

"왜?"

"내 탓이야?"

"반은 네 탓이고 반은 외부적인 요인 때문이지."

"외부적?"

"이곳은 일종의 완충 지역이다."

머리를 울리던 세나케인의 목소리가 갑작스럽게 눈앞에서 들려왔다.

"유린의 땅을 둘러싸고 있는 이 산맥은 일종의 결계와도 같은 거야. 그렇기 때문에 네가 힘을 쓰기 힘든 거다."

"그렇다면, 문제는… 없는 거야?"

조금 뜸을 들여가며 조심스럽게 묻는다.

"꼭 그렇다고는 볼 수 없지. 네 의지의 부족일 수도 있으니까. 그 예로 너를 제외한 네 시종들은 모두 자신들의 능력을 십분 활용하고 있지 않나."

"그, 그건 그렇지만…."

매몰찬 세나케인의 말에 시안의 목소리가 잦아 들어간다.

"하지만 너무 조급해할 필요는 없어. 때가 되면…."

"그러니까 그 '때'가 언제인데! 나는 답답하다구. 능력이 있고 힘이 있으면 뭘 해. 하나도 쓸 줄 모르는걸. 그나마 좀 알겠다 싶어서 안심이 되었는데 지금은 그것도 안 되고, 정말이지……"

화를 내는 것도 신경질을 부리는 것도 아니다. 단지 답답할 뿐이다.

겉으로는 가벼운 척, 아무것도 모르는 척 행동하고 있지만 시안의 마음속은 그렇지 못했다. 왠지 자신을 위해 목숨까지 버려가며 충성을 할 것 같은 기엘과 이유는 모르겠지만 빈정대면서도 어느새 곁을 든든하게 지켜주는 로운, 그리고 이리야.

그들에게 도움을 주지는 못할망정 발목을 잡아끄는 존재는 되고 싶지 않았다.

쉬운 길은 아니었다. 그리고 앞으로 가야 할 길 역시 험했으면 험했지 마냥 유람을 하는 것처럼 편안한 길도 아니다.

과연 무엇을 어떻게 해야 할지 확실히는 알 수 없지만 적어도 자신의 몸은 자신이 지키고 싶은 것이다.

"조급해하는 마음이 더 큰 위험을 불러올 수도 있는 법. 인간에게는 때를 기다린다고 하는 말이 있지."

"때를 기다리라구? 참나, 우리 아버지 같은 말을 하는군."

"아버지라… 좋은 단어지."

세나케인의 목소리가 다시 귓가에서 멀어져 마음속에서부터 울리기 시작한다.

"쳇, 무슨 성인 군자도 아닌 주제에 말은 잘한다니까."

그것이 세나케인에 대한 불평인지 아닌지 구분은 할 수 없었다.

*　　　　*　　　　*

"우악!!"

주르륵 미끄러지려는 것을 뒤에서 이리야가 거칠게 잡아챘다.

"으아, 살았다."

자기 대신에 절벽 아래로 떨어지고 있는 것은 몇 개의 돌멩이.

그 돌멩이들은 그 끝을 알 수 없는 계곡 아래로 소리없이 떨어지고 있었다.

두근두근 심장이 뛴다.

"괜찮은 거야?"

앞서 가던 로운이 뒤를 돌아보며 확인했다.

"이상 무."

"조심해, 최대한. 까닥하면 끝장이니까."

"조심하라고 해도…."

이리야의 팔에 철썩 들러붙은 시안은 그 팔을 꾸욱 쥐고는 버럭 소리를 쳤다.

"낭떠러지의 절벽에 붙어서 어떻게 더 조심을 하란 말이야!"

말이야, 말이야, 하는 메아리가 들려왔다.

그 메아리의 끝에는 휘이잉— 하고 바람 소리가 딸려온다.

"도대체가! 이제 다 왔다면서 꼭꼭 이렇게 위험한 길만 골라서 가는 이유가 뭐야! 목적지에 도착하기 전에 탈진해서 죽겠다!"

"시안님, 소리를 지르시면 더 피곤해집니다."

"소리 지르는 게 뭐 어때서? 어차피 피곤한 거는 똑같은데 입까지 다물고 있으려면 짜증이 치솟는다구. 차라리 있는 대로 없는 대로 지껄여 버리는 쪽이 정신 건강에 좋다고 생각해. 다친 사람이 아픈 건 당연하잖아. 보는 사람도 뻔히 아플 거라는 것도 알고. 그래도 아프다고 엄살을 떠는 게 사람이야. 아프다고 입으로라도 떠들어야 왠지 덜 아픈 것 같아진단 말이야."

“정말 길게도 떠드는군.”

한숨을 내쉬며 로운은 좁은 절벽의 틈 사이로 몸을 움직였다.

사실 그로서도 뒤에서 계속 비 맞은 중처럼 궁시렁궁시렁, 중얼중얼거리는 시안에게 계속 신경이 쓰였다. 그럼에도 불구하고 그에게는 이렇게 힘들고 험한 길만을 골라서 가고 있는 이유가 있었다.

곤두선 신경의 끝에 무엇인가 아주 불쾌한 감각이 걸려든다.

'정말이지 잘도 따라오는군.'

그것은 뒤에서 자신을 따라오는 일행에게 해당하는 말은 아니다.

오늘까지 해서 라치온 산맥에 들어온 지 일주일째. 그나마 일직선으로 돌파하는 것이 아니라 이리 꼬불, 저리 꼬불거리며 이리저리 빙빙 돌아서 가고 있기 때문에 실제로 주파한 거리는 그렇게 길지 않다.

'이렇게 될 줄 알았으면 차라리 좀 더 북상한 후에 라치온으로 들어오는 건데.'

처음이자 마지막으로 로운은 시안의 고집대로 좀 더 편안한 길로 돌아 올 걸 그랬다고 후회를 했다. 하지만 그것도 잠시, 로운은 자신이 무슨 생각을 했나 싶어서 세차게 고개를 흔들었다.

삼 일 전부터 그들에게 따라붙는 자들이 생겼다. 그들은 빠르지도 느리지도 않게 아주 일정한 간격을 유지하면서 따라오고 있었다.

라치온 산맥에 들어온 뒤부터, 정확하게는 얼마 전 조금 이상한 상태에 빠졌던 그때부터 왠지 감각이 둔해신 시안을 제외하고는 모두들 알고 있는 사실이었다.

'초조하군.'

차라리 한바탕 일을 치러 버리면 속이 시원할 텐데 그렇게 할 수

없는 현실이 그를 더욱 답답하게 한다. 그것은 마치 폭풍 전의 고요
처럼 불안감을 일으키고 있다.

"얼마나 더 가면 돼?"

"이 절벽을 벗어나려면 아직 좀 더 가야 해."

"그 '좀 더'가 얼마나 되는데?"

"몰라."

시안이 시시때때로 묻는 질문에 열심히도 대답해 가며 그는 계속
몸을 움직였다. 습격해 오지 않는 이상은 어떻게 할 방법도 없다.
그저 이렇게 그들의 추격을 조금이라도 따돌리기 위해 최대한 험한
길을 골라서 가는 것밖에.

어떻게 생각하면 차라리 그나마 편안한 길을 골라서 단시간 내에
주파해 버리는 것이 좋을지도 모른다. 이곳이 라치온 산맥이 아니
라면 벌써 이전에 추격자들을 뿌리칠 수 있었을 것이다.

'일단 이곳을 빠져나가면 한번 상의를 해보아야겠군. 하지만 어
느 쪽이 되든 간에 위험 부담이 있는 것은 어쩔 수 없는 건가?'

밑도 끝도 없는 절벽에 매달려 있는 것이 더 위험한 것인지, 왠지
정체와 그 목적도 잘 알 수 없는 미지의 적들이 더 위험한 것인지
그 둘 사이에서 로운은 갈등하기 시작했다.

*   *   *

"추격에 박차를 가하지 않는 이상은 우리에게 점점 불리해질 수
밖에 없습니다."

"하지만 역시 눈치를 채고 있는 것이 아닐까요? 습격을 해도 모
자르는 판에…."

"지금까지는 하세카의 일반적인 암술과는 전혀 다른 방법을 써왔습니다. 그들이 엘러라는 이유 때문이었죠. 그러나 그런 변칙적인 방법은 소용이 없었으니 이번에는 정진법을 써봅시다."

머리를 맞대고 모의를 하는 남자들은 모두 흑색의 천으로 얼굴을 가린 남자들이었다. 그들은 바람이 불지 않는 어둠침침한 곳에 모여 있었다.

"일단 현재 그들의 진행 경로를 보았을 때 우리가 선택할 수 있는 지점은 이곳과 이곳, 그리고…."

남자 하나가 손가락으로 한 지점을 가리켜 보였다.

"계곡?"

"이 지점은 상당히 위험하긴 합니다만, 그렇다고 통과를 못하는 곳은 아닙니다. 현재 그들의 행적을 보아하니 이 계곡을 통과할 확률은 아주 큽니다."

"그렇군."

그는 앞에 있는 남자의 말에 동감을 표했다. 얼굴도 이름도 모르는 서로이지만 같은 하세카라는 것만으로 믿을 수밖에 없는, 그리고 믿을 수 있는 남자인 것이다.

"일단 일행을 지금의 셋에서 넷으로 나누어 나머지는 현재의 상태를 유지하고 나머지 하나가 이곳에서 그들을 기다려 보는 것은 어떨까요?"

"흐음."

세 사람이 모여 있지만 한 사람은 거의 말이 없다. 실제 그들은 특별한 경우가 아니면 이렇게 떼를(?) 지어 행동하지도 않는다. 오히려 말이 없는 쪽이 훨씬 일반적인 하세카의 단원에 가까운 것이다.

"하지만 이곳은 지나칠 정도로 중간 지대와 가까운 것 같은데…"
"그렇긴 합니다만 어느 정도의 위험은 감수할 수밖에 없다고 봅니다."
"……"
숨 쉬는 소리마저 들릴 듯한 침묵.
이윽고 그때까지 말 한마디 없이 옆을 지키고 있던 남자가 천천히 낮고 굵은 목소리로 말했다.
"계곡에서의 암습은 내가 담당하겠소."

"우와~ 죽인다. 온통 붉은색이잖아?"
시안이 한 나무를 보고 감탄하며 말했다.
시안이 보고 있는 나무는 마치 단풍나무처럼 생겼지만 빨간 것은 나뭇잎이 아니라 가지가지마다 열려 있는 작은 나무 열매들이다.
그것이 내뿜는 새빨간 색채는 온 나무를 붉게 물들여 마치 타고 있는 듯한 인상을 주었다.
"스요린이군."
그게 뭔데? 하는 시안의 표정을 보고 기엘이 조금 설명을 했다.
"약으로 쓰이는 나무 열매입니다. 이 열매를 따서 즙을 내 상처에 바르면 고통이 줄어들죠. 미메이라에도 있습니다. 물론 이렇게 무성하게 열매를 열고 있는 것은 저도 처음 보지만 말이죠."
"에헤~"
이리야가 설명을 듣고는 손을 뻗어서 그 열매를 따려 하자 로운이 말렸다.
"손대지 마!"
"에에엑―"

"잎사귀나 열매 겉껍질에는 독성이 있어서 그냥 만지면 안 돼."

"그런 거는 빨리 말을 해야지."

"손을 댈 거라고는 생각하지 않았어."

"칫."

"그보다는 조금 더 걸음을 서둘렀으면 좋겠는데. 다들 괜찮나?"

로운이 어깨에 짊어지고 있던 짐을 고쳐 매면서 말했다. 그는 주위의 일행들을 둘러보았다. 며칠 동안의 강행군으로 나름대로는 모두들 꽤 지쳐 있는 기색이었기 때문이다.

자신이 그렇게 말하면 분명 시안이 반박을 할 것이라고 생각하던 로운은 의외로 얌전히 가만히 있는 시안을 보고 고개를 갸우뚱했다.

"이제 얼마나 더 가면 중간 지대야?"

"글쎄. 정확하게는 모르겠고, 얼마 남지는 않았어. 앞으로 이틀 정도 될까?"

"으음, 그럼 그냥 가지 뭐. 어차피 쉰다고 해서 앞길이 편해지는 것도 아니잖아."

로운은 시안이 기특한(?) 소리를 하자 웬일인가 싶어서 그의 얼굴을 바라보았다.

사실 시안은 내심 한 이틀 어디에서든 푹 쉬고 싶었다. 그러나 방금 자신이 한 말처럼 쉰다고 해서 일정이 줄어들거나 길이 좀 더 수월해지는 것도 아니기에 마음을 다잡은 것이다.

'싫다고 해봐야 어차피 끌고 갈 텐데, 괜시리 분란을 일으킬 것도 없지 뭐.'

산행이 힘들기는 하지만 싫지는 않았다.

언제나 그랬던 것처럼, 바람을 맞는 산행은 아니지만 왠지 마음이 가라앉는 것이다.

복잡했던 생각도, 어지럽기만 했던 마음도 차분하게 가라앉는 느낌. 그 느낌이 왠지 너무나 변해 있는 자신을 원래대로 돌려주는 것 같았기 때문이다.

그리고 거기에 또 하나, 세나케인이 했던 말이 묘하게 시안을 흥분시키고 있었다. 중간 지대로 가면, 그가 유린의 땅이라고 표현하는 곳에 가게 되면 모든 것을(진짜 모든 것인지는 모르겠지만) 깨달을 수 있다고 한 말이 계속 시안의 머리 속에서 맴돌고 있었다.

마음대로 능력을 쓸 수는 없지만 느껴지는 것도 있었다.

한 발짝 한 발짝씩 유린의 땅으로 가까이 다가갈 때마다 온몸의 감각이 무엇인가가 자신을 기다리고 있다는 것을 느끼고 있는 것이다.

"어두워질 때까지는 부지런히 가야지. 어서 가자."

"……."

어딘가 모르게 어른스러워진 시안의 언동에 나머지 세 사람은 조금 위화감마저 느끼고 있었지만 아무런 말도 하지 않았다.

짧다면 짧고, 길다면 길었던 여행에 이제 하나의 전환점이 다가오고 있기 때문이었다.

*   *   *

"우에~ 또 비가 오잖아. 여긴 왜 이렇게 비가 오는 거야?"

"글쎄, 날씨라는 것은 종잡을 수 없는 것이니까. 나한테 묻진 말아."

멀리서 물소리가 들려왔다.

바람을 타고 전해오는 물기는 비에서 느껴지는 내음과는 또 다른 느낌.

"이렇게 비가 오는데 계곡 쪽은 위험하지 않을까?"

산행의 철칙 중 하나. '비가 올 때는 물가로 가지 않는다'를 떠올리며 시안이 말했다.

"비라고 해야 보슬비 정도잖아. 이쪽이 일단은 우리가 선택할 수 있는 최단거리야."

로운이 보충 설명을 하며 앞장선다.

"그래도 위험할 텐데."

"물이 위험하긴 뭐가 위험해. 내 사전에 물이 위험하단 단어는 없어."

뒤에서 불쑥 이리야가 나타나 가슴을 치면서 말했다.

"아, 그렇지. 물의 술사가 있었지."

일반적으로 생각하면 한없이 위험한 것이 맞겠지만 여기는 일반적인 기준이 통하는 곳이 아니라는 사실이 문득 시안의 뇌리를 때렸다.

'그래, 위험해 봐야 얼마나 위험하겠어.'

"자아, 그럼 고고고! 렛츠 고!"

쏴아아 하는 물소리가 점점 가까워져 갔다.

마치 폭포수라도 흘러내리는 듯한 시끄러운 소리. 비 때문에 물이 불어서인지 계곡에는 넘실거리는 물줄기가 가득했다.

"설마 이걸 건너겠다고 하지는 않을 거지?"

"무슨. 당연히 건너야지."

"으윽—"

투둑투둑 내리는 빗방울 때문에 이미 온몸은 젖을 대로 젖어 있는 상태.

시안을 제외하고는 일행 모두 망설임없이 계곡 쪽으로 발걸음을 옮기고 있었다.

'역시 뭔가 꺼려져.'

말로 설명할 수는 없지만 시안은 이상한 기분이 들어서 자꾸만 발걸음이 처졌다.

시안은 잠시 멈춰 서서 주위를 둘러보았다.

기암괴석과 이름 모를 나무와 풀들. 그리고 정적. 시끄러운 물소리마저 정적으로 느껴질 정도였다.

'설마. 아니겠지?'

라치온 산맥에 들어온 뒤로는 자신의 감각이 이전과 같지 않다는 것 정도는 그도 잘 알고 있는 사실이다. 만일에 뭔가 수상한 존재가 있다면 나머지 세 사람이 느끼지 못할 리가 없는 것이다.

시안은 앞서 가는 두 사람과 뒤에서 따라오는 한 사람을 차례차례 바라보고는 한숨을 내쉬었다. 자신은 그들을 믿으면 되는 것이다. 진심으로.

"일단은 이걸 날려서 저쪽 나무에다가 걸어보지."

"음, 그것밖에는 역시 방법이 없는 걸까?"

"물살이 너무 세서 물의 술을 쓴다고 해도 걸어서 지나가기엔 무리가 있어."

"그렇다면 어쩔 수 없군."

로운이 곁에 떨어져 있던 나무를 들어서 적당하게 잔가지를 잘라냈다. 빗물과 습기를 잔뜩 먹은 나무토막은 제법 묵직하게 손에 들어왔다.

즉석에서 만들어진 도구에는 힘들게 운반해 온 탄탄한 밧줄이 단단하게 매듭 지어졌다. 몇 번이나 강도를 확인해 보던 로운은 한참을 뜸 들인 후에야 나무토막을 들고 일어섰다.

"다 됐어?"

"그래."

"이제는 밧줄 타고 계곡 건너기까지 해야 하는 건가? 정말이지, 여기 와서 별걸 다 해본다니까. 극기 훈련에서 비슷한 것을 해보기는 했지만."

"이런… 걸 해본 적이 있다고?"

"응. 그때야 아래에다가 안전망 같은 것을 걸고 한 거지만 해본 적은 있어."

"그럼 다행이군."

로운은 왠지 뜻밖이라는 얼굴로 시안을 바라보았다.

"저쪽으로 비켜서."

시안을 뒤로 물리고 로운은 나무토막을 빙빙 돌리기 시작했다.

붕붕 소리를 내며 돌아가던 나무는 로운의 날카로운 기합 소리와 함께 저 멀리 계곡 건너편으로 쏜살같이 날아갔다.

"어떻게 할까? 기엘, 내가 먼저 가는 쪽이 역시 나을까?"

"음, 뭐 누가 먼저 가든 상관은 없으니까."

기엘과 로운이 몇 번씩 확인을 하며 힘껏 고정시킨 밧줄을 보며 시안은 한숨을 푹 내쉬었다. 말로는 일단 겁내지 않는 척을 하느라 해본 적이 있다느니 어쨌다느니 지껄였지만 사실 겁이 안 나는 것은 아니다.

이전에 했던 극기 훈련은 바닥에서 몇 미터 떨어져 있지도 않았고 안전하게 보호된 환경이었다. 이렇게 몇 미터 아래로 거세게 물살이 흐르고 있는 계곡을 건너는데 겁이 나지 않는다면 거짓말이다.

꿀꺽―

목구멍으로 침이 넘어갔다.

하지만 자신은 멋진 대한의 남아(?)다. 이런 것에 부들부들 떨 수는 없다.

'우씨, 떨어져 죽으면 도대체 누가 책임을 지느냐구!'

옆의 나무가 끼익― 소리를 냈다.

로운의 체중이 걸렸기 때문이었다.

"조심해!"

자신도 모르게 로운을 걱정하는 말이 입에서 새어 나왔다.

그것을 들은 로운의 눈이 시안의 시선과 맞부딪쳤다.

"걱정하지 마."

싱긋하고 웃는 로운의 얼굴이 되돌아왔다. 순간 시안은 뭔가 엄청 쑥스러워져 버렸다.

"괜찮을 겁니다, 시안님. 저희들은 여러 가지 훈련을 받으니까요."

"그, 그렇… 겠지?"

세 사람이 지켜보는 가운데 약간 경사가 지도록 묶어진 밧줄을 타고 로운이 점점 건너편 기슭으로 움직였다.

숨을 죽이고 그것을 지켜보던 시안은 로운의 발이 건너편에 닿는 순간 모두에게 들릴 정도로 한숨을 푸욱― 내쉬었다.

"후우― 다행이다."

물살이 내는 소리 때문에 건너편에서 뭐라고 하는 로운의 말이 들리진 않았지만 아마도 기엘과 대화를 나누고 있는 모양이다.

　시안은 기엘과 로운이 시선을 나누는 것을 보면서 꼼질꼼질 손과 발을 움직이기 시작했다.

"다음엔 시안님이 가셔야 합니다."

"아. 아아."

굳게 다짐을 했지만 역시 겁이 나기는 한다.

"우움~ 저, 저기 말이야. 혹시 이거 지난번에 했던 비행 주문 같은 것으로 뛰어넘으면 안 될까?"

자신도 모르게 약한 소리가 나오자 시안은 인상을 찌푸렸다.

"그것이 가능하다면 했을 겁니다. 하지만 역시 이곳은 조금…"

그제서야 시안은 세나케인이 했던 말을 떠올렸다.

'아, 그렇지. 대충 능력을 쓰기는 써도 여긴 역시… 안 되는 곳인 건가?'

"응응, 알아. 그냥 해본 소리야. 그게 되면 처음부터 그렇게 했겠지."

쿨럭 하고 기침을 하고 시안은 바위에 손을 댔다.

"되도록이면 제가 같이 가고 싶습니다만…"

"아니야. 이 굵기로 봐서는 한 사람 정도가 딱 좋은 거 같은걸. 나도 할 수 있어."

"일단 이걸 허리에…"

시안이 멀뚱하게 서 있는데 기엘이 와서 척척 그의 허리에 밧줄을 묶어주었다.

"만약의 경우 어떤 일이 생기더라도 제가 꼭 시안님을 지켜드리 겠습니다. 걱정하지 마세요."

"그, 그렇게 비장감있게 말하지 마. 죽으러 가는 것도 아닌걸."

허리에 묶은 밧줄의 한끝을 굳게 잡고 있는 기엘의 손.

그걸 한번 바라본 시안은 바위 위로 올라갔다.

"절대 아래를 보지 말고 건너가세요. 힘들면 신호를 하시구요."

"알았다니까. 후우웃."

숨을 들이마시고 시안은 밧줄에 손을 댔다.

두꺼운 장갑을 낀 손 아래 느껴지는 밧줄의 감각은 왠지 생경하기만 하다.

'여기서 얼쩡거릴 수는 없어.'

집중을 하자 시끄러운 물소리조차 귀에 들려오지 않는다.

시안은 심호흡을 하고 밧줄에 매달렸다.

그 순간이었다.

피잉—

"우악!"

손에 잡았던 탄탄한 밧줄이 순간 힘을 잃었다.

"시안님!"

"으아악—!"

힘주어 기대고 있던 밧줄이 휘리릭 소리를 내면서 시안 쪽으로 날아오는 순간 무엇인가가 바위에서 쑤욱 올라와 시안의 발목을 붙들었다.

"기에엘—!"

소름이 발목에서부터 몸으로 다리를 타고 쭈욱 기어오른다. 생소하면서도 낯선, 그러나 분명 알고 있는 감각.

새카맣게 몰려오는 감정에 시안은 휘청였다.

"시안님!!"

기엘과 이리야가 검을 꺼내 드는데 쏴아아— 소리가 들리면서 일제히 화살이 날아왔다.

기엘은 날아드는 화살을 라이트로 쳐내면서 다른 손에 들고 있던 밧줄 끝을 당겼다. 하지만 그것은 이미 끊어져 버린 지 오래.

기엘이 시안에게 다가가려는 순간 그의 발목 역시 땅에서 솟아 나온 손에 붙들렸다.

"하앗!"

기엘이 고함을 지르며 바닥에 검을 박아 넣는 순간이었다.

"기엘! 위험해!"

시안의 비명 소리에 고개를 드는 순간 눈앞으로 또 다른 사람의 몸이 솟아올랐다.

"케이인─!"

바위 위에서 옴짝달싹도 할 수 없는 시안은 세나케인을 불렀다.

"젠장!! 케인!! 어째서 안 나온 거야!!"

순간 미끄러지는 몸을 누군가 받쳐 들었다.

흥건한 피가 발 밑에 퍼져 나갔다.

"살기가 없었기 때문이다."

시안의 몸을 안아 들은 세나케인이 바위 아래로 가볍게 내려서면서 말했다.

"그래도 주의라도 주면 좋잖아!!"

화를 낼 사이도 없이 화살이 빗발치듯 날아들었다.

끊어진 밧줄 저 너머에 있는 로운이 라이트를 들고 고함을 치고 있었고, 눈앞에는 기엘과 이리야가 정신없이 그들에게 몰아닥치는 남자들의 검을 피하며 그들을 공격하고 있었다.

"시안님! 몸을 피하십시오!!"

챙강─

검끼리 부딪쳐 일어나는 불꽃의 사이로 검은색의 암기가 날아들었다.

눈앞은 아수라장이 되어간다.

"이리야! 뒤!"

기엘의 귀에 다급한 시안의 목소리가 들려왔다.

'젠장, 어째서 하세카가 이제 와서…'

기엘은 쏟아지는 화살을 피하며 눈앞에 달려드는 남자를 가로로 길게 베어냈다.

생각보다 몸이 먼저 움직인다.

갑자기 옆구리가 뜨끈해지며 눈앞이 흐려졌다.

'암기…'

기엘의 몸이 앞으로 무너졌다.

"기에엘—!"

제2장
선택

The Wind of Ashurei

"어떻게든 좀 해봐! 응?"

"……"

다급하게 발을 구르며 눈앞의 참상에 안달을 한다.

흥건하게 피에 젖어버린 땅과 빗방울에 맞아 분홍빛으로 흐르는 핏줄기가 시안의 이성을 마비시킨다.

"어떻게든 해보란 말야! 케인!"

"네가 제정신이 아니면 어떻게 될지 뻔히 알 텐데? 흥분하지 마라."

"흥분 안 하게 됐어?!"

시안이 이를 악물고 세나케인에게 대들었다.

"언제든 머리를 차갑게 하고, 그리고 눈을 들어. 사실을 직시하지 않으면 무엇도 할 수 없다."

"빨리!!"

세나케인의 말 따위 귀에 들어오지도 않는다.

허리에 암기를 맞고 쓰러진 기엘과 힘겹게 하세카의 암살범을 상대하고 있는 이리야가 쏟아지는 빗줄기와 화살 아래 서 있다.

발을 옮기고 싶지만 마음과는 달리 발걸음이 떨어지지 않는 시안은 자신의 몸을 붙들고 있는 세나케인에게 화를 퍼부었다.

"죽는단 말이야!! 어떻게 하지 않으면 죽어!!"

순간 시커먼 인영이 시안의 앞을 가렸다.

잘려진 손목에서 붉은 피를 뿜고 있는 남자였다.

"젠장!! 도대체 왜야! 왜!!"

시안의 앞으로 세나케인의 팔이 올라갔다.

그의 팔에서 거센 바람이 뿜어져 나와 시안에게 달려들던 남자는 멀리 날아가 버렸다.

세나케인은 그의 시야를 막고 있던 남자를 물리친 후 하늘을 한 번 바라보았다.

물이 세차게 흘러내리는 건너편에서는 로운이 이러지도 저러지도 못한 채 안절부절하며 서 있었다.

'설마… 단 한 사람이라도 줄어들 때를 기다린 건가…'

그는 땅을 치며 후회하고 있었다. 뒤를 따라오는 살기에만 신경을 쓰느라 주위를 둘러보지 못했던 것이다.

바위에서 솟아 나온 손이 시안의 발에 얽혀들 때 그의 심장은 얼어붙는 것만 같았다. 기엘이 쓰러지는 것을 두 번 다시 보지 않겠다고 맹세했던 그였다. 그런데도….

콰악—

옆에 있던 거대한 암석이 둘로 깨끗하게 나뉘어 반쪽으로 쪼개졌다.

비에 젖은 암석에서 튀는 불꽃이 그의 분노를 그대로 드러냈다.

"크흑!"

그사이 이리야는 악을 쓰면서 레이피어를 휘두르고 있었다.

"제길! 비가 오는데 나한테 덤볐다 이거지?!"

붉은색의 피가 튀어 있는 그의 얼굴에서 물방울이 후두두두 떨어져 내린다. 그것이 그의 땀인지 비인지 구분도 가지 않는다.

"어디 한번 두고 보자고."

눈앞에 보이는 것은 온통 시커먼 복면을 한 남자들뿐이다.

땅바닥에서 튀어나온 그들은 하나둘씩 숫자를 더해 이제는 눈앞 전체가 시커멓게 보일 정도다. 그는 이를 악물었다.

주문을 외우고 싶었지만 그들은 이리야에게 주문을 외울 만한 시간적 여유를 주지 않는다. 단 한 순간, 정말 단 한 순간뿐이면 된다.

"비 올 때의 이 이리야 노운이 얼마나 무서운 놈인지 보여주겠어!"

왼쪽에서 날아드는 스피어를 피해 몸을 날리며 레이피어를 휘둘러 다가오는 남자의 검을 튕겨냈다.

나뒹구는 사람들. 그 순간의 찰나 이리야는 있는 힘껏 고함을 질렀다.

"이리야 노운. 카라이얀!"

치켜 올린 레이피어의 끝에서부터 그의 엘이 하늘로 치솟아올랐다. 그의 몸 위에 떨어지는 빗방울들이 푸른빛의 엘과 함께 하늘로 떠올랐다.

하늘에서 떨어지는 빗방울들이 일제히 이리야의 엘에 반응해 한

곳으로 집중되었다.

"카세— 해츠(떨어지는 화살)!"

떨리는 목소리가 날카로운 시동어가 되어 푸른색의 엘로 파고들었다. 순간 굵어진 빗방울들이 쏜살같이 아래로 곤두박질치기 시작했다.

쏴아아아—

그것은 그들을 덮치고 있던 화살의 비보다 더욱더 강력한 힘으로 쏟아져 내렸다. 물의 화살촉이 된 빗방울들이 검은 천을 뚫고 들어가 그대로 땅바닥으로 박혀 들어갔다.

"크아아악!!"

"허억!!"

수천 수만 개의 빗방울들이 새빨갛게 변해 아래로 아래로 쏟아져 내렸다.

조용했다.

굵어진 빗방울이 바위와 땅에 떨어지는 소리도, 더욱더 거세진 물살의 소리도, 그 어느 것도 그 침묵을 방해하지는 못했다.

"하아, 하아, 하아."

레이피어에 의지해 가쁜 숨을 내쉬고 있는 것은 조금 전 자신의 모든 힘을 써버린 물의 술사.

그의 앞에는 몇 구의 시체가 붉은색의 피를 흘리며 쓰러져 있었다.

타박타박하는 발소리가 들려왔다. 순간 신경이 얼어붙어 버린다. 하지만 그 발소리의 주인공은 자신이 아닌 또 다른 한 사람에게 향해 있었다.

"기엘, 괜찮아?"

옆구리를 잡은 채 꼼짝도 하지 못하는 기엘을 부축하며 시안이 말을 걸었다.

"괜… 찮습니다."

그렇게 말하는 기엘의 얼굴은 이미 입술까지 새파랗게 질려 있었다.

"뭔가 하세카의 독과는 인연이 있는 모양입니다."

"말하지 마."

시안은 입술을 깨물었다. 어째서 항상 이런 결말이 되어버리는 걸까?

어째서, 어째서 자신의 길 앞에 이렇게 장애물이 생기게 되는 걸까?

"미안하다. 네가 그렇게 말하는데…."

어느새 이리야가 숨을 고르며 시안의 옆으로 다가와 있었다. 그는 그렇게 시안에게 용서를 구하면서 기엘의 옆에 무릎을 꿇고 앉았다. 시안의 얼굴을 바라볼 용기가 없었다.

대신 그는 기엘의 상처에 손을 댔다. 숨을 쉬기 힘들 만큼 지쳐 있었지만 무엇이든 하지 않고는 견딜 수가 없었다.

"조금 참아봐. 적어도 독은 제거해 줄 수 있을 거야."

낮게 잦아드는 이리야의 목소리에 기엘이 고개를 끄덕였다.

시안은 이리야의 말에 대꾸조차 하지 않고 그들이 하는 양을 그냥 바라보고만 있었다.

주위를 둘러보기도 싫었다.

"케인."

"……"

"우릴 저쪽 기슭으로 데려다 줘."

이리야의 주문으로 조금씩 기엘의 얼굴에 혈색이 돌아오는 것이 보인다.

"할 수 있지? 우릴 저쪽으로 보내줘."

시안의 목소리에 힘이 들어갔다.

"어서 빨리."

*　　　　*　　　　*

시안은 묵묵히 걷고 또 걸었다.

그 뒤를 마치 그림자처럼 세나케인이 따랐다. 하지만 시안은 단 한 번도 뒤를 돌아보지 않았다.

앞에 보이는 것은 오로지 로운의 넓은 등뿐이다.

그러나 시안에게는 그 등이 왠지 너무나 왜소하게 느껴졌다.

'정말이지, 미칠 것만 같아.'

일행을 우울하게 만들고 있는 것이 결국 자신이라는 것을 시안도 잘 알고 있었다.

자신이 몇 번이나 누차 말했던 것을 지키지 못했다는 자괴감이 그들의 일행을 괴롭히고 있다는 것도 잘 알고 있다. 물론 화도 났다. 그렇게밖에 하지 못했던 이리야와 기엘에게 무어라 형용할 수 없는 감정을 느끼고 있는 것도 사실이다.

하지만.

"아, 저기… 꽤 어두워지는데 슬슬 노숙할 곳을 찾아보는 게 어떨까?"

이리야의 목소리가 불쑥 시안의 상념 속으로 뛰어든다.

생각의 흐름을 방해받자 시안은 인상을 찌푸리면서 그를 돌아보았다.

"아아, 그러니까… 피곤하지 않아? 충분히 쉬면서 가는 것도 좋은 일이니까 말이야."

"이리야의 말이 맞아. 조금 쉬다가 가자."

"그렇습니다. 시안님, 조금 쉬다 가시죠."

"피곤한 것은 내가 아니잖아."

자신도 모르게 퉁명한 대답이 나오는 것은 어쩔 수 없다. 실상 힘든 것은 자신보다는 부상을 당하고도 강행군을 해온 기엘과 완충지역에서 능력을 써버려 몸에 부담감을 느끼고 있는 이리야다. 그리고 이 두 사람의 상태 때문에 험한 일을 도맡아 하는 로운도 슬슬 한계에 다다랐을 것이다.

시안은 왠지 자신의 눈치를 살피는 세 사람에게 짜증이 치밀어 올랐지만 결국 손을 들었다.

"알았어. 대충 찾아서 쉬자."

자신은 아무것도 하지 못하는 존재인데도 세 사람이 자신에게 이렇게 신경을 쓰는 것은 정말이지 부담으로밖에 느껴지지 않는다.

그런데도 불구하고 시안의 태도는 퉁명스럽다 못해서 냉랭한 한기를 뿜어내고 있는 것이다.

아무리 생각해도 한심스럽고, 짜증이 나고 화가 나기만 했다.

"세나케인, 근처에 쉴 곳이 있을까?"

시안이 세나케인에게 물었다.

세 사람의 수고를 조금이라도 덜어주고 싶었기 때문이다.

"…앞쪽으로 조금 더 가면 꽤 큰 동굴이 있다."

"그래? 위험한 것은 없고?"

"별로."
"그럼 가자."

*   *   *

"실패한 것 같습니다."
"보고는 정확하게 하게, 메로스."
"네, 폐하. 실패했다는 보고를 받았습니다."
"흥."
로렌은 깍지를 껴서 머리 뒤로 돌리며 한심하다는 표정을 지었다.
"대륙 최고의 암살단이라고 하면서 한심하군."
"뭐, 그들은 기본적으로 암살단이니 생포한다는 것이 쉬운 일은 아니었을지도 모르지요."
어슴푸레한 저녁노을이 지는 사실 창밖에서 들어오는 노오란 햇살이 로렌의 옆얼굴을 비춘다. 노란 저녁노을을 받고 있는 황제의 얼굴은 마치 청동의 동상처럼 단단하게 굳어 표정의 변화를 찾아볼 수가 없다.
"그래. 쉽게 되는 일이 있는가 하면 그렇지 않은 일도 있는 것이겠지."
"……"
"그들에게 전해라. 당분간은 근신하라고 말이야. 뭐, 내 말을 들을 위인들이 아닐지도 모르지만 그들에게도 전열을 정비할 정도의 시간은 필요하겠지."
"예, 전하. 말씀하신 그대로 전하겠습니다."

“카스핀, 어떻게 생각하나?”

“……”

주어가 생략된 말이었지만 미타 남작은 그의 주군이 무엇을 언급하고 있는 것인지 곧 알아챌 수 있었다. 하지만 그는 일부러 말을 돌렸다.

“미메이라에서는 아직 사자들이 돌아오지 않고 있는데 그래도 계속 진행할까요?”

“말을 돌리는군, 카스핀.”

“제가 뭐라고 말할 수 있는 부분은 아니지 않습니까?”

미타 남작이 한숨을 내쉬면서 말하는 것을 로렌은 놓치지 않았다.

“내 앞에서 그렇게 말할 수 있는 것도 그대 정도지.”

왠지 차갑게 들리는 로렌의 말에 미타 남작은 흠칫하고 몸을 떨었다. 저것은 일종의 경고다.

“아니, 아니야. 그래. 그렇게 말해 주는 존재가 하나쯤 있는 것은 나쁜 일이 아니겠지. 그리고 미메이라 건은…”

“……”

“일단은 그대로 진행하도록 하게. 기왕이면이라는 생각이니까 말일세.”

“예. 알겠습니다, 폐하.”

“그녀가 없어지니…”

“예?”

“왠지 바람이 적어진 것 같아.”

로렌은 창밖으로 고개를 돌렸다.

훤히 트인 시야에 불꽃이 다채롭게 퍼져 있는 밤거리가 눈에 들어온다. 하지만 왠지 그것은 고요하기만 할 뿐이다.

"내 궁에는 언제나 바람이 불었으면 좋겠어."

미타 남작은 그제서야 로렌이 혼잣말을 하고 있다는 것을 알아챘다.

＊　　　　＊　　　　＊

"정말 가까워져 가는 것 같네."

이마에서 흐르는 땀을 닦아내면서 시안이 말했다.

"네, 시안님도 느낄 수 있으시죠?"

"응. 이 정도로 강한데 느끼지 못한다면 그게 바보겠지. 공기가 다른걸."

기엘이 조심스럽게 한 말에 시안이 아무렇지도 않은 듯 대답했다. 실제로 그랬다.

숨을 쉬고 있는 공기가 왠지 어딘가 모르게 밀도가 짙어진 듯한 기분이 들고 있는 것이다.

계곡을 건넜던 것이 바로 어제의 일이다.

뭔가 한마디 할 줄 알았던 시안은 의외로 한잠 자고 일어나더니 마치 아무 일 없었던 것처럼 행동을 하고 있다. 시안은 자신의 일행들이 무슨 생각을 하고 있는지 전혀 신경을 쓰지 않는 눈치였다. 실제로 그렇든 그렇지 않든 그것은 일종의 불안감과 안도감을 동시에 주는 행동이었다.

"이래서 보통 사람은 못 들어간다는 거야, 케인?"

"아무래도 보통 사람들은 힘들지. 아니, 보통 사람들보다는 어중간한 능력을 가진 자들이 더 힘들어하게 되어 있어. 이곳에는 다른 곳에 흐르는 자연적인 엘보다 훨씬 많은 양의 엘이 가득 차 있으니까."

케인의 설명에 로운이 조금 덧붙였다.

"보통 사람의 경우 왠지 몸이 무겁다 정도로만 느끼고 쉽게 지치는 정도지만 어떤 한계 이하의 술사들 경우 마치 물을 가득 채워놓은 호수에서 헤엄치는 느낌을 받는다고 하더군."

"흐응…."

결국 살아 숨 쉬는 대자연의 엘이 가득 차 있는 곳에 뛰어들게 된다는 뜻이다.

"그럼 다들 괜찮은 거야?"

아직 진짜로 중간 지대에 발을 디딘 것은 아니지만 시안은 왠지 걱정이 되었다. 앞에서 말했다시피 진짜는 아니지만 가까이 다가갈수록 온몸으로 그 영향력을 느낄 수 있는 정도가 되어 있는 이상 평소와 같지는 않을 것 같다는 것이 그의 생각이었다.

"어때, 케인? 넌 알 수 있지 않아?"

"……."

힐끔하고 세나케인이 일행들을 돌아보았다.

"큰 걱정은 없겠군. 사실 인간이라면 어느 누가 들어가든 힘들게 되어 있다. 들어가려고 마음먹은 경우라면 감수하는 수밖에 없겠지."

"맞아, 맞아. 사실 이런 경험 두 번 하겠어? 나도 이런 곳에 내가 들어가게 될 것이라고는 절대 생각지 않았으니까. 좀 힘들다고 해도 거절할 생각은 없다구."

이리야가 자신의 가슴을 치면서 말했다.

말 그대로다. 언제 누가 자신이 아슈레이의 중간 지대에 들어갈 것이라고 생각했을까? 엘러들에게 있어서 거의 성지와도 마찬가지지만 또한 경외의 대상이 되는 것이 바로 이 중간 지대다.

지나치게 농도가 높은 엘이 가득 들어차 있는 아슈레이 대륙의 심장부와도 같은 곳. 일설에 의하면 웬만한 엘러가 들어갔다만 나와도 그 능력이 향상된다고 하는 정도다.

"이제 얼마 남지 않은 거지, 케인?"

"그래."

후우— 하고 시안이 심호흡을 했다.

이제 서서히 선택을, 결정을 할 때가 왔다고 그는 생각했다.

세나케인과 로운, 기엘, 그리고 이리야.

그리고 박경하이자 시안이라는 이름으로 이 길을 걷고 있는 자신.

눈앞에서 그를 기다리고 있는 것은 풍환이라 불리는 그 어떤 것이다. 그것으로 인해 자신이 어떻게 될지는 전혀 알 수 없는 미지의 것.

시안의 마음을 어지럽게 하는 것은 현재의 자신이 과연 누구라고 명명할 수 있느냐는 것이었다.

박경하라는 이름을 가진 평범했던 한 고등학생인지, 아니면 시안이라는 이름을 가진 소녀로 미메이라의 수장 계승자 격을 가진 자인지, 그것도 아니면 시안이라는 이름은 쓰고 있지만 이것도 저것도 아닌 존재인지.

이곳에 오자마자 시안이라는 소녀의 얼굴로, 그리고 여자의 몸으로 변했을 때는 별 생각을 하지 않았다. 그저 시안이라는 소녀의 대신이라고 생각했을 뿐이다. 하지만 지금은 상황이 다르다.

현재 자신의 얼굴은 본래의 박경하라는 이름을 가졌던 그때도, 시안이라는 소녀의 얼굴도 아니다.

빛을 통과시키는 백금발의 머리카락과 은회색의 눈동자, 그리고 본래 자신의 얼굴에 한없이 가깝지만 또 다른 현재의 얼굴.

시안은 고개를 저었다.

차라리 그냥 처음처럼 로운이 바꾸어놓았던 그 시안의 얼굴이었으면 얼마나 좋았을까?

길은 계속되고 시안의 상념도 계속되었다.

목적지는 이제 바로 앞으로 다가와 있었다.

"우와~ 죽인다!"

산꼭대기의 바위 위에 올라가 선 시안이 감탄사를 내뱉었다.

"진짜 무슨 그림 같은데!"

나머지 사람들은 모두 말을 잃고 있었다.

새파랗다고밖에는 말할 수 없는 숲의 바다.

눈앞에 펼쳐진 광경은 지금까지 보아왔던 어떤 곳보다도 훨씬 울창한 숲이 가득한 수해였다.

"열심히 산행한 보람이 있네."

후욱— 하고 마치 산 밑에서 바람이 불어오는 것처럼 엘의 파장이 불어 올라온다. 비단 시안뿐만이 아니라 모두 느낄 수 있을 정도로 강한 것이었다.

"저 안에 들어가면 진짜로 엘의 바다에서 헤엄이라도 치는 기분일지도 모르겠어."

뭐가 신이 나는지 시안은 연신 떠들어댔다.

바위 위에 철퍼덕 주저앉은 시안은 수해를 바라보며 빙글빙글 웃기 시작했다.

"간만에 진짜로 뭔가를 해낸 기분이네. 내가 한 건 아무것도 없지만 말이야. 그런데 그거 알아? 저게 나한테 어떻게 보이는지."

"……."

"투명한 점액 같은 거 있잖아. 아주 투명한. 그런데 질감은 있는. 그런 게 가득 차 있는 것처럼 보여. 어떻게 생각하면 좀 호러틱하지만 뭐, 나름대로는 엄청난 광경이야."

주저앉은 시안의 옆으로 일행들이 모여들었다.

그들은 나름대로 눈앞에 앉아 있는 시안의 미묘한 변화를 보며 감탄하고 있었다.

저 수해를 바라보며 말을 하기 시작한 순간부터 시안의 외견이 조금씩 달라 보이기 시작했던 것이다.

은색의 투명한 머리카락이 한 올 한 올 마치 바람을 맞은 것처럼 휘날리기 시작했던 것이다. 그것은 물리적으로 느낄 수 있는 바람이 아닌 순수한 엘의 바람이었다.

한참을 그렇게 넋 놓고 앉아 있던 시안이 몸을 일으킨 것은 해가 살며시 지기 시작한 순간이었다.

"좋아. 여기까지 왔으니까."

폴짝하고 시안이 바위에서 뛰어내렸다.

"시안님, 조심하세요."

"아아. 알아, 알아."

언제나처럼 기엘이 한마디를 하면서 시안을 걱정한다.

시안은 터억— 양쪽 손을 허리에 올리고 밝은 표정으로 말했다.

"그럼 이제 모두들 돌아가 줘."

그것은 마치 아주 쉽게 '자아, 이제부터 잘 곳을 찾자'라는 말투였다.

　“…….”

　“……?”

　“시안님…?”

　기엘은 방금 전에 시안이 한 말이 무슨 뜻인지 몰라 어리둥절해 버렸다.

　“여기까지 같이 오느라고 수고 많았어. 정말로 아주 많이.”

　“너…”

　세나케인마저 황당한 얼굴을 감추지 못하고 말을 하려 했다. 하지만 시안이 그것을 저지하고 말을 이었다.

　“케인, 넌 입 다물고 있어. 으음, 그러니까 난 좀 쑥스러움을 타거든. 그러니까 한 번만 말할게.”

　저물어가는 태양 빛은 붉은색이었다.

　그것은 시안의 투명하리만치 반짝이는 머리카락을 통과하여 모두의 얼굴에 붉은색의 광채를 더했다.

　“먼저 이리야, 당신이 날 여기까지 따라와서 고생하며 날 지켜줘서 정말 고마워. 어떻게 보면 진짜 그냥 지나다 만난 건데… 그렇게까지 날 위해줘서 정말 뭐라고 말할 수가 없어. 정말로 진심으로 고맙게 생각해.”

　“아, 저기 나는…”

　갑자기 퍼부어진 찬사에 이리야가 어쩔 줄을 몰라 한다.

　하지만 시안은 그의 말은 듣지 않은 듯 이번에는 로운을 바라보았다.

　로운의 짙은 회색 눈과 시선이 마주치자 시안은 왠지 모르게 살짝 눈을 내리깔았다.

"로운에게는 여러모로 미안한 게 많아. 뭐… 아저씨 얼굴이라고 맨날 놀리기도 했고. 하지만 맹세코 나쁜 마음이 있어서 그런 거는 아니야. 처음 여기 왔을 때 아무것도 모르는 나 때문에 고생도 무진 장 했으니까. 그래서…."

꿀꺽하고 타액이 목구멍을 넘어간다.

그것은 왠지 보통 때보다 훨씬 뜨겁고 무겁게 느껴졌다.

"그래서 말하는 건데, 더 이상 로운을 고생시키는 게 굉장히 미안 해."

"이봐, 너, 지금 무슨 소리를 하고 있는 거야?"

"아니, 내 이야기 끝까지 들어, 로운."

단호하게 말하는 시안의 어조에 로운은 입을 다물어 버렸다.

"그리고 마지막으로 기엘. 으음, 사실 로운에게도 진짜 신세를 많이 졌지만 기엘에게는 특히 미안한 게 많아. 몇 번이나 죽을 고비도 넘겼고… 바로 조금 전에도."

벅벅벅 하고 시안이 자신의 머리를 긁었다. 왠지 점점 더 얼굴이 빨개지는 기분이다.

"사실 난 기사라든가, 신관이라든가 하는 것에 대해서 심각하게 생각해 본 적이 없어. 이전에 이런저런 소설책이나 만화책 같은 것을 보면 나오는 기사도라는 것에 대해서도 그냥 그렇구나 하고 읽으면서 넘겨 버렸으니까. 하지만… 그 진짜로 기사라는 것에 대해서 정말 심각하게 생각해 봤어."

"시안님…."

"난… 난 그렇게 대단한 사람이 아니야. 어떻게 하다 보니 이런 데까지 와서 기엘이나 로운이나 그리고 이리야의 도움을 받아서 이 렇게 여기까지 왔지만, 그래도 난 그냥 평범한 고등학생에 지나지 않아."

"……."

"로운이나 기엘이 했던 그 기사의 맹세가 무엇을 뜻하는 것인지… 몇 번이나 생각해 봤어."

어느새 시안의 상념은 여행의 초기, 즉 세나케인을 만나 몸이 변하고, 그리고 기엘과 로운 기사의 맹세를 받았던 그때로 돌아가 있었다.

"로열 나이트 기엘 디 하라스다인, 시안님의 명령을 충실히 이행할 것을 서약합니다. 기사의 증표인 이 라이트와 하라스다인의 이름과 생명과 미메이라의 이름을 걸고."

"로열 나이트 로운 디 로크레슈, 시안님의 명령을 충실히 이행할 것을 서약합니다. 기사의 증표인 이 라이트와 로크레슈의 이름과 생명과 미메이라의 이름을 걸고."

굳은 얼굴과 의지가 가득한 눈, 그리고 생기로 가득 차 반짝이던 눈빛.

몇 번이나 생각했지만 그 눈빛을 받을 만한 자격은 자신에게 없었다.

"여행을 떠나기 전에 그… 예언자인지 하는 사람이 말한 걸 나는 그냥 단순하게 생각하고 있었어. 내가 가는 길에 많은 사람들의 목숨이 더해진다는 걸 그냥 정말 단순하게만 생각하고 있었지. 그래서 기엘이나 로운이나 이리야 씨한테 설내로 사람의 목숨만은 해치지 말아달라고 부탁했었어. 그거면 되었다고, 그것으로 충분할 것이라고 생각했어. 하지만… 그게 그렇게 단순한 것만은 아니라는 걸

깨달았다고 해야 할까? 난 말주변이 없어서 잘 설명은 못하겠지만…"

"시안님, 맹세코 말씀드리지만 그것은 시안님 탓이 아닙니다."

"아니, 내 탓이야. 그리고 이유는 모르겠지만 저기서…"

시안의 시선이 끊없이 펼쳐져 있는 수해로 향한다. 그곳을 향해 시안은 손을 들었다.

"저기서 날 부르는, 날 기다리는 그 어떤 존재 탓이야."

시안의 손가락 끝이 향하는 곳, 그곳에서 그 무엇인가가 자신을 부르고 있다는 것을 시안은 느끼고 있었다.

어서 오라고, 어서 한시라도 빨리 자신에게 오라고 그것이 부르고 있었다.

"풍환… 이든 유린이라고 하는 이름을 가진 존재이든 난 잘 몰라. 여하튼 내가 여기까지 오게 된 데는 나름대로의 이유가 있겠지."

"그래서 결론이 우리더러 돌아가라는 거냐?"

상당히 불쾌해진 듯한 로운의 말이 시안의 귀를 때린다.

"응. 그러니까 돌아가 줘. 여기까지 내 말을, 그 무리한 부탁을 들어주면서 와줘서, 내 목숨을 지켜줘서 정말 고마워. 진짜로 죽을 때까지 잊지 않을 거야."

누구도 대답하지 않았다.

뭔가 말을 하려 했던 로운조차 입을 다문 채 묵묵하게 시안만을 바라보고 있었다.

아니, 정확하게는 그를 뚫어지도록 노려보고 있었다.

도대체 저 꼬마는 지금 무슨 말을 하고 있는지도 모른다고 그는 생각하고 있었다. 머리끝에서부터 발끝까지 이성이라는 것이 차갑게 식어간다.

"분명 위험하겠지만 이제는 괜찮아. 여기 세나케인도 있고…."

"그건 우리가 필요없다는 의미인가?"

차갑게 가라앉은 로운의 말.

그 말에 시안은 고개를 저었다.

"아니, 그게 아니야. 더 이상은 나 때문에 다치거나 할 필요가 없
다는 뜻이야. 여기서 미메이라는 멀지 않지? 그러니까 돌아가서 날
기다려 줘. 그 대신관 할아버지 말대로 풍환인지 뭔지를 받아서 돌
아갈 테니까. 그럼 끝이잖아?"

나름대로는 열심히 설명했다고 시안은 생각했다.

조금만 더 말주변이 있었으면 좋았을 텐데 하고 시안은 혀를 찼
다. 하지만 어떻게 해도 자신은 그저 정말로 평범한, 그런 존재다.
더 이상 거창하게 말할 수도 없다.

"이리야 씨도 기엘이나 로운을 따라가면 되지 않을까? 뭐, 도움을
많이 주었으니까 아마 대신관 할아버지가 잘해주실 것이라고 생각
하고, 또…."

뭔가 더 할 말을 찾던 시안은 이내 포기해 버렸다.

"그러니까, 여하튼 그렇다고. 그럼…."

시안이 자리에서 툭툭 바지를 털며 일어났다.

"케인, 앞으로는 무슨 일이 생기면 즉각즉각 알려줘. 알았지?"

시안은 되도록 세 사람의 얼굴을 보지 않으려고 했다. 지금 그들
의 얼굴을 보아버리면 왠지 너무나 약해질 것 같았기 때문이다.

"……."

하지만 보지 않아도 세 사람의 감성이 아프도록 전해져 온다. 그
것은 눈앞에 둔 유린의 땅에서 풍겨 나오는 그 강력한 엘의 영향인
지도 모른다. 이유는 모르겠지만 세 사람의 엘이, 그들의 감정을 남

김없이 담은 엘의 파장이 느껴지는 것이다. 마음에서 마음으로.

"그렇게 말하면 우리가 호락호락 돌아갈 것이라고 생각했나?"

"······?"

철그렁—

바위 위에 로운의 검이 내동댕이쳐졌다.

막 발걸음을 옮기려던 시안은 갑자기 자신의 발 앞에 던져진 로운의 라이트를 보고 흠칫 그 자리에 얼어붙었다.

"그렇게 말하면 모든 게 네 마음대로 된다고 생각한 거냐!"

"난, 나는…"

철그렁— 챙강—

로운의 라이트 위에 기엘의 라이트가 포개진다.

그것은 이제 마지막 햇살을 내뿜고 있는 붉은 태양 빛을 받아 눈이 부시도록 빛나기 시작했다.

"넌 우리를 뭐라고 생각해 온 거지? 단순하게 네 경호원쯤으로 생각한 건가?"

로운은 진심으로 화를 내고 있었다. 아니, 그것은 화를 낸다고 하는 단순한 단어로는 표현되기 힘든 감정, 분노였다.

"기엘이 한 기사의 맹세, 내가 한 맹세가 너에겐 그렇게밖에 이해가 되지 않았나?"

감정을 주체하지 못한 로운의 주먹이 파르르 떨렸다.

시안은, 눈앞에서 이렇게 눈만 말똥말똥 뜨고 있는 바보 같은 녀석은 도대체 자신을 뭐라고 생각하고 말했던 것일까?

"우리는! 나는! 기사다!!"

불같이 화를 내뿜는 로운과 냉랭하게 표정이 얼어버린 기엘. 그들은 서로 상반된 방법으로 시안에게 분노를 하고 있었다.

"기사는 주군이 있어야 존재합니다, 시안님."

"난 진짜 시안이 아니야, 기엘."

처연한 표정으로 시안이 대답한다.

"내 진짜 이름은 박경하. 난 시안이 아니야."

"하지만 당신은 제 주인입니다. 기사인 저, 기엘 디 하라스다인의 단 하나밖에 없는 주군이십니다."

"아니야. 기엘은 내가 아니라 시안이라는 여자의 기사가 되었어야 해."

그리고 시안은 천천히 로운에게로 시선을 돌렸다.

"그리고 로운도 마찬가지야. 로운이 날 볼 때마다… 사실은 다른 사람을 보고 있다는 거 알고 있었어. 그렇지 않아?"

"……"

불끈 쥐었던 주먹에서 붉은색의 액체가 배어 나오기 시작했지만 로운은 그것을 깨닫지 못했다.

"너는…"

말을 하려 했지만 감정에 겨워 목이 막힌다. 로운은 발치에 있던 라이트를 거칠게 차냈다.

"이름이 중요합니까?"

기엘은 말을 하지 못하는 로운 대신 조용하게, 그러나 무겁게 말했다.

"이름이 그렇게 중요한 것입니까? 그럼 제가 지금까지 받들어왔던 시안님은 아무 데도 없는 겁니까?"

"…기엘."

"저는 지금 제 눈앞에 있는 당신을 제 주인이라 생각했습니다. 그런데 당신은 허상이었다고, 제가 잘못 생각하고 있었다고 말하시는 겁니까?"

"그런 것은 아니지만…."

훨씬 격렬하게 반응할 줄 알았던 기엘이 너무나도 차분하게 말을 하자 시안은 당황해 버렸다. 보통 때의 행동으로 보아서 로운은 냉정하게 따지고, 기엘이 기사도를 운운하며 따질 것이라고 생각했던 것이다.

"누구보다도 밝고, 긍정적이고, 그리고 확실한 목표를 가지고 지금까지 오셨던 당신이 제게 지금까지의 모든 것들이 다 거짓이고, 제가 잘못 선택했고, 잘못된 주군을 모셔왔다고 그렇게, 정말 그렇게 말씀하시는 겁니까?"

"…기엘의 말대로다. 지금 네 행동은 모든 것을 다 부정하는 거다."

"저기, 나는 말이야…."

그때까지 아무 말도 못하고 있던 이리야가 살며시 끼어들었다.

"나는 사실 기사란 게 뭔지 잘 알지도 못하고, 그리고 신관이라는 것도 뭔지 잘 몰라. 하지만 시안, 네가 하는 말은 확실히…."

"제 선택이 틀렸다고 말씀하시고 싶으시면…."

털썩— 하고 기엘이 그 자리에 무릎을 꿇었다.

"저는 더 이상 살 의미를 잃었다고밖에 말하지 못합니다. 절 이곳에서 버리시겠다면 이 자리에서 제 목을 치고 가십시오."

"기엘!"

"기사는 명예에 살고 명예에 죽습니다. 그 명예는 저 자신을 위한 것이 아닙니다. 오로지 제가 섬기는 제 주군을 향해, 주인을 향한 것입니다."

"나는 그런 소리가 아니라…."

"주군을 잃은 기사에게는 아무런 삶의 목표도, 목적도 없습니다."

눈을 감고 조용하게 입을 다문다.

이를 악물어 떨리는 턱이 기엘의 감정을 그대로 시안에게 한눈에 드러내 보여주고 있다.

그는 기사란 것은 단순히 명예라는 것을 존중하면 된다고 생각해 왔었다. 실제로 그렇게 생각하고 단지 기사라는 이름에 얽매여 있었다. 하지만 시안을 만나고 나서 그 명예라는 것이 얼마나 덧없는 것이던가를 깨달았다.

그 명예는 자신을 향한 것이 아니었다.

"제 목을 치실 때까지, 전 단 한 발자국도 떼지 않겠습니다. 이대로 가시겠다면 천 년이든 만 년이든 이 자리에서…"

"기엘……."

"넌 사람을 잘못 봤어."

"로운!"

로운이 이글거리는 눈동자로 시안을 뚫어지게 바라보았다.

"그래. 분명 대놓고 말하지. 네 얼굴에서 시안의 얼굴을 봤다. 그게 잘못이야? 그녀는 내게 있어서 단순한 연민의 대상이다. 그리고 널 불러오기 위해서 자신의 목숨을 내놓았어. 그녀와 닮은 네 얼굴을 보면서 잠시 감상에 빠진 게 그렇게 잘못이라고 말하고 싶은 거야? 난 너와 일 년도 같이 있지 않았지만 그녀는 나와 십 년을 넘게 함께 있었다. 잠시 잠깐의 연민이 그렇게도 잘못된 거야? 이 자리에서 내 모든 존재를 거부당할 만큼?"

로운은 눈을 감았다.

눈을 감아도 자신의 앞에 서 있는 소년이 너무나도 확연하게 느껴진다.

지금도 그는 자신을 어쩔 줄 몰라 하는 얼굴로 바라보고 있을 것이다.

그는 시안을 향해, 아니, 경하를 향해 기사의 맹세를 했다. 솔직하게 말해 그것이 기엘의 감정에 조금쯤은, 아주 조금쯤은 휩쓸렸던 결과라는 것 역시 스스로 너무나도 잘 알고 있었다.

하지만 순간순간 그는 시안에게 뭐라 표현하지 못할 감정들을 느껴왔다.

살아가는 것이, 숨 쉬는 것이 그저 권태롭던 때와는 전혀 다르게 정말 살아 있다는 감정을 느끼며 살게 만들었던 것이 바로 그의 앞에 서 있는 존재였다.

저 가슴속 깊숙이에서부터 진정한 사모의 감정을 느끼지 않았다 해도 지금의 그에게 있어서 모든 생의 의미는 시안에게서부터 시작하고 있는 것이다.

기엘과는 사뭇 느끼고 있는 감정이 다를지도 모른다. 그는 기엘처럼 시안을 자신의 주인이라고 생각지는 않았다. 하지만 그래도 시안은 그의 삶의 의미였다. 그는 나름대로 가장 타당한 이유로 시안을, 경하를 자신의 주군으로 인정하고 있었던 것이다.

"네가 여기서 날 돌아가라고 한다면…."

그제서야 로운은 눈을 떴다.

확실하게 자신의 마음을 결정했던 것이다.

"난 기사를 폐업하겠다. 두 번 다시 미메이라로 돌아가지 않겠어."

"로운!"

"난 미메이라 인이지만, 미메이라엔 어떤 것도 남기지 않고 떠나왔다. 신관? 그런 것은 그저 미련의 발로였을 뿐이다. 두 번 다시 미메이라로 돌아가지 못한다 해도 상관없어."

휘이이이잉—

산 밑에서부터 바람이, 엘의 기운을 담뿍 담은 바람이 그들의 주위를 스쳐 지나갔다.

그것이 진짜 바람인지, 단순한 엘의 바람인지 아무도 신경 쓰지 않았다. 그것은 단지 바람이 되어 모두를 감싸고, 그리고 사라졌다.

"그럼… 그럼 나더러 도대체 어떻게 하란 말이야!!"

시안이 절규한다.

"더 이상은 보고 싶지 않아!! 어느 누구도 나 때문에 죽는 건 싫어!! 내 이기심 때문에 로운이나 기엘이나 이리야가 다치는 것도 싫단 말이야!!"

마음속 가장 깊은 곳에 있었던 이율배반.

어느 누구의 목숨도 자신의 길에 더해지는 것이 싫었다. 자신을 위해, 자신을 지키기 위해 로운들이 피를 흘리는 것도 싫었다. 하지만 어느 누구의 희생도 없게 하겠다는 것은 불가능한 일이었다. 자신의 부탁이 실제 그들에게는 명령과도 다름없다는 것도 인정하고 싶지 않았지만 그것이 절대적인 명령이라는 것도 어렴풋이 깨닫고 있었다. 하지만 그것을 모른 체했었다.

자신이 모른 체하면 그것은 그저 그들의 책임이 되는 것이라고 자신도 모르게 미루고 있었던 것이다. 자신의 탓이 아니라고, 기엘과 로운과 이리야가 멋대로 하는 것이라고 그렇게 생각하고 싶었다.

하지만.

"난 이기적이야. 내가 살기 위해서 다른 사람들은 아랑곳하지 않았어. 기엘과 로운이 무슨 일을 하는지 안 보려고 했단 말야!!"

다리에서 힘이 빠져나갔다.

서 있을 힘조차 그의 무릎에는 남아 있지 않았다.

부들부들 떨리는 몸, 그리고 꺾여지는 무릎.

"로운이 나 때문에 다치는 것도, 기엘이 나 때문에 죽을 고비를 넘기는 것도, 이리야가 나 때문에 목숨이 위험해지는 것도, 이름 모를 사람들이 나 때문에 죽어가는 것도… 모두 다 싫어."

다리에서부터 차가운 기운이 온몸을 파고든다.

"나한테는 그럴 자격이 없어. 기엘과 로운의 주인이 될 자격 같은 것은 없어. 그리고 세나케인도…."

말은 하지 않았지만, 깨닫지 못한 척하려 했지만… 그의 의식 저 깊은 곳에서부터 전해져 오는 말들을 시안은 무시하려 했었다.

의식을 잃었던 것을 빙자해서 어렴풋하게 기억하고 있었던 것들조차 모조리 없었던 일로 취급했었다.

누구보다 다른 사람의 생명을 빼앗은 것은 자신이었다.

"…돌아가고 싶어."

목소리가 떨렸다. 시안은 자신도 모르게 두 손으로 얼굴을 가렸다.

"돌아가고 싶어… 집으로 돌아가고 싶어."

처음으로 시안의 목소리에서 물기가 배어나왔다. 이곳에 와서 단 한 번도 시안은 누구의 앞에서도 소리 내어 운 적이 없었다.

하지만 지금 시안은 울음보다 더한 감정에 휩싸여 어깨를 떨고 있었다.

"돌아가고 싶어."

"시안님께서 원하신다면 돌려보내 드리겠습니다."

떨리는 시안의 어깨 위로 기엘의 목소리가 들려온다.

"원하시는 것이라면 뭐든지, 제 목숨을 다해서 이뤄드리겠습니다."

어느새 기엘은 시안의 앞으로 다가와 있었다. 로운 역시 기엘의 뒤에 서서 어깨를 떨며 울고 있는 시안을 바라보고 있었다.

시안의 어깨가 그렇게 작아 보일 수가 없었다.

자신은, 그리고 미메이라는 도대체 이 소년에게 무엇을 맡긴 것일까?

아무것도 모르던 이계의 소년에게 그들은 도대체 무엇을 원하고 있는 것일까?

"내가 보장하겠다. 모든 일이 끝나면 반드시 널 돌려보내 주겠어. 그때까지는 절대 기사 폐업을 하지 않겠다."

"돌아가시는 날까지 모실 겁니다, 시안님."

"……."

소리없는 울음이 대답 대신 들려온다.

"그러니 저희에게 돌아가라는 말씀은 두 번 다시 하지 말아주십시오. 그것이 제 단 하나뿐인 소원입니다."

"네 존재가 나와 기엘, 그리고 어쩌면 이리야의 삶의 목적일지도 몰라. 그것을 네게 말하는 것도 넌 부담이라고 생각할지 모르지만."

말로 하는 것이 이렇게나 부족한 것이라는 것을 로운은 처음으로 깨달았다. 말이라면 뭐든지 다 표현할 수 있다고 그는 생각해 왔었다.

"부담이라고 생각하지 말아주었으면 좋겠다. 너를 이곳에 불러온 우리의, 아니, 어쩌면 미메이라의, 그리고 아슈레이의 모든 것들이 네게 주는 보상이라고 생각해 줘."

로운은 마치 시안을 타이르는 깃처럼 밀했다. 하지만 그 말은 실상 자기 자신을 향한 말이었다.

왠지 모르지만 그는 자신의 의무가, 자신의 일생에 걸쳐 찾고 있던 삶의 의미가 바로 지금 자신이 말한 것이 아닐까 생각했다.

원하는 것이 없었던 그의 인생. 하지만 반대로 바라는 것도 많았던 것이 그였다. 모든 바램이 하나로 모아질 때 그가 바라던 것을 얻을 수 있다고 말했던 예언의 현자가 떠올랐다.

'마샤님께서 말한 것이 이런 것일까?'

자신이 깨달은 것이 진짜이든 그렇지 않든 자신에게는 별로 상관이 없을지도 모른다고 그는 생각했다.

현재 지금 눈앞에 보이는 것을 하면 된다.

그것을 하는 동안 자신은 살아 있다는 감정을 느끼게 된다.

그것이 가장 자신이 바라던 것이었다.

*　　　　*　　　　*

길고 긴 복도, 그 복도를 차분한 걸음으로 걷고 있는 사람이 하나 있었다.

어슴푸레하게 새벽의 햇살이 활짝 열려진 창으로 스며드는 시간. 그 고요함의 사이에서 발걸음을 옮기고 있는 사람은 전 미메이라의 수장이며 현 장로인 레이죠였다.

그는 왠지 조금 조급하게 발걸음을 옮기고 있었다.

'너무 이른 시간인 건가.'

새벽잠을 설치다 말고 잠에서 깬 레이죠 장로는 차분한 걸음걸이긴 하지만 상당히 급하게 어디론가 열심히 가고 있었다.

"장로님, 마차를 준비할까요?"

"그래, 말보다는 그쪽이… 으음."

그는 말을 하다 말고 그 자리에 멈추어 섰다.

심장께가 아파왔다.

"자, 장로님, 괜찮으십니까?"

"아무 일도 아니네."

허억, 허억, 하고 레이죠 장로는 숨을 토해냈다. 이상하리만치 뜨거운 기운이 그의 심장에서 온몸으로 퍼져 나가고 있었다.

'설마….'

생각을 하다 말고 그는 고개를 저었다.

"어서 마차를 준비해 주게. 나는 아무렇지도 않네."

"네, 레이죠 장로님."

그를 부축하려던 남자가 재빨리 먼저 자리를 벗어났다.

그가 사라지자 레이죠 장로는 붙들고 있던 옷자락을 천천히 놓으면서 몸을 곧추세웠다.

'아직은 괜찮은 거다.'

레이죠 장로는 마음속에서 번져 오는 불안감을 애써 지우려 했다.

"어서 가세."

"이 새벽에 어인 일이십니까, 레이죠 장로님?"

"잠을 깨운 건가?"

"아닙니다. 늙으니 잠이 없어지는군요."

"미안하군. 이렇게 불편하게 해서."

"아닙니다."

머리 위에서 호로스의 불꽃이 작게 빛을 뿌리며 흔들리고 있는 작은 사실에서 레이죠 장로는 대신관인 카류와 무릎을 마주 대고 있었다.

한동안 신전 한구석에 억류되어 있었던 카류 장로의 얼굴은 보통 때보다 훨씬 마르고 지친 표정이었지만 그래도 상당히 건강해 보이는 것을 보고 레이죠 장로는 안도의 한숨을 내쉬었다.

"왠지 이곳에 오고 싶어지더군."

레이죠 장로는 얼굴에 부드럽게 웃음을 지으며 입을 열었다.

무엇이든 간에 말을 하고 싶었다.

대화가 아니다. 그저 뭔가를 말하고, 그것을 들어줄 사람이 필요했던 것 같았다.

그것이 어째서 이 대신관 카류인지, 그것도 신전에 유폐하다시피 한 이 사람인지 그 이유는 알 수 없었다.

"여러모로 미안하네, 카류."

"아닙니다. 이런 일에도 모두 의미가 있을 것이라고 생각합니다."

"사실은 나 스스로도 잘 모르겠네. 내가 왜 그들에게 협력을 한 것인지 말일세."

"……"

카류는 뭔가 말을 하려다 말고 입을 다물었다. 왠지 레이죠 장로가 대답을 원하는 것은 아닌 것 같다는 생각이 들었기 때문이다.

"뭔가 해보고 싶었다네. 왠지 덧없이 느껴졌거든."

카류는 입을 연 레이죠 장로는 놔두고 조용히 일어나 차를 준비했다.

손수 차를 끓여본 지 오래였었지만 이곳에 유폐되어 있는 동안 그는 스스로 차를 준비했었다.

앞에 내밀어진 따스한 차가 담겨 있는 찻잔을 레이죠 장로는 조용히 내려다보았다.

"나는 무엇을 해온 것인지 잘 모르겠네."

"레이죠 장로님."

"내가 수장으로 있을 시절, 모든 것은 평화로웠지. 로크레슈와 하라스다인이 조금씩 서로를 이간질하는 것도 그냥 보고만 있었지."

"시안님이 계셨으니까요."

"그래. 그때는 참……"

늙은 나이에 얻은 자식이었다.

"자식을 먼저 보낸다는 것이 참으로 이런 기분이 들게 할 줄은 몰랐어."

"글쎄요. 저는 자식을 본 일이 없으니…"

"그것도 그렇구만."

허허허 하고 레이죠 장로는 한숨과도 같이 웃어버렸다.

"후회하고 있네."

"……"

"일이 이렇게 될 줄 알았다면 좀 더 시안을 자유롭게 해줄 것을 그랬어."

"그래도 시안님께서 원하시는 삶을 사셨지 않습니까? 너무 가슴 아파하지는 마십시오."

"그건 그렇지. 하지만 자넨 모를 거야. 그애는……"

레이죠 장로는 말을 하다 말고 멈추었다.

시안이 엘로 화하여 사라졌던 그때가 떠올랐기 때문이다.

"아무리 그렇다고 해도 그애의 장례는 치르게 될 줄 알았는데 말이야."

"……"

"어차피 그리 된다면 그애의 마지막이라도 단둘이서 곁을 지켜주고 싶었네."

카류는 조용히 레이죠 장로의 앞에서 그에게서 뿜어 나오는 흐릿한 감정을 그대로 고스란히 받아들이고 있었다.

책임을 묻고 있는 것은 아니라는 것쯤은 카류도 잘 알고 있었다.

단지 레이죠 장로는 그에게 푸념을 하고 있는 것이다. 어쩔 수 없는 상황에 대해 아무것도 할 수 없었던 그 자신에게서 느끼는 감정을 말이다.

"왠지 될 대로 되라는 심정이었네. 그게 자네에게 이렇게 영향이 갈 줄은 몰랐네만."

"모든 일이 인간의 뜻대로 되는 것은 아니니까요."

"그래, 그렇지."

김이 모락모락 피어 오르던 찻잔이 어느새 식어가기 시작했다.

"…어떻게 생각하나?"

"예?"

갑작스럽게 레이죠 장로가 물어오자 카류는 어리둥절한 표정을 지었다.

"무슨 말씀이신지요?"

"내게 시간이 얼마 남지 않았다는 거, 자네도 알겠지?"

"……"

문득 카류는 레이죠 장로의 말을 듣고 깨닫는 게 있었다. 그는 급히 카류가 눈치 채지 않을 정도로 살며시 그의 엘을 움직였다.

"……!"

순간 카류의 표정이 굳어버렸다.

그것을 눈치 챘는지 못 챘는지 레이죠 장로는 다른 말을 이어갔다.

"죽기 전에 뭐든 해보고 싶었네. 과연 내가 선택한 것이 잘한 일인지 잘못한 일인지는 나중에 미메이라께서 알려주시겠지."

"레이죠 장로님."

"이런 수장의 모습은 싫은가?"

"아, 아닙니다."

카류는 억지로 웃는 얼굴을 만들었다. 그는 방금 전 레이죠 장로에게서 느낀 '그것' 때문에 당황해하지 않으려고 갖은 애를 썼다.

표정에 드러내면 안 된다고 그는 속으로 몇 번씩 다짐을 했다.

건강해 보였기 때문에 방심하고 있었다.

비록 풍옥과 풍환을 지킬 수 있는 힘은 잃었다고 하나 버젓이 미메이라의 수장이었던 사람이다.

기록에서도 풍옥을 잃은 수장이 새로운 계승자에게 그 임무를 모두 이행하고도 몇 년 정도는 정정하게 살아 있었다. 개개인에 따라 차이는 있었지만, 레이죠 장로는 힘을 잃은 지 일 년도 채 되지 않았다. 아직은 때가 오지 않았다고 카류는 아주 단순하게 생각하고 있었던 것이다.

'이건 도대체⋯⋯.'

물론 힘을 잃고 계승자에게 풍옥을 넘겨주고 바로 숨을 거둔 수장들도 얼마든지 있었다. 하지만 그렇게나 정정했던 레이죠 장로의 파장이 이렇게 약해져 있을 것이라고 그는 상상도 하지 못했다.

'설마 뭔가 다른 이유가 있는 것인가?'

"자네에게 뭔가 푸념을 잔뜩 늘어놓은 기분이군."

"아닙니다."

"뭔가 내 손으로 마무리를 짓고 싶었던 것이야. 내 선택으로 인해서 변해가는 그 무엇인가를 지켜보고 싶었나 보네."

레이죠 장로는 이제 차갑게 식이버린 찻잔에 손을 대고는 쓸쓸하게 미소를 지어 보였다.

"내 선택이 옳기를 바랄 뿐이네. 그대의 말대로 모든 것에는 의미가 있고, 모든 것은 미메이라의 뜻대로 이루어진다 해도 내가 한 선택이 그 일부분이라고 그렇게 믿고 싶네.”

“……”

차갑게 식어버린 차를 몇 모금 마신 레이죠 장로는 자리에서 일어났다.

“미안하네. 새벽부터.”

“언제든… 원하시면 찾아주십시오. 뭐, 그리 좋은 환경은 아닙니다만.”

“그러도록 하지.”

유폐되어 있던 자신보다 훨씬 지친 표정을 하고 있는 레이죠 장로를 배웅하며 카류는 생각에 잠겼다.

과연 그의 전 수장에게 남은 시간은 얼마나 되는 걸까?

그 시간 내에 지금 이 자리에 없는 새로운 바람의 계승자가 돌아와 줄지 의문스러웠다.

돌아온다 해도 무슨 일이 생길지 그는 전혀 예측할 수가 없다. 그러나 카류는 마음속으로 간절하게 바랬다.

‘부디 레이죠 장로님께서 살아 계시는 동안 돌아와 주시기 바랍니다.’

무릎을 꿇고 손을 모았다.

‘미메이라의 모든 것은 당신의 뜻에….’

“아침부터 어디에 행차하셨습니까?”

“아, 그저 바람을 좀 쐬러….”

궁으로 마악 돌아오는 레이죠 장로를 맞은 것은 얼마 전까지는 자신의 자택에 연금되어 있던 기사단장 크로운이었다.

그는 어떤 연유에서인지는 모르겠지만 며칠 전부터 자신의 자리로 돌아와 그의 임무를 수행하고 있었다.

로크레슈와 하라스다인 장로와 무슨 암묵적인 말들이 오고 갔는지는 알 수 없다.

"크로운."

"예."

"자네는…."

"예?"

"아. 아닐세."

레이죠 장로는 무슨 말인가를 하려다 말고 입을 다물었다.

"들어가지. 자리를 오랫동안 비워……."

몸을 돌리던 레이죠 장로가 순간 휘청했다.

"레이죠 장로님!"

크로운이 놀라서 황급하게 레이죠 장로의 몸을 부축했다.

"장로님!"

휘청했던 레이죠 장로는 그대로 그 자리에 주저앉고 말았다.

"장로님! 정신 차리십시오!"

멀리서 크로운의 다급한 목소리가 들려왔다.

가물가물하게 감겨가는 눈꺼풀 사이로 희미한 빛이 새어드는 것을 느끼며 그는 정신을 잃었다.

*　　　　*　　　　*

"어?"

조심스럽게 미끄러운 바위 위를 기어 내려가면서 시안이 고개를 퍼뜩 들었다.

"왜 그러십니까, 시안님?"

"아……."

뭔가 화살같이 그의 머리를 스쳐 지나간 것 같았다.

"그, 그러니까…."

시안은 고개를 갸우뚱했다. 바로 조금 전 무엇인가가 머리 속에 떠올랐다가 시안이 그것을 인식하기도 전에 사라져 버렸던 것이다.

'뭐, 뭐였지?'

"시안님?"

"아, 아무것도 아닌가 봐. 뭐, 여기는 워낙 엘의 파장이 이상하게 강해서…."

평소의 수십 배나 자신의 감각이 민감해져 있다는 것을 시안은 잘 알고 있었다. 그런 상태인데도 잘 모르겠는 것을 보면 아무래도 별것이 아닌 것이라고 시안은 생각했다.

"그냥 갑자기 머리 속에 뭔가 신호 같은 게 왔는데, 뭔지를 모르겠어. 지금은 사라졌거든."

"신호요?"

"응. 왜 머리를 땅— 하고 때리는 듯한 느낌 있잖아. 그런 기분이 순간 들었거든."

"피곤하신 것은 아니구요?"

"그럼 조금 쉬었다 가는 게 좋겠어."

대뜸 로운이 주르륵 미끄러져 내리기 직전의 시안을 끌어 올려서 바위 위에 억지로 앉혔다.

"아니라니까! 아무것도 아니야."

"피곤하면 느끼지 않아도 될 것들을 느끼는 법이야. 하물며 이 중간 지대에서는…."

로운은 크게 심호흡을 하면서 시안에게 말했다.

심한 것은 아니지만 아래로 내려가면 내려갈수록 어딘가 몸이 점점 무거워지는 듯한 느낌을 그는 확실하게 받고 있었기 때문이다.

그것은 기엘이나 이리야도 크게 다르지 않았다. 특히 이리야는 숨까지 점점 가빠져 오는 바람에 꽤나 힘들게 걸음을 옮기고 있었다.

"그래, 잘 생각했어. 조금 쉬다 가자구."

털썩 하고 이리야는 소리도 요란하게 주저앉았다.

차마 자존심이 상해서 힘들다는 소리는 못하고 있었지만 어쩔 수가 없는 노릇이었다.

나름대로는 유린의 땅, 그 눈에 보이지 않는 경계를 통과하고 있기는 했지만 기엘이나 로운에 비해서 어느 정도는 그 능력이 떨어지는 것이 사실이다.

스스로가 이곳에 와서 용케도 경계를 통과하고 있다고 생각하는 처지였다.

"정말이지, 생각보다 꽤 힘들잖아 이거."

아직 그들이 내려가야 할 거리는 저 발 밑으로 까마득하다.

이리야는 뭐라고 더 말도 못하고 한숨만 푹푹 내쉬었다.

과연 자신은 저 아래에 내려서는 순간 멀쩡하게 두 다리로 서 있을 수 있을까?

이리야가 그런 생각을 하고 있는데 문득 그의 팔에 시안의 손이 닿았다.

"많이 힘들어?"

"아, 아, 아니야."

한바탕 펑펑 울어 제낀 시안의 얼굴은 아직도 좀 퉁퉁 부어 있는 상태이긴 했지만 표정은 꽤 밝다.

하지만 지금 시안의 얼굴에는 걱정의 기운이 어려 있다.

"으음, 아마 이렇게 하면."

그렇게 말하면서 시안은 조용히 자신의 엘을 불러일으켰다.

그것은 약한 바람처럼 시안의 몸에서 빠져나와 천천히 이리야의 몸 주위를 감싸 안았다가 사라졌다.

"어때?"

"에?"

순간 몸이 가뿐해지는 것을 느낀 이리야는 놀라서 눈을 번쩍 떴다.

"이야~ 너."

"왜? 아무렇지도 않아?"

"너, 여기 오니까 상당히 쓸모가 있어졌구나."

"……"

"흐응~ 생각보다 상당히 괜찮은데 이거."

이리야는 자리에서 벌떡 일어나서 이리저리 몸을 움직여 보았다.

"흐흐흐흐, 앞으로 잘 부탁할게."

"…왠지 칭찬으로 안 들리는 것 같은데."

"칭찬이야, 칭찬. 고마워."

시안은 고개를 갸우뚱거리면서 투덜거렸다.

그런 모습을 기엘과 로운은 미소를 띠며 바라보고 있었다.

'좀 기운을 차리신 것 같지, 로운?'

'그래. 다행이다.'

두 사람은 서로 눈길을 주고 받으며 간만에, 아주 간만에 흐뭇하게 미소를 지었다.

"자, 이제 좀 쉬었으면 서두르자고."

"응."

시안은 일어나서 기지개를 활짝 폈다.

"정말 얼마 안 남았어."

시선이 푸른 수해를 향한다.

저 수해의 저편에서 자신을 부르는 것이 있다.

'정말로 이제 곧……'

불어오는 바람에 몸을 맡기며 시안은 빙그레 웃음을 지었다.

제3장
유린의 땅

The Wind of Ashurei

"으아~ 이 습기, 진짜로 죽이는데? 숨 쉬기가 힘들 정도야."

시안이 투덜투덜하면서 앞장을 서고 있었다.

뿌득하고 시안의 발에 밟힌 나뭇가지가 부서지는 소리가 난다.

"시안님, 너무 그렇게…."

중간 지대의 수해로 접어든 이후 보통 때와는 달리 로운 대신에 시안이 앞장을 서 가고 있었다. 마치 자신이 가야 할 길을 너무나도 잘 알고 있다는 느낌으로 주욱 앞으로 나아가고 있었던 것이다.

"쳇. 숲의 초입에서는 엄청 춥더니만 도대체 여기는 왜 이 모양인 거야?"

뭔가 아슈레이의 중간 지대라고 하는 이름이 시안에게 있어 일종의 파라다이스라는 느낌을 주었던 것이 사실이다. 물론 어딘가에 있다는 유토피아 같은 것을 기대한 것은 아니다. 하지만 몇백 미터를 가는 동안 벌써 두 번이나 주위 환경이 완전히라고 말할 수 있을 정도로 바뀌고 있는 것이다.

"뭔가 굉장히 멋진 곳일 수도 있다고 생각했는데."

"글쎄요. 기록에는 중간 지대에 대해서는 그리 언급되어 있지 않으니 저희도 왜 이런 것인지는 잘 모르겠습니다, 시안님."

"그건 이곳에 평형이 무너져 있기 때문이다."

문득 얌전히 시안의 뒤를 따라가고 있던 세나케인이 대답했다.

"응?"

"평소에 이곳은 4개의 신국과 비슷하게 일정하게 4개의 계절 같은 것이 번갈아서 바뀌곤 했지. 하지만 현재는 그 평형이 무너져 있기 때문에 그래."

"에에? 평형이 무너져?"

"일단 너는 아직 계승자일 뿐. 진정한 바람의 주인이 되지 못했으니까."

"그, 그렇게 되는 건가? 그럼 내가 그 풍환이라는 것을 받아 오게 되면 원래대로 돌아가는 거야?"

"일단은 그렇지."

시안이 기억을 더듬어 자신의 '임무'에 대한 것을 언급하자 세나케인이 당연하다는 듯 말했다.

"거참, 살기 피곤하게 되어 있는 곳이네, 여기도."

시안은 누가 듣든 말든 한숨을 내쉬면서 걸음을 옮겼다.

생각보다 자신이 살던 현실의 세계가 인간이 살아가기엔 더 편한 곳이 아닐까 하는 생각이 들었던 것이다.

누구의 말대로든 자신이 속한 곳이 제일 편하게 느껴지는 법일지도 모른다. 하지만 왠지 인간의 힘이 닿지 않는, 아니, 인간의 힘으로 좌지우지할 수 없는 그 무엇인가가 존재하는 지금의 현실은 너무나 어렵게만 느껴지는 것이다.

'내가 풍환을 받아들이면 원래대로 돌아간다라…'

하지만 거기엔 의문이 하나 있었다. 자신이 얼마 전에 목격했던 호로스의 새로운 계승자는 과연 그럼 어떻게 되는 걸까?

레나텐의 모든 엘을 흡수한 그의 얼굴은 희미하긴 해도 시안의 뇌리에 남아 있었다.

세나케인의 말대로라면 자신은 물론, 새롭게 호로스의 계승자가 된 그 남자 역시 자신과 똑같이 이 중간 지대로 와서 바람의 풍환 대신 불꽃의 무언가를 받아 가야 한다는 소리가 된다.

혼자서 골똘히 생각을 하던 시안이 뒤를 돌아보며 물었다.

"바람의 결정체가 풍환이라면 그럼 불꽃의 결정체는 뭐라고 불러?"

"화륜이라고 한다더군요."

기엘은 시안이 왜 갑자기 호로스에 대한 의문을 표하는지 이상하다고 생각하면서도 일단 대답을 해주었다.

"헤에."

"그런데 갑자기 그것은 왜 묻는 거지?"

로운 역시 기엘과 마찬가지로 좀 이상하다는 얼굴을 했다.

"아아, 근시일 내에 나 말고도 불꽃의 계승자가 이 땅에 오지 않을까 해서."

"뭐?"

"지난번에 봤어. 불꽃의 계승자가 바뀐 거 말이야."

"서, 설마."

로운과 기엘은 서로의 얼굴을 몇 번이나 다시 바라보면서 놀라움을 금치 못했다.

그것은 진실일까?

"진짜야. 나도 왜 그런 것인지는 모르겠지만 보였어. 분명하게."

새로운 불꽃의 계승자에게 호로스의 수장인 레나텐의 엘이 모조리 흡수되었다는 소리는 차마 할 수 없어 시안은 그냥 말을 얼버무리고 말았다.

왠지 그 사실을 이야기할 수는 없다는 생각을 했던 것이다.

시안은 다른 이야기를 하려고 했다. 왠지 레나텐의 얼굴을 떠올리면 자꾸만 우울해진다.

"그쪽도 나처럼 여기저기 여행을 다니고 그러는 거야? 아아, 그러면 상당히 시간이 걸릴지도 모르겠군 기왕이면 같이 여행하는 것도 나쁘지 않을 것이라고 생각했는데."

"……."

"설마, 호로스의 계승자는 아직 나이가 어리다고 들었는데…."

"어? 아니야. 꽤 나이가 든 남자였는데? 그러니까 대충 로운 정도는 돼 보이는 키에다가 체격도…."

아무 생각 없이 말을 하다 말고 시안은 소스라치게 놀라서 입을 막았다.

왠지 금기를 말해 버린 기분이다.

"시안님?"

"그런 것까지 볼 수 있는 건가?"

"아! 아아, 그게, 그게 말이지. 그러니까…."

"흐음. 각 신국의 계승자나 수장 사이에 어떤 연관성이 있을 수도 있다는 의미가 되는 건가?"

"어디서도 그런 가능성이 있다는 소리는 들어본 적이 없어, 로운."

놀라서 입을 막은 시안과는 달리 기엘과 로운은 다른 의미에서 심각한 표정을 지었다.

"그 이외에 혹 다른 신국에 대해서는 느껴지는 것이 없어?"

로운이 시안의 앞으로 다가와서 진지한 얼굴로 묻는다.

"에? 아, 아니. 그런 건 없는데?"

"흐음, 설마, 교체기에 일어나는 일시적인 현상인가?"

"글쎄."

갑자기 뭔가 학구적인 분위기가 되어버리자 시안은 이번에는 어리둥절해져 버렸다.

"그, 그런 게 중요한 거야?"

"으음, 중요하다고 보기도, 그렇지 않다고 보기도 어렵다고 말씀 드릴 수 있달까요? 수백 년 이상이나 유지되어 온 신국이지만 아직 저희들은 모르는 것투성이입니다. 실제 역대 수장 계승자마다 오셨던 이 중간 지대에 대해서도 거의 전무하다라고밖에 할 수 없을 정도로 정보가 없습니다. 작은 것 하나라도 중요한 정보가 됩니다, 시안님."

"벼, 별로 그렇지도 않은 것 같은데…."

기엘과 로운의 심각하고 진지한 얼굴을 보고 있자니 왠지 무슨 정보 탐색의 대가들이 모여 정보전이라고 하고 있는 기분이 든다.

'설마, 다른 신국과의 관계가 그렇게 좋은 것은 아닌가? 하지만 호로스에는 직접 인사까지 가라고 해놓구….'

시안은 고개를 갸우뚱했다.

'나중에 케인한테 좀 물어봐야겠어. 아무래도 그쪽은 나보다 케인이 잘 아는 것 같으니까.'

그렇게 결정하고 시안은 고개를 들었다.

“일단은 좀 쉬다 가자. 아직 갈 길이 좀 되는 것 같아. 내가 느끼기에는.”

마치 자석에 이끌리는 철 조각처럼, 미세한 힘으로 자신을 부르는 존재가 분명히 저 멀리 존재하고 있었다.

그쪽으로 한 발자국씩 가는 것은 그렇게 두려운 일이 아니었지만 그렇다고 해서 두렵지 않다고는 말할 수 없었다.

희망과 불안이 동시에 존재하는 느낌이랄까?

손을 내밀면 아주 가까이 닿아버릴 것 같은 느낌이지만 그와 함께 절대로 가까이 다가가고 싶지 않은 마음이 공존해 있다.

‘모르겠어, 정말.’

나무로 빽빽하게 덮여 잘 보이지 않는 하늘을 애써 바라본다.

‘내가 여기에 있는 이유를 알고 싶어.’

*   *   *

“우카아악!! 저, 저리가앗—!!”

퍼엉— 소리와 함께 앞에서 폭발 같은 것이 일었다.

다음 순간 휘익 하며 바람을 가르고 자신을 향해 무엇인가 달려들었다.

“크헉!!”

옆구리에 느껴지는 것은 둔탁한 통증.

시안은 몸을 접으며 앞으로 꼬꾸라졌다.

“젠장!! 기엘!! 이 녀석 좀 잡아!!”

얼결에 놀라서 자신의 바람으로 상처를 입힌 것이 잘못이었던 듯 싶다.

"그러니까!! 아무거나 함부로 건드리지 말라고 했지!!"

로운의 거친 고함 소리와 함께 그의 라이트가 바람을 가르는 소리가 난다.

"죽이진 말아!!"

"죽이라고 해도 안 죽여!!"

로운은 화를 버럭버럭 내면서 자신에게 달려드는 어미를 칼등으로 거칠게 내려쳤다.

"캬아아아옹!!"

로운의 일격을 맞아서 비명을 지르며 내동댕이쳐진 어미는 곧장 일어나서 자신의 새끼를 물고 쏜살같이 사라졌다.

"아이고오~ 아파라."

"그러니까 왜 그렇게 말을 안 들어!"

"그, 그냥 귀여워 보이는 데다가 사람을 잘 따르는 것 같았단 말이야."

시안은 어미의 헤드 펀치에 당한 옆구리를 몇 번이나 쓰다듬으며 일어났다.

"에잇. 무슨 몬스터도 아니고 들고양이한테 당하다니. 정말 한심하구만."

"다음부터는 절대로 손대지 마. 넌 사람이 말하는 것도 못 알아듣냐? 이 멍청한…"

재차 시안을 씹어대기 시작하는 로운.

그런 로운을 보면서 기엘은 웬일인지 말리려 하지도 않고 아무 소리 없이 시안의 옷에 묻은 흙먼지들을 떨어내 주기만 했다.

"그래! 니 못 알아듣는다! 그래서 뭐 보태준 거 있어?!"

"당연하지! 네 녀석 때문에 고생하는 것은 항상 나잖아! 넌 그것도 모르냐?!"

목소리를 높이며 어린애처럼 싸워대는 것이 왠지 기엘에게는 마음이 놓이는 광경이었다.

무엇인지 모를 것이 기다리는 곳을 향해서 침묵과 함께 나아가는 것보다는 옥신각신하며 평소처럼 꾸물거리며 가는 것이 훨씬 안도감을 주었기 때문이다.

사실 그건 다른 세 사람도 별반 다르지 않았던 모양이다.

"그러니까, 항상 시안은 일을 저지르고 로운은 그걸 처리하고, 나랑 기사 양반은 맨날 그걸 말리고. 좋은 관계로구만."

"이봐, 이리얏! 당신 말 다 했어?"

시안의 화살이 이리야를 향하려는 순간 이리야는 혀를 쑤욱 내어 빼고는 도망을 쳤다.

"어째서 하나같이 다들 어린애 같은 건지."

기엘이 뒤에서 세 남자를 전부 5~6살 먹은 어린애 취급을 하고 있다는 사실은 아마 아무도 모를 것이다.

꿀꺽—

시안이 타액을 삼키는 소리가 모두의 귀에 들려왔다.

눈앞에 보이는 것은 울창한 숲 자락 끝의 넓은 강.

"설마 우리 이거 건너가야 하는 거야?"

"그런 것 같은데."

"우어! 배도 없잖아!"

"대신 당신이 있지, 이리야."

세 사람의 얼굴이 한꺼번에 이리야에게 향하자 이리야는 갑자기 사색이 된다.

"그, 그러니까 말이야. 그것도 일단 배가 있어야 어떻게 되는 게 아닐까? 응?"

"뭘요. 어느 정도는 이리야 씨의 힘으로 될 겁니다. 이곳에 오셔서 확실히 주문을 쓰는 게 쉬워지시지 않았습니까?"

"그, 그건 그렇지만."

실제 기엘의 말은 사실이었다.

바깥 세상의 엘러들에게 전해져 내려오는 전설 그대로, 아슈레이의 중간 지대에 들어온 이리야는 자신의 능력이 현저하게 상승되어 가고 있다는 것을 온몸으로 느끼는 중이었다.

"어? 진짜?"

멍하게 눈앞에 펼쳐져 있는 강물만 바라보던 시안의 귀가 솔깃해진다.

"이곳은 워낙 자연적인 엘의 힘이 강한 곳이기 때문에 자연적으로 술사의 능력이 올라갈 수밖에 없습니다, 시안님. 물론 그만큼의 부담이 있기도 하지만 이곳에서 한동안 지내게 된다면 확실하게 능력의 향상을 가져올 수도 있는 것이지요."

그렇기 때문에 역대 수장 계승자를 호위했던 기사들이나 신관의 능력이 비약적으로 향상되어 돌아왔던 예가 있다. 물론 그렇게 되기 전에 수장 계승자를 보호하다가 비명에 간 기사들이나 신관도 부지기수이긴 하지만 말이다.

"흐음, 난 별로 세진 것 같지도 않은데. 물론 바람술을 좀 쓰게 되기는 했지만."

"글쎄요. 그 차이는 저도 잘 모르겠습니다, 시안님."

"흐응, 여하튼 각설해서 말이야. 이리야의 능력으로 된다는 소리야?"

"그럴 수도 있습니다."

세 사람의 기대에 찬 눈빛. 그 눈빛을 잠시 받고 있던 이리야는 결국 손을 들고 말았다.

"알았어, 알았다구. 해보지. 하지만 그전에 어디서든 좋으니까 큰 나무나 하나 좀 잘라서 띄워줘. 뭔가 매개체가 있는 쪽이 훨씬 물의 술을 쓰는 데 도움이 되니까."

"물론. 그 정도는 간단합니다."

목적지에 가까워갈수록 그들의 앞을 가로막는 장애물은 이상하리만치 척척 제거된다.

시안은 그것이 좋은 징조인지 나쁜 징조인지 잘 구분이 가지 않았다.

"시안님, 좀 물러서 계십시오."

기엘은 사람들을 물러서게 한 뒤 이리야가 말한 대로 큼직한 아름드리 나무 하나를 골랐다.

"후우…."

라이트를 꺼내 들고 그는 심호흡을 했다.

"어이, 로운. 설마 기엘이 저걸로 나무를 자르겠다는 소리는 아니겠지?"

"바로 그 설마야."

"꿰엑! 진짜? 그, 그게 어떻게 가능해! 말도 안 되잖아!"

"그냥 내려친다면 당연히 불가능하지. 하지만 잘 봐둬. 저 녀석이 바람술을 완력으로 변화시켜 사용하는 것을 말이야."

시안의 어깨를 잡고 로운이 설명을 했다.

"저 녀석의 바람술은 정교하거나 세밀하지 않은 대신에 저런 쪽으로는 거의 천재적이거든."

"뭔가 내가 생각한 거랑 달라도 엄청 다르네."

역시 사람은 겉모습으로만 평가해서는 안 된다고 생각하면서 시안은 기엘이 자신의 엘을 검으로 갈무리하는 것을 지켜보았다.

그리고 다음 순간.

시안은 기엘의 날카로운 기합 소리와 함께 거대한 아름드리 나무가 소리도 없이 베어지는 것을 그 눈으로 목격할 수 있었다.

"넘어간다—!"

오히려 시끄러운 것은 그 나무에 앉아 있던 새들과 작은 동물들.

쿠구구구구궁— 소리를 내면서 나무가 아래로 아래로 넘어져 내렸다.

"후우, 힘들다."

땀이 비 오듯이 뚝뚝 흘러내리는 것을 시안은 손으로 닦아내면서 허리를 폈다.

"여기까지다, 시안."

"아, 으으응."

세나케인의 말에 시안이 뒤를 돌아다본다.

기엘과 이리야의 합작으로 무사히 강을 건넌 시안은 마치 신 들린 사람처럼 산을 올라왔다.

사실 그동안 며칠이 흘렀는지 시안은 세어보지도 않았다. 시간이 흐르는 것인지 흐르지 않는 것인지도 구별이 가지 않았다.

눈앞에 보이는 광경은 아무리 산을 올라도 변하지 않는다.

그저 보이는 것은 키가 작은 나무들과 돌들과 가끔 눈에 띄는 작은 시내 성도.

그냥 정신없이 오르다가 해가 지면 노숙을 하고 다시 태양이 뜨면 발걸음을 옮기고 그것을 며칠이나 반복해 왔다. 오늘도 시안은 정신없이 산을 올랐던 것이다.

그러던 시안이 마치 스위치가 들어간 사람처럼 문득 정신을 차린 것이다.

눈을 감고 시안은 불어오는 바람을 온몸으로 맞았다.

때라는 것은 이렇게 갑자기 찾아오는 걸까?

시안은 자리에 멈춰 서서 나머지 일행들이 올라오길 기다렸다.

얼마나 열심히 산을 올랐는지 이리야 같은 경우는 저 아래 뒤처진 상태였다.

그들이 모두 올라오는 것을 확인한 시안이 아주 밝은 얼굴로 말했다.

"여기서 기다려 줘. 금방 돌아올게."

"시안님?"

시안이 뭐라고 대답하기도 전에 세나케인이 시안을 대신하여 말했다.

"이곳에서 기다려라. 이제부터는 이 녀석 혼자 가야 하는 길이다."

"세나케인님, 그렇지만."

"걱정하는 마음은 알지만 괜찮을 거야. 기엘, 그리고 로운이랑 이리야."

스스로 그런 마음이 든다는 것도 신기했다.

마치 무엇엔가 최면이라도 당하지 않고서는 자신의 입에서 그런 말이 나올 것이라고는 스스로도 상상하지 못했던 것이다.

하지만 그 이유가 무엇이든 간에 시안의 머리 속에서는 이제부터는 시안 혼자 가야 할, 그리고 시안 혼자 감당해야 할 길이 남아 있다고 알리는 것이다.

"기다려 줘. 무사히 돌아올 테니까. 누가 알아? 갔다 오면 갑자기 수퍼맨 비슷한 것이 되어 있을지."

세 사람 모두 시안의 얼굴만을 바라볼 뿐 누구 하나 입을 떼지 않았다.

그런 그들에게 시안은 함박웃음을 지어 보이면서 손을 흔들었다.

"다른 데 가지 말고 꼭 여기에 있어. 되도록 빨리 돌아올게."

"얼마나 걸리는 거지?"

"글쎄? 내가 그걸 어떻게 알아. 자아, 그럼."

툭툭 옷에 묻은 먼지들을 털어내고 시안이 몸을 돌렸다.

어느새 해가 지고 있었다.

시안의 몸은 지는 석양을 받아 눈이 부시도록 빛을 반사하고 있었다.

"갔다 올게."

*　　　*　　　*

"왜 우울해하지?"

조용하게 걷고 있는 시안의 뒤에서 문득 세나케인이 말을 걸었다.

"나도 잘 모르겠어. 그냥 기분이 가라앉아."

"흐응."

"케인은 기분 좋지? 고향 같은 곳에 돌아온 거 아니야?"

"특별히 그렇지는 않다. 이곳은 유린의 영역이니까."

세나케인이 대답하자 시안은 머리 속에서 뭔가 반짝하고 떠오르는 것이 생각났다.

"맞다. 전부터 궁금했는데, 왠지 다른 사람들이 있을 때는 물어보기가 좀 곤란해서 입을 다물고 있었어. 그 유린이라는 게 도대체 누구야? 세나케인 같은 그런 존재?"

"같다면 같고 다르다면 다른 존재랄까."

"같다면 같고, 다르다면 다른 존재? 그런 것도 있을 수 있나?"

"물론. 아, 이제부터는 내려간다."

어둠이 내리기 시작했기 때문에 시야는 그렇게 밝지가 못했다. 시안은 세나케인의 인도에 따라 천천히 아래쪽을 향해 걷기 시작했다.

"대충 느끼기에는 여기 무슨 분지 비슷한 것 같은데…"

높은 산을 몇 날 며칠을 들여 올라왔다 내려간다고 하지만 세나케인의 태도로 보아 올라온 만큼 다시 미친 듯이 내려갈 것 같지는 않았다. 그리고 무엇보다 자신의 온몸의 감각이 그렇게 느끼고 있는 것이다.

"정말, 저 세 사람이 따라왔으면 무척 힘들었을 것 같아."

시안이 손을 들어서 눈앞을 가로막는 투명한 엘의 자락을 걷어냈다.

아래로 내려갈수록 점점 더 짙어지는 바람의 엘.

그것은 이제 주위에 완전하게 들어차서 시안의 눈에는 마치 엘로 된 젤리 사이를 억지로 비집고 들어가는 것처럼 비춰졌던 것이다.

하지만 실제로는 눈에 보이는 것이 그럴 뿐, 시안의 몸에는 별 영향을 주지 않았다.

"얼마나 더 가야 해?"

"이제 곧이다."

"그 레이죠 장로라는 분도 케인이 인도했어?"

"그렇지는 않다. 그는 날 각성시킬 정도의 능력자는 되지 못했다."

"그럼?"

"그저 몸 안에 있는 내 존재가 자연스럽게 유린의 땅으로 인도했을 뿐이지."

"칫, 그게 그거잖아."

시안은 끊임없이 뭔가를 계속 말하고 있었다.

침묵이라는 것이 두려웠다.

"유린을 만나면 어떻게 돼?"

"만나면 알게 돼."

"언제 만나게 되는 건데?"

"곧."

그 말이 떨어지기가 무섭게 시안의 시야가 확 트였다.

널따란 평지가 그의 앞에 무섭도록 펼쳐져 있었다.

그리고 그 평지의 저 한끝에 마치 거대한 산을 축소해 놓은 듯한 느낌의 성이 서 있었다.

시안은 잠시 말을 잃었다.

왜 그것을 성이라고 느낀 것인지 알 수는 없었다.

'아니야. 저건 성이 아니라…'

인간의 손이 닿지 않은 건축물이 시안의 눈앞에 멀리 바라다보였다.

시안은 자신도 모르게 발걸음을 옮겼다.

무릎 높이까지 자라 걸음을 방해하는 풀들과 이름 모를 꽃들. 그리고 빛을 발하며 날아다니는 곤충들. 그 사이로 시안은 멀리 보이는 성에서 단 한 순간도 눈을 떼지 않고 걸어나갔다.

가까이 가면 갈수록 성은 점점 더 그 위용을 자랑하며 다가선다.

풀이 돋아나 있는 벽들이 시안의 키를 몇 배나 넘기며 위풍당당하게 서 있었다.

'이건 성이 아니라… 신전이야.'

아무도 가르쳐 주지 않아도 느낄 수 있었다.

가까이 가면 갈수록 그렇게 자신의 시야를 가리던 엘의 바람이 하나둘씩 사라져 보이지 않았다.

그곳에는 마치 아무것도 없는 것처럼.

'아무것도 없지만 모든 것이 있는 곳….'

가까이 다가가자 물소리가 들려왔다.

그 소리는 얼마 전에 들었던 강물 소리와는 전혀 다른, 마치 폭포수가 떨어지는 듯한 소리였다.

"이 소리는 뭐야? 케인?"

질문을 했지만 이미 세나케인의 자취는 사라진 듯, 대답이 들려오지 않았다.

갑자기 시안의 주위에 살아 있는 것은 아무것도 없는 듯한 그런 감각이 전해져 왔다.

'무서워….'

입 밖으로는 낼 수 없었지만 시안의 오감이 그렇게 느끼고 있었다.

'하지만….'

시간이 멈추어 있는 듯한, 바람 한 점 불지 않는 곳에서 태고의 신전이 시안을 부르고 있었다.

*　　　　*　　　　*

쏴아아아—

귓가에 들려오는 것은 물이 떨어지는 소리뿐.

시안은 물소리가 들려오는 쪽을 향해서 걸어갔다. 걸음을 멈추고 싶었지만 등불을 향해 자신도 모르게 날아드는 벌레들처럼 시안은 그 소리를 향해 걸을 수밖에 없었다.

잠시 후 시안의 앞에 그 물소리의 정체가 한눈에 들어왔다.

"이건…"

거대한 기둥의 사이로 세차게 물줄기가 내리치고 있었다.

희한한 것은 위에서 떨어진 물이 어디론가 사라져 버리고 있다는 것이었다.

'설마 여길 밟으면 아슈레이보다 더 이상한 데로 떨어져 버리는 것은 아닐까?'

두려움이 시안의 머리 속으로 파고든다.

식은땀이 흘러내리기 시작한 지는 오래. 벌써 등쪽이 축축할 정도다.

'제길. 여기까지 왔는데 뭘 이렇게 무서워하는 거야.'

시안은 이를 악물고 그 작은 폭포 쪽으로 다가섰다.

쏴아아아아아—

그렇게 큰 소리를 내면서 떨어지는데도 시안에게 물 한 방울 튀지 않는 것이 신기했다.

"이건…"

시안은 두려워하면서도 손을 뻗었다. 왠지 그렇게 해야 할 것만 같았기 때문이다.

달빛을 받아 희게 빛나는 손가락이 떨어지는 물줄기에 닿는 순간 시안은 깜짝 놀라서 손을 거두었다.

"으악! 뜨, 뜨겁잖아!"

수증기조차 나지 않는데도 물줄기는 뜨거웠다. 하지만 그 뜨거운 것에 놀라기도 전에 시안의 입을 떡 벌어지게 하는 일이 일어났다.

떨어지던 물줄기가 순식간에 양쪽으로 갈라지기 시작한 것이다.

"우, 우아아앗!"

놀라서 뒷걸음질을 치던 시안은 다리가 걸려서 넘어지고 말았다.

"노, 놀, 놀랐잖아."

말을 하지 않고는 못 배길 정도로 다리가 덜덜덜 떨려온다.

뚝 하고 시안의 이마에서 흘러내린 식은땀이 바닥으로 떨어진다.

물줄기가 갈라지고 나타난 것은 검은 밤하늘보다도 더욱 새카만 암흑.

깊은 어둠이 시안을 기다리고 있었다.

시안은 갈등했다.

'저기로 들어오라는 건가?'

뭔가 거대한 외부의 모습을 보고 감탄했던 시안은 안으로 들어서면 무진장 화려한 그 무엇이 기다릴 것이라고 나름대로는 상상하고 있었던 것이다.

"제길, 여긴 전부, 처음부터 끝까지 내 상상대로 이루어지는 게 하나도 없어!"

결국 시안은 투덜투덜 불평을 하기 시작했다.

"그래, 설마 죽기야 하겠어?"

그것은 스스로를 위로하는 말.

시안은 다리에 힘을 주었다.

"쳇. 죽게 되면 죽는 거고."

시안은 질끈 눈을 감고 그 어둠 속으로 한 발을 내디뎠다.

"시안님… 무사하실까?"

"무사히 돌아오겠지. 그 때문에 우리가 여기 있는 거니까."

"위험… 한 거냐?"

이리야는 왠지 비장감을 온몸으로 내뿜고 있는 두 사람을 힐끔힐끔 쳐다보며 말했다.

차마 뭐라고 위로하기도 뭐한 상태.

이리야는 몸둘 바를 모르고 안절부절못할 수밖에 없었다.

"글쎄, 풍환을 받기 위해 이곳에 왔던 분들이 죽었다는 기록은 없긴 해."

"아, 아아."

후우— 하고 이리야가 안도의 한숨을 내쉰다.

"다행이구만. 하도 뭔가 심각해서 되게 걱정했잖아."

"하지만 걱정되는 것도 사실입니다."

"에에엥?"

"저는 이렇게 손을 놓고 기다려야 하는데 시안님께 무슨 일이 일어날지…."

"기엘, 쓸데없는 걱정은 하지 마. 그 녀석의 그런 태평한 성격에 무슨 일이 일어나기나 하겠어? 무사히 나올 거야. 지난번에 죽을 고비를 넘기고도 멀쩡하게 살아났잖아."

"그래도 아무것도 못 해드린다는 사실 자체가 너무… 괴로워."

기엘은 그의 머리카락 사이로 손을 집어넣으며 무릎 위로 고개를 떨구었다. 피가 마르는 기분이다.

"어이, 이봐, 기사 양반. 너무 그러지 말라고. 댁이 그러니까 그 녀석이 자꾸만 걱정을 하는 거잖아."

"……"

"그건 그렇고, 그 시안의 집은 도대체 어디야? 그때 이야기할 때

엄청 궁금했는데."

"먼 곳입니다."

"먼 곳?"

"예. 저희들은 갈 수 없을 정도로 아주 먼 곳이죠."

"엥?"

"할 수만 있다면 같이 가드리고 싶을 정도로요. 절대 불가능하겠지만."

"기엘, 푸념은 그만 해."

로운이 기엘의 말을 막았다.

그냥 두면 이런저런 있는 말 없는 말 다 해버릴 것 같은 분위기였기 때문이다. 대신 그는 다른 소리를 했다.

"생각해 보니까 그 녀석, 밥을 안 먹여 보냈군."

"어? 진짜 그러네. 어쩐지 아까부터 뭔가 자꾸 생각나더라니만. 끼니를 거른 거잖아. 역시 그 녀석이 없으니 먹는 데 소홀해지는 군."

"그건 그렇지. 기엘, 뭐라도 먹을래?"

"아니, 시안님도 못 드실지 모르는데."

"그래도 먹어두는 게 좋아."

"하지만 로운."

"그 녀석이 먹는 거를 매번 챙겨서 꼬박꼬박 먹어대는 건 배가 고파서라기보다는 다른 이유가 더 많으니까. 그렇게 걱정할 필요없어."

로운이 그렇게 말하면서 주섬주섬 며칠 전에 잡아서 훈제를 해놓은 고깃덩어리를 짐 속에서 꺼냈다.

그는 고깃덩어리를 손질하면서 말을 이었다.

"어딘가에서 물이랑 땔감 같은 것을 구해보자. 언제 돌아올지 모르는데 이렇게 넋 놓고 앉아 있을 수만은 없잖아? 어이, 이리야. 부탁해."

"아아, 알았어."

이리야가 걱정하지 말라는 손짓을 하면서 두리번두리번거리더니 어딘가 방향을 정하고는 사라졌다.

그가 사라지는 것을 확인하자마자 로운이 기엘을 쳐다보았다.

"난 시안이 매번 밥, 밥, 하는 게 사실은 일종의 생존 본능이 아닐까 생각해, 기엘."

"생존 본능?"

"응. 단순하게 배가 고파서 그런다고 보기에는 뭔가 부자연스럽고 너무 지나치거든."

기엘은 로운이 조금 큰 돌덩이들을 주워 오는 것을 가만히 지켜보았다.

로운은 몇 개의 돌을 모아 불을 피울 자리를 만들면서 피식하고 웃었다.

"사실이 그렇잖아. 믿을 데라고는 아무것도 없는 이상한 곳에 혼자서 뚝 하고 떨어졌어. 잘 곳도 있고, 입을 것도 있고, 먹을 것도 있지만 그래도 불안하기는 매한가지였을 거야. 그러니까 그 불안감이 먹는 것으로 이어지지 않았을까?"

그는 옆에서 작은 나뭇가지들을 모으기 시작했다.

"배가 고프면 먹고, 배가 고프지 않아도 끼니 때가 되면 여지없이 챙기는 거 알잖아. 그나마 열심히 먹고 있어야 안심이 되었던 것인지도 모르지. 실제로 바람술에 조금 익숙해지기 시작하면서부터는 좀 덜해졌잖아."

"…그렇기는 하군."

　　기억을 더듬어보면 로운의 말이 사실이라는 것쯤은 금방 알 수 있다. 하지만 기엘은 시안이 그만큼이나 불안했던가를 생각하니 오히려 우울해진다.

　　"너무 신경을 쓰면 오히려 눈치를 채지 못하는 법이지."

　　"응."

　　"사실 나도 걱정이 안 되는 것은 아니야, 기엘."

　　그는 잠시 손을 멈추고 그의 친우의 얼굴을 바라보았다. 몇 년 동안이나 서로를 보며 함께 웃고 함께 배우고 함께 일했던 친우다. 그가 자신을 잘 알고 있다면, 자신 역시 그를 잘 알고 있는 것이다.

　　"하지만, 기엘. 나는 그 녀석을 믿고 싶어. 아니, 시안님을 믿어드리고 싶어."

　　"…응, 믿어야지."

　　지금은 그렇게 할 수밖에 없다.

　　그들이 불러온 이계의 소년, 그의 어깨 위에 걸린 무게가 얼마나 되는지 설사 그 스스로가 모른다고 해도 믿을 수밖에 없는 것이다.

　　"그래, 믿고 있어."

　　기엘은 스스로 다짐하듯 몇 번이나 그 말을 되뇌였다.

　　멀리서 이리야가 오고 있는 것이 보였다.

　　"어이, 이리야. 빨리 오라구."

　　휘휘 손을 흔드는 이리야의 모습.

　　기엘은 그에게 손을 흔들어주었다.

＊　　　　＊　　　　＊

　　"에, 또, 그러니까…."

내민 손조차 보이지 않는 암흑.

그 암흑 속으로 시안은 천천히 걸어 들어가고 있었다.

"젠장, 불이라도 좀 켜놓으면 어디가 덧나난 말이야."

이상하게도 세나케인을 부를 마음이 나지 않는 게 신기했다. 분명 불안한데, 누군가 곁에 있어주었으면 하면서도 시안에게는 그런 마음이 들지를 않았다.

그저 앞으로 천천히 나아갈 뿐이다.

"후우, 도대체 어디까지 걸어오라는 건지."

빛이 없으면 시간 감각도 공간 감각도 잘 느껴지지 않는 법이다.

얼마를 걸은 것인지, 얼마나 지난 것인지 시안은 잘 알 수가 없었다.

"저어, 여기 누구 없어요?"

용기를 내어 소리를 질러보았다.

하지만 들려오는 소리는 아무것도 없다.

시안은 손가락을 들어 콧잔등을 몇 번 긁었다.

"누구 없냐구요!"

순간 섬뜩하도록 차갑고도 뜨거운 기운이 목덜미를 스친다.

"우앗!"

시안은 목덜미를 감싸며 그 자리에 주저앉아 버렸다.

"누, 누구야!"

덜덜덜, 온몸이 떨려오기 시작한다.

"누구야! 장난치지 말고 나와!"

하지만 들려오는 대답은 여전히 아무것도 없다.

"젠장!! 나와보란 말이야!! 사람을 불렀으면 나와야 하는 게 예의잖아!!"

존대말 같은 것은 어디론가 집어치워 버렸다. 남아 있는 것은 두려움과 오기뿐.

무섭지만 무섭지 않다고 몇 번이나 스스로를 세뇌하고 있었지만 다 거짓말이다.

정말로 무섭다. 입술이 덜덜 떨려올 정도로.

"나오라고 했잖아—!"

두려움과 공포와 오기가 겹쳐진 시안의 절규가 아무것도 없는 암흑 속으로 길고 길게 퍼져 나갔다. 그 끝에 돌아오는 것은 한없는 적막과 어두움.

시안은 그 자리에 앉아 망연자실해 버렸다.

'뭘 어떻게 하라는 거야. 아무것도 없는걸.'

목덜미를 감쌌던 손을 풀어 왠지 모르게 썰렁한 어깨를 감싸 안는다. 호흡을 가다듬으며 시안은 생각에 잠겼다.

'풍환이라는 거 도대체 어떻게 하라는 거지?'

고요한 암흑 한가운데에 한참을 앉아 있으려니 왠지 두려움도 공포도 마비되어 가는 것 같다.

'그러고 보니 사람을 암흑 속에, 거기다 소리도 없는 곳에 가두어 놓으면 미친다고 하던데….'

그 생각을 하자마자 시안은 뭔가 오싹해져서 뒤를 돌아다보았다. 적어도 자신이 들어온 곳에서부터는 빛이 새어 들어올 것이라는 생각에서였다. 하지만 돌아다본 곳에서는 아무것도 발견할 수 없었다. 심지어는 바늘 끝만한 빛도 말이다.

꿀꺽.

'괘, 괜찮… 겠지?'

이제는 실실실 웃음이 나온다.

‘괜찮을 거야. 아암, 괜찮고 말고.’

스스로를 위로하면서 시안은 눈을 감았다.

그 순간이었다.

쑤욱 하고 몸이 아래로 가라앉았다.

“우, 우아아아아아아악!! 뭐, 뭐야!!”

순식간에 눈을 뜰 수 없을 정도로 환한 빛이 시안에게 달려들었다.

“제기랄!! 어째서 여긴 이렇게 맨날 떨어지기만 하는 거냐구!! 좀 참신하게 부웅 떠오르는 것도 없냐!!”

강렬한 바람에 시안의 옷자락이 파라라락— 하고 떨렸다.

시안은 강하게 불어오는 바람을 향해 속으로 하나, 둘, 셋 하고 숫자를 세다가 눈을 번쩍 떴다.

아래에서 넓고 넓은 수해가 시안의 얼굴로 미친 듯한 속도로 달려들고 있었다.

“우, 우아아악!!”

이마에서 흘러내린 식은땀은 이미 바람에 날려 사라진 지 오래다.

‘다, 당황하지 말자. 그, 그래. 머, 멈춘다고 생각을 하면⋯’

맨날 뚝뚝 떨어지다 보면 어느새 적응이라는 것을 하게 마련이다. 시안은 새파랗게 질려가는 손가락을 꾹 쥐면서 속으로 간절하게 바랬다.

‘멈춰, 제발! 제바~알 멈추라구우!!’

불어오는 바람이 시안의 살을 에이듯이 파고들었다. 들리는 것은 바람이 일으키는 날카로운 파공성뿐.

시안은 속으로 빌고 빌고 또 빌었다.

'멈추라니까!! 제길, 난 바람의 계승자란 말이야!! 멈추라면 멈춰!!'

시안이 절규를 하는 순간 덜컥하고 시안의 몸이 공중에 마치 어딘가에 걸린 것처럼 멈추어 섰다.

"어라?"

빠르게 흘러가던 영상이 중간에 뚝 하고 멈추어진 것처럼 시안의 눈앞을 흘러가던 광경 역시 덜컥하고 멈추어 버렸다.

"머, 멈췄다. 하, 아하하하하하. 하, 하…"

공중에 걸린 채로 시안은 아래를 바라보았다.

그 광경은 자신이 이 유린의 땅에 들어오기 직전에 보았던 광경과 아주 흡사했다.

"아아, 흡사한 게 아니라 같은 곳이구나."

문득 정신이 들으니 그것은 확연하게 느껴졌다.

시안은 볼썽사납게 엉거주춤 멈추어 있는 몸을 끌어당겼다. 공중을 아릅답게 유영하는 것은 아니지만 시안이 어느 부분엔가 내려서는 순간, 그곳에서부터 마치 물의 파문이 일어나는 것처럼 시안의 발끝에서 동심원으로 엘의 파문이 일어나 퍼져 나갔다.

구불구불하게 외곡되었다가 다시 원래대로 돌아왔다가 시안이 몸을 움직이면 다시 파문이 생겨났다.

몇 번이나 질리지도 않고 그것을 반복하던 시안은 언제나처럼 그 부분에 털썩 하고 엉덩이를 깔고 주저앉아 버렸다.

적응이 빠르다고 해야 할지 포기가 빠르다고 해야 할지 알 수는 없지만 말이다.

"여긴… 중간 지대의 상공쯤 되는 건가?"

"…아닙니다."

"……"

갑작스럽게 목덜미 뒤에서 들려오는 소리에 시안의 솜털이 삐죽 삐죽 일어섰다.

'유, 유령인가?'

"당신이 보고 있는 것은 실체이며 허상. 허상이며 실체인 것."

시안이 앉아 있던 곳에서 시작된 파문이 갑자기 한곳으로 몰려가기 시작했다.

그것은 바닥에서 솟아오르는 것처럼 무형의 파동에서 유형을 파동으로, 그리고 투명한 형체로 모습을 바꾸어 나갔다.

마치 생명의 탄생을 보는 기분으로 시안은 그것을 넋 놓고 바라보았다.

실바람의 틈을 타고 이윽고 모습을 드러낸 것은 완전한 인간의 형체를 닮은, 정확하게 말하면 세나케인과 흡사한 얼굴을 가진 사람이었다.

그는 잠시 시안과 시선을 마주치다가 마치 물결처럼 밀려오는 느낌으로 입을 열었다.

"바람의 계승자여, 신들의 의지가 남아 있는 이곳에 오신 것을 환영합니다."

*   *   *

시안은 눈을 껌벅껌벅 몇 번이나 감았다가 떴다.

역시 눈앞의 형체는 사라지지 않는다.

손으로 볼을 잡아서 당겨보지만 아프기만 할 뿐 잠에서 깨지도 않는다.

"역시 꿈꾸는 것은 아닌 것 같네. 하기사 이게 꿈이면…."

시안은 한숨을 푸욱 내쉬었다.

"만나기 참 어렵네요. 당신, 뭐라고 부르면 되죠? 그, 유린이라고 부르면 되나요?"

"그렇습니다. 그것이 저의 이름입니다. 바람의 계승자여."

"왜 뜸을 들인 거죠? 그냥 적당히 나타나면 되는 거 아닌가요?"

시안은 자신도 모르게 투덜거렸다. 앞으로 닥칠 미지의 상황에 대한 두려움에 대한 일종의 자기 보호일지도 모른다.

"무슨 큰 시험을 하는 것도 아니고, 죽을 고비를 넘기는 것도 아니고."

"그 대신 당신의 마음을 보았습니다."

덜컹— 하고 시안의 심장이 내려앉는다.

'설마 이거 내가 욕한 것까지 다 문제가 있다고 따지지는 않겠지?'

"그대는 의지가 강한 분이시더군요. 그대와 같은 계승자를 기다려왔습니다. 아마 세나케인도 저와 같은 마음일 겁니다."

반투명한 인간의 상이 미소를 짓는다. 그 미소는 눈에 보이는 것보다는 그로부터 시작되어 시안에게 와 닿는 엘의 파장에서 더욱 짙게 느껴진다.

"쿨럭, 쿨럭."

시안은 왠지 얼굴이 빨개지는 것 같아서 기침을 했다.

몇 번 그렇게 기침을 하던 시안은 똑바로 정면에 있는 유린의 얼굴을 바라보았다.

"여하튼 시키는 대로 난 여기 왔고, 뭐 내가 뜻한 것은 아니지만 당신도 만났고, 이제 남은 일은 내가 그 풍환인지 뭔지 하는 것을 받아 가는 것만 남은 거죠?"

"그렇게 생각하시나요?"

"그, 그럼 다른 거라도 있나요?"

"글쎄요?"

후후훗 하고 웃는 상대를 향해 시안은 웃지도 못하고 울지도 못하는 표정으로 마주 서 있다.

"아, 그, 그러니까 구, 궁금한 게 있는데."

난처해지자 시안은 뭔가 다른 할 말을 생각해 냈다.

"궁금한 것?"

"그러니까… 그러니까 지난번에 아주 잠깐이긴 한데 이거…."

시안은 타닥타닥 바지춤에서 무엇인가를 찾았다.

"이걸 손에 쥐는데 뭔가 이상한 게 느껴졌어요. 케인에게 물었지만 제대로 대답해 주지도 않고, 그래서…."

그러면서 시안이 손에 들어 보인 것은 녹색의 검 카나린이었다.

"카나린이군요."

그는 그것을 보고도 눈 하나 깜짝하지 않고 마치 세나케인과 같은 반무표정으로 가볍게 말했다.

"그러니까! 카나린이라는 것 말고 뭐 없어요?"

"말 그대로입니다. 그것은 카나린입니다."

'제길. 말이 안 통해, 말이!'

결국. 시안은 투덜투덜 궁시렁거리고 말았다.

"아아, 알았어요, 알았어. 어차피 제대로 대답해 주지 않을 생각인 거 같은데 하나만 더 묻죠. 도대체 왜 나죠?"

"……."

"어째서 그 수많은 사람들 중에 내가 이곳에 불려온 거죠?"

다른 말로 포장을 해도 소용이 없다. 결국 자신이 가장 알고 싶었던 것은 그것이다. 왜 자신이어야 했을까?

좀 더 괜찮고, 좀 더 나이가 많고, 좀 더 사리분별이 강하고, 좀 더 의지가 있는 사람이었을 수도 있다. 그런데 왜 하필이면 자신일까?

"도대체 왜 나라는 사람이냐구요! 나는 이곳에 대해서 아무것도 몰라요. 아무것도 모르고 아무것도 할 수 없고, 아무런 존재도 아니라구요."

"당신은 가장 바람에 가까운 존재입니다."

"그러니까! 그게 왜냐니까요!"

"아무것도 모른다고 말했나요?"

"당연하죠!"

"하지만 당신은 이미 모든 것을 알고 있습니다. 그리고 모든 것을 깨닫고 있죠."

"젠장! 모를 소리만 하지 말란 말야!"

쳇바퀴처럼 반복되는 말에 결국 시안은 화를 벌컥 내고 말았다.

세나케인의 말에 의하면 이곳에 와서 유린을 만나면 새로운 진정한 바람의 계승자로 인정받고 모든 것을 깨닫게 될 것이라고 했다. 하지만 그 유린이라는 상대는 계속 말장난을 하고 있는 것으로밖에는 보이지 않는다.

"모든 것은 당신의 의지에 좌우됩니다."

"……"

"그것이 당신이 선택된 이유입니다."

"젠장! 돌아가겠어!"

"당신은 알아야 합니다."

"돌아가겠다니까!"

"제 임무는 당신이 알아야 할 것을 전하는 것입니다."

"그러니까 그게 뭐냐구!"

"……."

팽팽하게 시안과 유린의 감정이 대립한다.

눈 하나 깜짝하지 않고 자신을 노려보는 상대를 유린은 잠시 바라보다가 천천히 손을 들었다.

"신들은 이 땅에 힘을 남겼습니다. 그것은 아슈레이를 만들고 또한 유지해 온 힘."

그의 두 손이 가슴 앞에 모아진다.

"그러나 그것은 신들의 의지를 떠난 힘. 그래서 그것에 의지를 더할 자가 필요했습니다. 그것이 선택된 계승자의 의무."

유린의 가슴 앞에서 모아진 손바닥 사이에서 바람과 불꽃과 물과 땅의 빛과 어둠이 나타났다.

"나는 신들이 남긴 의지의 조각, 그리고 그대는 새로운 의지입니다."

유린의 말이 끝나기가 무섭게 그의 가슴 앞에 만들어진 빛과 어둠이 순식간에 하늘을 덮었다가 시안에게 몰려들었다.

사람들이 흘러가고 있었다.

흰옷을 입은 사람들이 바삐 움직이며 그들의 신을 위해서 무엇인가를 하고 있었다.

'뭐… 뭐야, 이건?'

흔들리는 땅과 그 땅을 덮치는 물과 바람과 불꽃.

그 사이에 혼란에 빠진 인간들의 모습이 시안의 앞을 차례차례

지나갔다.

그리고 다음에 보인 것은 너무나 평화로운 땅. 아슈레이의 정경. 그 한곳으로 시안의 의식이 날아갔다.

'저건… 미메이라?'

눈에 익숙한 복장을 한 남자들이 일제히 한곳에 모여 있었다.

그들이 모여 무언가 기원을 하자 그들의 앞에 이상한 형체가 나타났다.

'세나… 케인?'

시안이 지켜보는 앞에서 세나케인과 똑같은 형체를 한 것이 하나의 점으로 빨려 들어갔다가 다시 어떤 사람의 몸 안으로 흡수되었다.

그 순간 그의 몸에서부터 온 미메이라와 온 땅에 가득 차게 강한 바람의 엘이 퍼져 나가기 시작했다.

'바람이 퍼져 나가는 건가…'

시안이 뭔가 깨닫기도 전에 시안이 바라보고 있는 정경들이 휙휙 지나가고 있었다.

눈물을 흘리며 울고 있는 여자와 그 여자 옆에서 그녀를 달래는 남자들. 그리고 차례차례 나타났다가 사라지는 사람들.

'왜 이런 것이 나한테 보이는 거지?'

이유도 모른 채 방관자의 입장에 서 있는 시안의 앞에 이번에는 아름다운 여자가 나타났다.

그녀는 눈물을 흘리면서 사람들에게 끌려 신전으로 인도되고 있었다.

시안은 자신도 모르게 가까이 가고 싶다고 생각했다.

꿈에서나 볼 수 있는 아름다운 여자가 울고 있는 게 가슴이 아팠기 때문일지도 모른다.

"돌아가고 싶어요, 그의 곁으로."

그녀는 손으로 얼굴을 가린 채 울고 있었다.

가까이 가서 위로를 해주고 싶었지만 시안에게 있어서 모든 것은 마치 환영과도 같아서 다가갈 수는 있어도 나타날 수는 없었다.

아무것도 하지 못하는데도 시간의 흐름은 지나가는 것 같았다.

울고 있던 여자가 억지로 계승식을 마치고 났을 때, 시안은 마치 머리에 총을 맞은 것 같았다.

'이건… 설마, 카나린?'

영화처럼 지나가던 영상인데도 확연하게 느껴지는 것이 있었다.

그리고 화면은 지나가고 시안은 그녀를 찾아온 남자를 만났다.

의지를 잃고, 모든 희망을 잃고 폭주한 카나린과 그녀의 연인이 시안의 앞에서 절규하고 있었다.

시안은 그제서야 깨달을 수 있었다.

자신의 손 안에 있는 카나린의 정체를 말이다.

그리고 그 카나린의 옆에 무표정으로 서 있는 세나케인, 아니, 타닌이라 불리던 존재도 동시에 느낄 수 있었다.

'이제 그만…'

가슴이 아팠다.

시안은 세나케인과 카나린과 사람들의 모습을 보고서야 깨달은 것이다. 그가 지금 보고 있는 것은 과거의 기억이었다. 누군가에 의해 지켜보아진 미메이라의 기억.

그 기억 속에서 선명하게 떠오르는 존재는 바로 세나케인이었다. 그 기억 속에서 세나케인은 아무것도 아니던 존재에서 인간의 형제를 가진 존재로, 다음에는 타닌이라는 이름을 가진 의지체로 변해

가고 있었다.

이것이 누구의 기억이든 시안은 그 이상 보는 것이 괴로웠다. 아무것도 할 수 없기 때문만은 아니었다.

억지로 머리에 집어넣어지는 듯한 감각.

이해하려 하지 않아도 모든 것이 마치 물처럼 바람처럼 그대로 시안의 안으로 파고 들어와 흡수되었다.

손과 발, 다리와 팔, 그리고 몸. 눈과 코와 입과 머리카락. 몸 안의 신경, 그 하나하나에 기억들이 새겨지고 있었다.

"필요하다면 나의 의지를 주겠어, 타닌."

그 기억의 한 귀퉁이에 새하얀 머리카락을 가진 남자가 피를 흘리고 있는 모습이 보였다.

주위는 온통 전쟁이 할퀴고 지나간 폐허. 그 한가운데에 남자와 세나케인이 서 있었다.

"내 의지로 생각하고, 움직이고, 그리고 살아가고…."

숨을 헐떡이는 남자는 정말 괴로워 보였지만 그가 세나케인을 바라보는 눈은 행복한 것 같았다.

"난 그저, 내 가족과 내가 사는 이곳을 좀 더 평화롭게……."

그리고 이어지는 기억의 잔상은 시안의 눈앞에서 흐릿해지며 사라졌다.

시안은 멍해진 머리로 아무것도 없는 무한의 공간에 홀로 유영하고 있었다.

'왜 이런 것을 보여주는 거야?'

그에게 보여진 것은 때로는 수장들의 것이었고 때로는 세나케인 자신의 것이었고, 또 때로는….

'무엇을 느끼라고 하는 거지? 이런 것을 본다고 해도 내가 할 수 있는 일은 아무것도 없잖아. 이미 벌어진 일이야. 지나간 일이라구.'

흐릿한 공간이 하나둘씩 색채를 띠어가기 시작한다.

제일 먼저 보인 것은 푸른색의 하늘. 그리고 그 위에 점점이 나무와 풀과 산과 들과 사람들의 모습이 나타났다.

'과거야 어찌 되었든 나는 지금 현실의 사람이야.'

"당신은 바람을 무엇이라고 생각하십니까?"

문득 귓가로 유린이라고 하는 자의 목소리가 들려왔다.

'몰라. 당신들이 말하는 바람이 뭔지 난 몰라.'

"당신에게 있어 바람은 무엇이죠?"

남자의 목소리도 아니고 여자의 목소리도 아닌 마음속에서부터 울려오는 생각.

'내가 아는 것은 그냥 공기의 흐름이라는 것뿐이야. 공기는 사람들에게 필요한 거고, 없으면 살 수 없는 것이라는 거, 그 외에는 정말 그냥 내가 학교에서 배운 것뿐이야.'

유린이 원하는 대답이 무엇인지, 그가 원하는 것이 무엇인지 시안은 알 길이 없었다.

너무나 많은 것이 순식간에 머리를 스쳐 지나가 버린 탓일지도 모른다.

"당신의 의지가 필요합니다."

'내 의지?'

"네. 당신의 의지. 신의 의지를 대신하는 인간의 의지. 의지가 없는 힘은 의미가 없습니다."

'왜 나여야 하죠? 아니, 왜 그것이 한 사람이어야 하는 거죠?'

　문득 시안의 머리 속에 한 사람의 희생해야 한다는 사실이 억울
해지기 시작했다.
　"의지를 잃은 자가 바람의 주인이 되었을 때 어떤 일이 일어났는
지는 이미 보셨지 않습니까?"
　'인간의 의지가 필요하다면 나 말고 여기 아슈레이에 있는 사람
들도 얼마든지 있잖아요!'
　"미메이라가 필요로 하는 것은, 아니, 아슈레이가 필요로 하는 것
은 당신의 희생이 아닙니다. 당신이 인식하고 있는 것, 당신이 느끼
는 것, 당신이 바라보는 것, 그리고 당신이 알고 있는 모든 것."
　'아니, 난 잘 모르겠어.'
　아무리 생각해도 자신의 의지가 어떻게 필요하다는 것인지 알 수
가 없다.
　'난 아는 게 없어. 내가 아는 바람과 이곳의 바람은 달라.'
　"서로 다르며 또한 서로 같습니다."
　'아니야, 달라. 내가 아는 것은…'
　시안의 마음이, 감정이 가라앉는다. 과연 자신이 할 수 있는 것은
무엇일까?
　"아는 것은?"
　마음속에서 다시 그가 질문을 해온다.
　'나는 그냥……'
　어려운 말을 이해할 머리는 없다.
　자신의 의지가 어떻게 사용이 되는 것인지 알 수도 없다.
　'바람…'
　귓가에 바람 소리가 들려오기 시작했다.
　휘이이이잉—

머리카락과 옷자락이 끊임없이 불어오는 바람에 날린다.

마음속의 생각조차 날려 버릴 것만 같은 바람이 시안의 안으로 불어 들어온다.

그것은 이제 시안의 세포 하나하나 안으로 침투해 들어가 그의 일부분이 되어 움직이고 있었다.

'난… 그냥 바람을 좋아하는 사람일 뿐이야.'

불리는 이름이 무엇이 되든, 그리고 무엇을 하게 되든, 그는 그일 뿐이다.

언젠가 이곳에서 다시 집으로 돌아갈 것을 기다리는, 아주 평범한 아슈레이의 이계인일 뿐이다.

'그래, 난 그냥 바람 부는 것을 좋아할 뿐이야.'

"그것으로 충분합니다, 바람의 계승자여."

어디선가 웃음소리가 들려오는 것 같았다.

"당신의 의지가 이제 바람의 의지입니다, 바람의 주인이여."

불어오는 바람은 더욱더 강해져 시안의 몸을 어디론가 날려 보내기 시작했다.

"모든 것은 당신의 뜻대로…."

'내 뜻대로?'

"당신은 모든 것을 깨달았고 모든 것을 알고 있으며 모든 것을 할 수 있습니다. 당신이 바라는 모든 것을."

'내가? 어떻게?'

"당신의 의지로…."

사르륵 하며 목소리가 시안의 안으로 갈무리된다.

시안은 사라지기 시작하는 그 목소리에 귀를 기울였지만 더 이상 아무런 소리도 들려오지 않았다. 대신 그의 귀에는 점점 더 거세져 모든 것을 사라지게 만드는 거친 바람 소리만이 들려왔다.

"…어, 어라?"
시안은 눈을 번쩍 뜨고 주위를 둘러보았다.
"어, 어떻게 된 거지?"
칠흑 같던 암흑도, 세나케인의 모습을 닮았던 유린의 모습도 모두 사라져 버린 곳에 시안만이 홀로 서 있었다.
시안은 너무나 황당해서 그냥 눈만 껌뻑댈 뿐. 이러지도 저러지도 못하고 어정쩡하게 그 자리에 서 있을 수밖에 없었다.
"도, 도대체 이게 뭐지?"
"그래, 유린을 만났나?"
"아앗! 케인!"
갑자기 뒤에서 익숙한 목소리가 들려왔다.
"어디 갔다가 이제 나타난 거야!"
"글쎄?"
"우씨, 이게 뭐야! 아무것도 변한 게 없잖아! 뭐가 각성이냐!"
"……?"
"케인, 그런 얼굴 하지 말고 그 유린인지 뭔지 하는 작자나 좀 다시 불러봐. 잊어버리고 안 받은 것 좀 받아야겠어."
"변한 게 없어? 게다가 잊어버리고 안 받은 게 있다구?"
"그래!"
"그거 이상한데?"
"그 유린이란 작자도 이상하고 시시껄렁한 소리만 지껄이고 그냥 사라져 버렸어! 뭐, 내가 바람을 좋아한다고 하니까 그것으로 되었다고 하면서 사라져 버려…."

"그거면 된 거잖아."

"뭐어? 그게 뭐야! 난 뭔가 거창한 거라도 생기는 줄 알았단 말야!"

"흐응?"

"풍환인지 뭔지를 받아야 한다며!"

"…받았잖아."

"어디가!"

"그가 네게 바람의 주인이라는 말을 했을 텐데?"

"그게 뭐!"

"널 인정했다는 뜻이잖아."

"……!"

"바람의 주인에게 풍옥이든 풍환이든 너희들 인간이 부르는 그게 무슨 상관이지?"

"뭐?"

"답답하군."

세나케인은 정말이지 답답해도 이렇게 답답할 수가 없다는 표정으로 시안을 바라보았다.

"네가."

쿠욱— 하고 세나케인이 시안의 가슴을 찔렀다.

"네가 바람의 주인이다. 알겠어? 이 전대의 수장들이야, 나나 유린을 각성시킬 정도의 힘이 없었기 때문에 그저 이곳에 와서 자신의 힘을 길러서 돌아갔을 뿐이었지. 하지만 넌 달라. 나를 불러냈고, 유린을 불러냈고, 신의 의지를 대신하게 되었어. 이제 네가 바람의 주인이다."

"…주인?"

"그래. 바람을 좋아한다고 했지? 그리고 넌 이제 바람의 주인이 된 거야."

쿠욱— 하고 가슴을 찔러 들어오는 세나케인의 손가락이 너무나 리얼하게 느껴지는 그 순간 시안의 몸에서 화악— 하고 바람이 불어 나왔다.

'내가 주인… 그리고 나는 바람을 좋아한다… 라고?'

시안의 몸에서 시작된 바람은 그칠 줄 모르고 사방으로 불어 나가기 시작했다. 그것은 마치 돌풍처럼 태풍처럼 모든 것을 지나 퍼져 나갔다.

'나의 의지가 바람의 의지. 나는…….'

주위가 온통 시안의 몸에서 흘러나오는 바람을 맞아 흔들리는 가운데 마치 태풍의 눈 안에 서 있는 것처럼 고요한 그곳에 시안이 서 있었다.

"우, 우앗! 갑자기 웬 돌풍이지?"

로운이 갑작스럽게 산 위에서 불어 내려오는 바람에 놀라 얼굴을 가리면서 주위에 늘어놓았던 짐들을 부여잡았다.

"기엘! 조심해!"

"아. 그, 그래!"

"어떻게 된 거지, 이거? 설마, 그 녀석이?"

"그 설마인 듯한데."

이리야가 왠지 자랑스러워하는 듯한 미소를 지어 보인다.

"그런가?"

갑자기 세 사람은 기분이 좋아지기 시작했다.

하지만 기분과는 달리 주위는 이제 그 돌풍에 의해서 초토화가 되어가는 중이다.

결국 세 사람은 나무에 찰싹 들러붙을 수밖에 없었다.

작은 돌멩이들이 날아다니고 나뭇잎들이 바람을 받아 시끄럽게 떠들어대기 시작한다.

'시안님….'

기엘은 나무에 들러붙어서 산 위를 바라보았다.

그곳에서 불어 나오는 바람이 진심으로 시안의 바람이길 빌며 그 바람을 온몸으로 맞이했다.

'내가 좋아하는 것은 바람, 그리고 나 자신….'

한참을 불어 나가던 바람이 잦아들기 시작했다.

'그래, 결국 그런 건가?'

시안은 천천히 손을 들었다.

몸 안에서부터 무엇인가가 손바닥 위로 흘러나온다.

그것은 빛과 어둠과 그 무엇인가로 만들어진 것.

설명할 수는 없었지만 시안은 그것이 무엇인지 알 것 같았다.

시안은 그것을 하늘로 들어 올렸다.

'언제나 존재하고, 그리고 필요한 것. 그래, 그런 존재가 되면 되는 거야….'

의지가 담겨진 바람이 시안의 손에서부터 천천히 공기 중으로 퍼져 나간다. 그것은 실체가 아닌, 순수한 시안의 의지가 담겨진 것이었다.

'바로 내 스스로가…….'

바람의 한가운데에 우뚝 서 있는 시안의 주위에 연한 은빛의 실루엣이 어른거리기 시작했다.

그것은 시안의 각성을 축하하는 세나케인의 바람이었다.

＊　　　＊　　　＊

“뭐야, 이거? 완전히 초토화되었잖아.”
“그러니까 네 탓이라니까.”
“어디가!”
“네 녀석이 일으킨 바람 때문이다.”
“모, 몰라! 그런 거!”
시뻘겋게 된 얼굴로 시안이 세나케인에게 항변을 했다.
“내가 알고 그랬으면 몰라도 모르고 그런 거잖아!”
“그래도 네가 했다는 사실이 변하지는 않지.”
“너어, 자꾸 갈굴 거야?”
울그락불그락하는 시안을 보면서 기엘이 시안의 편을 들어주었다.
“너무 그러지 마십시오, 세나케인님. 정말 모르시고 한 일이신 듯싶은데요. 뭐, 크게 다친 사람도 없고.”
그렇게 말하면서 기엘이 자신의 뺨을 쓱쓱 문질렀다.
시안이 일으킨 바람에 돌멩이들이 날아드는 통에 생긴 상처가 조금 쓰라렸기 때문이었다. 하지만 시안은 그렇게 말하는 기엘을 보면서 더욱 화를 내버리고 말았다.
“편들지 마! 더 얄미워!”
“하, 하하하하.”
얼굴은 쓰라렸지만 기엘은 기분이 좋았다.
어떻게 된 것인지 알 수는 없지만 가뿐한 표정으로 시안이 돌아오는 순간 그의 근심 걱정은 모두 사라졌던 것이다. 그것은 이리야나 로운도 크게 다르지 않아서 모두들 기분 좋은 얼굴을 하고 있었다.

"어이, 꼬마. 그래서 풍환은 잘 받아 온 거야?"

"응?"

"목적 달성을 했느냐구."

"아아, 그거?"

"그래."

"나도 잘 몰라."

그렇게 대답하며 씨익— 하고 시안은 웃어버렸다.

"뭔가 되게 많이 보고 되게 많이 느낀 것 같기는 한데…"

그리고 시안은 멀리 높은 산 너머에 있을 미메이라를 바라보았다.

"다 잊어먹었어."

기억에 남아 있는 것은 많은 사람들과 그들의 의지가 남긴 것들이다.

"다— 잊어먹었다구."

"그, 그게 말이나 돼?"

"응, 돼."

"정말이지…"

로운은 머리가 아파오기 시작했다.

기껏 홀가분한 얼굴로 돌아온 걸 보고 기뻐했더니만 당최 달라진 게 없는 것 같았기 때문이다. 물론 시안에게서 느껴지는 기운은 이전과는 완전히 달라져 뭐라고 표현할 수 없는 정도이긴 했다.

너무나 강렬하지만 주위의 모든 것들과 자연스럽게 어울려 있는 시안의 엘을 어떻게 느껴야 할지도 당황스러운 것이다.

"바람이란 게 그런 거잖아. 휘익 불어왔다가 휘익 사라지는 거."

"정말이지 머리가 아프군."

"자아, 자아, 얼렁 가자니까. 이제 남은 것은 미메이라로 돌아가서…"

시안의 말에 모두들 그를 돌아다본다.

"미메이라로 돌아간 다음에, 그 다음에 내가 할 일을 하면 되는 거잖아. 그렇지, 기엘? 로운?"

"……."

"그렇습니다, 시안님."

시안은 마음이 편했다. 미메이라에서 이제 그를 기다리는 것이 무엇이든 간에 말이다.

"OK~ Let's Go~ Go~"

기분이 좋아지면 시안이 으레 중얼거리는 이계의 언어.

이상한 언어기는 했지만 모두들 그것을 기분좋게 받아들였다.

"으라차차차차~"

단, 가끔 좀 이상해서 역시나 좀 껄끄럽기는 했지만 말이다.

제4장
바람의 땅으로

The Wind of Ashurei

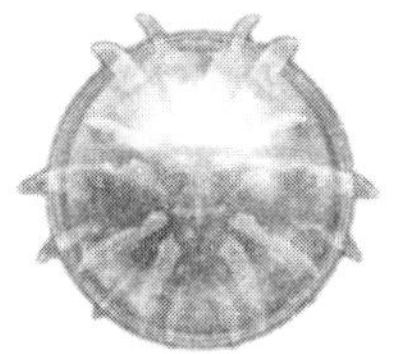

쾅앙—

머리가 욱씬할 정도로 지잉— 울려온다.

시안은 머리를 부여잡고는 잠시 그 자리에서 꼼짝도 하지 못한 채 부들부들 떨었다. 그리고 잠시 후 라치온 산맥의 끝 자락이 쩌렁쩌렁 울릴 정도의 고함 소리가 들렸다.

"왜 때려!"

너무나 세게 얼어맞아서인지 머리는 빙글빙글 돌고 눈앞은 노랗다.

"왜 때리는 거야! 내가 뭘 잘못했다구!"

"때릴 만하니까 때리는 거다."

"로, 로운."

"뭐가 때릴 만해. 내가 일부러 그렇게 하고 싶어서 그런 것은 아니잖아!"

"맞아, 로운. 시안님이 일부러 그러신 것은 아니잖아. 뭐, 결과가 좀 그렇긴 하지만."

그렇게 말하면서 기엘이 스윽 눈을 돌렸다. 동시에 범인 1명(?)과 증인 2명의 눈이 그의 시선을 따라갔다.

길고 깊게 패어 있는 계곡이 그들의 눈에 들어왔다. 그 계곡은 꽤나 깊어서 돌을 던지면 바닥까지 닿는 데 꽤나 시간이 걸릴 만한 그런 계곡이었다. 게다가 경사면이 어찌나 날카로운지 한번 떨어지면 다시 올라오기 힘들 정도였다.

"하룻밤 사이에 이런 계곡이 생겼다고 하면 아마도 사람들은 절대로 안 믿을 겁니다, 시안님."

"그, 그러니까 내가 일부러 그런 게 아니라…."

"고의든 고의가 아니든 잘못은 잘못이야."

"그건 그렇지. 아무리 고의가 아니라고 해도 저 정도라면…."

이리야가 로운의 말에 동감을 표하며 고개를 끄덕였다.

시안은 뭐라고 말도 못하고 울상을 지을 수밖에 없었다. 사실 스스로도 어쩔 줄 몰라 하고 있다는 것이 아마도 정확한 표현일 것이다.

시안은 잠시 전에 눈으로 확인했던 그 문제의 계곡을 실눈으로 바라보았다.

'젠장, 도대체 어떻게 하면 저게 저렇게 되는 거래?'

시안은 단지 그냥 아주 쉬운 무엇인가를 하려고 했던 것뿐이다.

'난 그냥 시원~ 하게 바람이나 좀 불게 하려고 했던 건데 말이야.'

그게 문제였을지도 모른다.

시원하게 바람이나 한번 멋지게(사실 바람의 주인이 되었다고는 하는데 그게 어떤지 알 수 있을 리가 없다) 불어보게 해보자 하고 있는 힘껏도 아니고 적당히 멋지구리한 포즈로 글자 그대로 '바람아, 불어라~'를 외쳤을 뿐인 것이다.

그러나 결과는 참담.

스스로의 힘 조절에 실패를 하는 바람에 이건 바람이 아니라 거의 100% 천재지변을 일으키고 말았다.

시안이 그렇게 괴로워하고 있자 결국 기엘이 먼저 위로의 말을 건넸다.

"너무 고민하지 마십시오. 원래 바람술의 운용은 쉬운 것이 아니니까요. 물론 바람술뿐만은 아니겠습니다만. 차차 연습을 하시면 훨씬 좋아지실 겁니다."

그 말은 진심의 진심을 담은 말이다.

물론 시안이 기엘 자신의 힘이 필요하지 않을 정도로 강대한 힘을 가지게 된 것이 무조건 기쁘다고만 할 수는 없다. 기엘의 입장에서는 왠지 시안이 점점 성장해 나갈 때마다 자신이 필요없어지는 것이 아닌가 하는 불안감이 조금씩 들고 있기 때문이었다.

하지만 역시 자신의 주인의 성장은 기쁠 수밖에 없는 일이다.

"그럴까?"

"네, 시안님."

기엘의 진심이 전해졌는지 시안의 표정이 조금 밝게 돌아왔다.

하지만 로운과 이리야는 여지없이 시안의 심장에 대못을 박는 말을 하고 있었다.

"연습을 해보았자 본바탕이 어디 가겠어? 계승식 때도 주체를 못해서 고생을 해놓고 말이야. 바람술을 쓰다가 옆에 있는 우리에게 피해나 안 주게 되길 바랄 뿐이야."

"그건 그럴지도 몰라. 확실히, 앞으로 시안이 힘을 쓰면 적당히 피하거나 바리어를 치는 것도 고려를 해봐야겠어. 그렇지, 로운? 안 그랬다가는 저 멀리멀리 미메이라를 넘어서 가이칸까지 날아갈지도 모르잖아."

"맞는 소리야."

로운이 사악하게 미소 지으며 이리야의 말에 동감을 표했다.

"이봐! 사람이 모처럼 마음을 다잡고 있는데 꼭 그런 말을 해야겠어?"

일단 약간 회복이 된 상태에서는 무작정 대못에 박혔다고 피를 질질 흘리고 있을 리가 없는 시안이다.

"당연하지. 나도 내 목숨은 아까우니까. 안 그래, 기엘?"

로운이 이름을 부르는 순간 기엘의 심장이 덜컹하고 내려앉았다.

"……."

사실은, 정말이지 아주 잠깐이긴 했지만 기엘도 이리야의 말에 동조를 해버린 것이다.

기엘에게서 대답이 돌아오지 않자 로운이 의기양양하게 시안을 내려다본다.

"그러니까 앞으로는 좀 많이 조심해 주면 좋겠다. 알았어?"

씨익— 하고 웃으며 시안을 보는 사람이 하나, 소리 내서 웃지 못하고 몸을 반으로 접은 채 킬킬대며 웃고 있는 사람이 하나, 그리고 마지막으로 웃어야 될지 울어야 될지 어쩔 줄 몰라 하고 있는 사람이 하나.

시안은 부들부들 떨면서 속으로 끊임없이 중얼거릴 수밖에 없었다.

'가운데 손가락. 가운데 손가락. 가운데 손가락. 가운데 손가락.

가운데 손가락. 가운데 손가락. 가운데 손가락!'

*   *   *

"하아~ 이제 오늘 밤엔 잘하면 발 뻗고 누워서 잠이나 신나게 퍼잘 수 있겠구나. 흐흐흐."

낮게 읊조리는 시안의 목소리가 앞장선 기엘의 귀에 들려온다.

"하지만 미메이라로 돌아가면 역시나 그 달고 달고, 또 단 그것들이 기다리고 있겠지? 그건 싫은데."

"그게 무슨 소리야?"

이리야는 무슨 소리인가 싶어 시안에게 궁금한 얼굴을 해 보인다.

"아아, 그런 게 있어. 그건 정말이지 말로 설명해서는 절대로 안 되거든? 가서 먹어봐. 내 말이 무슨 말인지 금방 알게 될걸? 그것만 아니면 키리엔도 상당히 살 만한 곳일지도 모른다구."

시안은 시종일관 밝은 목소리로 떠들고 있다.

하지만 나머지 두 사람은 나름대로는 꽤나 심각한 표정을 하고 있었다. 그도 그럴 수밖에 없는 것이, 미메이라가 눈앞에 다가왔다는 것 자체가 이 길다면 길고 짧다면 짧았던 여행이 끝나가고 있다는 것을 의미하기 때문이다.

여행을 끝내고 무사하게 미메이라에 돌아가게 된 것은 정말이지 기쁘기 그지없는 일이다. 하지만 여행이 끝났다는 것은 이제 곧 절대 생각하고 싶지 않았던 그 순간이 다가오는 것을 의미한다.

"아니군. 잘하면 이제 금방…."

말을 하다 말고 시안은 입을 다물었다.

평소 아무 생각 없이 지껄여 대는 것이 특기인 시안이긴 하지만 이번만큼은 그럴 수가 없었다.

'아, 그렇구나. 돌아가게 되는 거군.'

아무렇지도 않게 미메이라로 돌아오게 된 것만을 좋아라 했지만 현재의 상황을 반대로 뒤집어 보면 이제 곧 기엘이나 로운, 그리고 이리야와 헤어지게 된다는 것을 의미한다는 것을 그제서야 깨달은 것이다.

그렇게 생각하자 갑자기 우울해졌다.

분명 집으로 돌아가게 된 것은 기쁜 일이다. 시안이라는 가짜 이름 대신에 박경하라는 자신의 이름을 쓸 수 있는 곳에 돌아간다는 것은 정말로 좋아서 미치고 팔짝 뛸 일이지만, 그 반대급부가 만만 치 않은 것이다.

'생각해 보니 엄청 억울하잖아. 기껏 고생고생해서 별일 다 당하 면서 바람의 주인인지 뭐시기가 된 건데……'

하지만 그렇다고 해서 돌아가고 싶은 마음이 없어질 수는 없다.

무엇보다 시안이, 아니, 경하가 원했던 것이 원래 세계로 돌아가 는 일이 아니었던가.

'사람 마음이라는 게 엄청 간사하구만. 힘들 때는 집에 가겠다고 질질 운 주제에 좀 편해지니까 아쉽다니…'

시안은 왠지 자조적인 웃음을 지어버렸다.

"키리엔까지는 좀 시간이 걸릴 겁니다, 시안님."

"그렇지. 이 산을 넘어서도 한참을 내려가야 하니까."

마치 시안이 하는 생각을 알아채기라도 한 것처럼 기엘과 로운이 말을 꺼냈다.

"어? 그, 그래?"

문득 생각에 잠겨 있던 시안이 얼결에 대답하자 이리야가 끼어들었다.

"얼마나 걸리는데?"

"글쎄? 말을 구할 수 있다면 좀 단축되겠지만 서두를 것은 없으니까 꽤 걸릴 거야."

"흐응."

의도적인 것인지는 알 수 없지만 왠지 로운은 시안 대신 이리야가 있는 쪽만 바라보고 있었다.

로운의 마음도 시안 못지않게 어지럽기만 했다.

미메이라를 떠나올 때만 해도 돌아오는 것 자체가 상당히 소원한 일이었기 때문에 별로 생각을 하지 않고 지내왔다. 그리고 이제 그것이 바로 눈앞으로 다가왔다.

'뭔가 고민스럽군.'

실제 돌아가면 자신이 파계를 해버린 것쯤은 누구나 알게 돼버린다. 그것은 무척 커다란 문제이지만 자신에게는 그리 큰일이 되지 않는다. 그런 것쯤은 이전에 포기한 지 오래다. 단 걱정되는 것은 자신의 아버지와 기타 그 이외의 상황들이다.

'분명 쉽지 않을 텐데. 걱정이야.'

로운은 기엘을 바라보았다. 기엘 스스로는 전혀 아무런 문제가 없다. 그의 보람은 자신이 주인으로 삼은 시안의 바램을 있는 그대로 이루어주는 것일 뿐이다. 하지만 그 역시 그가 바라는 그대로만 된다면 무슨 걱정이 있을까? 하지만 현실은 냉혹한 것이다.

"휴우~"

그는 자신도 모르게 한숨을 내쉬었다.

고민을 해봐야 어쩔 수 없는 것이긴 하다. 하지만 그래도 고민은 된다.

"어차피 오늘 내로 저 산을 넘기는 힘드니 여기서 야영을 하자. 어때?"

"에엑! 아직 초저녁인데?"

"그래도 이쪽이 잠자리를 찾기 편해. 어이, 이리야. 가서 물이나 찾아봐."

"흐음, 역시 난 물 담당밖에 안 되는 건가?"

"그럼. 물의 술사한테 물을 찾아오라는 것만큼 걸맞는 말이 어디 있겠어?"

"앗, 나도 같이 가. 항상 궁금했거든. 로운이 물을 찾아오라고 하면 바로바로 어디선가 물을 길어오는 게 말이야."

"그거야 이 몸이 물의 술사니까지."

조금 가라앉았던 분위기가 순식간 떠들썩해진다.

"그럼 갔다 오지. 어이, 시안, 가자. 이건 네가 들어."

"앗! 나같이 여리여리한 사람에게 그런 것을 시키다니, 너무해요 옹~"

"……"

순간 주위가 썰렁, 영하의 절대기온이 된다.

"…너, 가끔 그렇게 우리를 얼려야겠냐? 으응?"

"아, 아하하하하핫."

시안이 웃으면서 이리야의 손을 피했다.

고민은 있었지만 여하튼 즐거운 기분인 것은 어쩔 수 없으니 말이다.

늦은 밤. 달빛 대신에 새벽별이 빛나기 시작한 시간에 넓고 넓은 침대에서 한숨을 푸욱 내쉬며 잠에서 깬 사람이 있었다.

"거기 누가 있는가?"

그는 잠에서 깨어 목이 마른지 사람을 찾았다. 얼마 가지 않아 낮고 조용한 여성의 목소리가 들려온다.

"네, 장로님. 부르셨습니까?"

"늦은 시간에 미안하네. 시원한 물을 좀 가져다 줄 수 있겠는가?"

"네, 장로님."

머리가 지끈지끈 아픈 것을 보니 역시 잠을 잘 자지 못한 모양이었다.

레이죠 장로는 지끈거리는 머리를 짚으며 어서 아침이 오기를 바랐다.

며칠을 이렇게 누워 있었는지 짐작도 가지 않았다. 몸의 이상을 느낀 것이 벌써 며칠 전일까?

그는 심장 고동 소리에 맞추어 지끈거리는 머리를 잡고 그 자세로 한참을 앉아 있었다.

'어찌 이리 무력한 것인가…'

침대에서 몸 하나를 움직이는데도 무한의 노력이 필요하다.

'시안……'

문득 딸에 대한 기억이 그의 머리 속에 가득 차 오른다.

부드럽게 미소 짓는 얼굴과 단호한 결의로 굳어진 얼굴들이 하나하나 떠올랐다. 아기 때의 얼굴부터 그가 마지막으로 봤던 얼굴까지 차례대로 눈앞을 지나갔다.

'어째서 네 얼굴이 떠오르는지 모르겠구나, 시안.'

순간 지끈 하고 가슴께가 저려온다.

똑똑.

"장로님, 여기 물을 가져왔습니다."

"고맙네."

어느새 식은땀이 흘러내렸는지 물 잔이 손가락 사이로 미끄러졌다. 그것을 몇 번씩 고쳐 잡으면서 그는 물을 마셨다.

차갑게 식은 물이 식도를 타고 내려가는 감각이 고스란히 전해져 온다.

그는 천천히 시간을 들여 마셔서 비워진 물 잔을 내려놓았다. 그 순간, 레이죠 장로의 몸이 그대로 앞으로 꼬꾸라졌다.

"장로님!"

벌떡—

얇긴 하지만 따스한 망토를 젖히며 시안이 자리에서 일어났다.

"……!"

경악의 표정이 시안의 얼굴에 퍼져 나간다.

"설마…."

망연하게 밤하늘을 보다 말고 시안이 옆에 자고 있던 기엘과 로운을 두들겨 깨우기 시작했다.

"일어나 봐, 둘 다! 어이, 이리야! 일어나! 빨랑!"

흔들어서 로운을 깨우던 시안은 성이 안 차는지 벌떡 일어나서 로운과 기엘들을 걷어차 버렸다.

"좀 일어나 보란 말야! 젠장할! 평소에는 내가 일어나기만 해도 깨는 주제에!"

"시안님…?"

"이리야, 깨워! 기엘!"

"도대체 갑자기 왜 그러시는지….."

"일어나! 출발이야. 지금 당장 미메이라로 가야겠어."

시안이 버럭버럭 소리를 지르는데, 로운이 그제서야 잠에서 깨서 약간 멍한 눈으로 시안을 바라보았다.

"무슨 일이야? 갑자기 깨우고."

"지금 바로 출발을 하셔야겠다는데 도통 나도 뭔지…."

"제길! 왜 이리야는 안 일어나는 거야! 어이, 이리야! 이 잠탱이, 빨리 안 일어나?!"

이미 깨어난 두 사람 모두 어리둥절해하고 있는데도 시안은 설명 하나 없이 이리야를 닦달해서 깨워 버렸다.

"짐 싸. 그리고 최대한 빨리 미메이라, 아니, 키리엔으로 가야 해."

"어우, 좀 이유나 알고 그러자구. 참나, 늘어지게 잘 자고 있는데 웬 난리야."

"시안님."

미메이라가 얼마 남지 않았다는 것에 모두들 안도하고 잠들어서 인지 일어나는 것을 힘들어했다. 하지만 시안은 일언반구없이 세 사람을 노려보기만 했다.

"잔말 말고 일어나. 가면 알게 될 거야."

"도대체…."

로운이 인상을 썼다. 시안이 저렇게 우기는 것에는 이유가 있을 것이라고 생각하지 않을 수 없다. 표정을 보아서는 절대로 예삿일 은 아닐 것이리라. 십중팔구 안 좋은 일임에 틀림이 없는 것이다.

"알았어, 알았다구. 기엘, 준비하자."

"아, 으응."

결국 로운이 손을 들었다.

"시안님, 몸은 괜찮으십니까?"

"안 괜찮아도 어쩔 수 없어. 어떻게 하면 최대한 빨리 갈 수 있지?"

"바람술을 쓴다고 해도 좀 무리가 있을 겁니다. 아직 갈 길이 머니."

"그럼 일단 이 산 정도는 어떻게든 무슨 주문을 이용해도 좋으니까 빨리 지나갔으면 좋겠어. 미메이라에 도착하면 마차를 타든 말을 타든 하면 되잖아."

"그렇죠. 이곳은 아직 중간 지대에 속하는 곳이니까. 도움이 될 겁니다."

"게다가 이곳에 와서 아무래도 꽤나 주문을 쓰기 편해진 것 같으니까."

이리야가 쓴웃음을 지으면서 말을 했다.

시안이 옷차림을 가다듬는 동안 나머지 일행들이 황급하게 짐을 꾸렸다. 사실 짐이라고 해봐야 늘어놓았던 물건 몇 개가 전부다. 미메이라가 멀지 않았기에 자질구레한 것들은 대충 포기를 했다.

시안은 마음이 급했다.

'내가 돌아갈 때까지는 절대로 안 돼요. 바보 할아버지 같으니라구.'

곤히 잠을 자던 시안을 이렇게 서둘게 만든 것은 다름이 아니었다.

실날같이 가늘어지며 금방이라도 끊어져 버릴 것 같은 레이죠 장로의 파장, 바로 그것이었다.

'제발 부탁이니까! 절대로 살아 있어달라구요!'

*　　　　*　　　　*

"비상금이란 비상금은 전부 털게 되는군."

로운이 투덜거리면서 거의 비어버린 비상금 주머니를 만지작거렸다.

"식사하시고 출발하시겠습니까, 시안님?"

"아니, 그냥 갈래."

"하지만 좀 뭐라도 드시는 쪽이 좋습니다."

태어나서 처음으로 시안은 먹을 것을 거부하고 있었다.

한시가 급했다. 금방이라도 레이죠 장로가 죽어버릴지도 모른다는 생각에 시안은 눈에 보이는 게 없었다.

기엘은 그런 시안이 걱정스러워졌다.

"적당히 아무거나 먹을 수 있는 걸 대충 사 와, 기엘. 가다가 배고프면 먹을 테니까."

고집을 피우는 시안 때문에 사실 세 사람 전부 아침이며 점심이며 제대로 먹지를 못했다.

바람술로 라치온 산맥의 마지막 자락을 통과해서 미메이라에 도착한 것이 늦은 아침 시간.

서두르는 시안을 진정시켜서 말을 구한다는 명목으로 잠깐, 아주 잠깐 쉬게 한 것이다. 사실 거듭 주문을 써가면서 산을 넘은 덕에 모두들 지칠 대로 지쳐 있었다. 그나마 다행인 게, 시안을 제외한 세 사람 모두 그 문제의 중간 지대 효과 때문인지 생각보다는 덜 피곤하다는 것이었다.

"알겠습니다. 그럼 잠깐만 기다려 주세요. 로운, 말은 언제 되는 거지?"

"금방 된다고 했어. 마구를 제대로 된 것을 구하지 못해서 좀 찜찜해. 꼬박 4~5일은 달려야 할 텐데."

미메이라로 나오기 전만 해도 위치를 정확하게 잡을 수가 없어 키리엔까지 걸리는 시간을 짐작할 수 없었다.

"여기서 키리엔까지는 꽤 멀지."

기엘이 동감을 표했다.

사실 키리엔까지의 거리가 멀다는 것도 시안의 짜증을 재촉하는 것이었다. 키리엔이 그렇게 멀 것이라고는 생각하지 못했기 때문이다.

"뭐가 이렇게 시간이 걸려!"

"시안."

시안이 계속 짜증을 부리자 결국 로운이 참지 못하고 시안에게 한소리를 하기 시작했다.

"왜 그렇게 네가 그러는 것인지 이유는 모르겠지만 필요한 만큼의 시간이라는 게 있는 법이다. 아무리 네가 뭐라고 해봐야 걸리는 시간이 단축되거나 하지는 않아."

"급하다구 했잖아!"

"그럼 그 급한 이유라도 이야기를 해봐. 그렇게 네 멋대로 하면 우리는 마음이 편한 줄 알아? 라치온 산맥을 넘는 것도 그래. 고집을 피울 것을 피워야지. 네가 하자는 대로 그대로 해서 여기까지 헐레벌떡 왔잖아. 뭘 더 어떻게 해달라는 거야."

"……!"

시안은 뭐라고 말을 하려다 말고 입을 꾹 다물어 버렸다. 이유는 알 수 없지만 레이죠 장로가 죽어간다는 소리만큼은 절대로 하고 싶지 않았다.

하지만 시안은 자신이 레이죠 장로의 죽음의 전조 때문에 고민하고 괴로워하는 동안 다른 한 가지의 나쁜 징조를 알아차리지 못했다.

그것은 시안이 서두르는 통에 정신을 차리지 못하고 있던 나머지

세 사람도 마찬가지였다. 마음이 급해서인지 주위를 돌아볼 틈도
없는 것이다.

"이유는 키리엔에 도착하면 알아."

"……."

고집을 피우며 입을 다무는 시안에게 뭐라고 더 말을 하려던 로
운 역시 입을 다물어 버렸다. 아무리 뭐라고 해도 입을 열 것 같지
는 않았다.

"최대한 노력을 한다고 해도 꼬박 사오 일은 걸린다. 각오해."

"알았어."

시안이 물러서지 않는 이상 방법은 없다. 그저 최대한 시안을 쉬
게 하면서 하루라도 빨리 키리엔에 도착하는 게 상책인 것이다.

"일단 여기서 테리온까지는 말로 가고, 그곳에서 역마차를 수배
해 보자. 잠은 자야 하니까."

로운과 시안이 대치하는 동안 지도를 보면서 키리엔으로 돌아가
는 길을 점검하고 있던 기엘이 말했다.

"이곳에서 테리온까지 출발하는 역마차는 이미 새벽에 출발을 했
다고 하니까, 그게 아마도 가장 좋은 방법일 거야."

"그래, 기엘. 일단은…."

머리를 식히자라고 로운은 생각했다.

시안이 말하는 대로라면 이유는 키리엔에 도착하면 알 수 있다고
한다. 물론 키리엔에 도착한다고 해서 바로 어떻게 될지는 미지수다.

로운은 차마 시안에게는 말하지 못했던 키리엔의 상황에 대해서
말해야 할지 말하지 말아야 할지를 고민하기 시작했다.

대신전이 유폐되다시피 하고 다른 기사들이나 기타 궁의 상황이
어떻게 되어 있을지 사실 짐작도 가지 않는다.

　그나마 자신이나 기엘은 문제가 없을지 모르지만 시안의 경우 정말 최악의 경우에는 키리엔에 도착하자마자 궁에 그대로 반연금당해 버릴지도 모르는 노릇이다.

　'젠장, 왜 상황이 이렇게 돌아가는 것인지…'

　그나마 한두 번 오고 갔던 기엘의 보좌관의 연락도 끊어진 지 오래다.

　'역시 말해 두는 것이 좋겠지?'

　로운은 일단 기엘과 상의를 해야겠다고 생각했다. 보나마나 현재 궁의 실세는 자신의 아버지와 기엘의 아버지 손에 있을 것임에 틀림이 없기 때문이다. 만일 최악의 상황에 닥치게 되더라도 기엘이나 자신의 힘으로 시안을 지킬 수는 있을 것이라는 게 로운의 생각인 것이다.

　'젠장, 어떻게든 되겠지.'

　가망성이 있을 때는 거기에 끝까지 매달리지만 과부하가 걸려버리면 포기해 버리는 것이 로운의 성격이다. 지금은 포기한 것은 아니지만 너무나 정보가 없다. 그렇다면 일단 시안의 말대로 키리엔에 하루빨리 도착하는 게 가장 나은 방법이 되는 것이다. 가서 자유를 빼앗긴다고 해도 어떻게든 해결이 될 것이다라는 게 로운의 마지막 결정이었다.

＊　　　　＊　　　　＊

　"레이죠 장로님, 몸은 좀 괜찮으십니까?"

　하라스다인 장로가 걱정스러운 얼굴로 침대에 누워 있는 레이죠 장로에게 물었다.

“…괜찮네.”

“저는 곧 가이칸으로 떠나게 됩니다. 가기 전에 인사를 드리려고 왔습니다.”

“꼭 가야겠나?”

“곧 돌아올 겁니다.”

하라스다인 장로가 비록 걱정스러운 얼굴을 하고는 있지만 마음속은 그렇지 않다는 것을 레이죠 장로는 잘 알고 있다. 자신을 진심으로 걱정한다면 지금 이런 시점에서 궁을 비우지는 않을 것이다. 아니, 그전에 그의 몸에서 풍겨 나오는 엘의 파장에서 미세하게나마 느껴지는 것이 있었다.

“돌아왔을 때 건강한 모습을 뵈었으면 좋겠습니다.”

그 말이 거짓이라는 것쯤은 누구나 알 수 있다. 하루이틀, 시간이 지날 때마다 눈에 띄게 쇠약해져 가는 레이죠 장로인 것이다. 하지만 그것을 거짓이라고 매몰차게 몰아붙일 수도 없다. 그저 안부의 말일 수도 있으니 말이다.

“정말 그대로 할 건가?”

“그것이 제일 좋은 방법이 아닐까요?”

주어는 생략한 채 두 사람이 대화를 나눈다.

“좋은 방법이라….”

레이죠 장로의 입장에서는 하라스다인을 말릴 수도 없다.

“시유님을 보낼 수는 없지 않습니까?”

레이죠 장로가 피하던 이름을 언급하는 하라스다인.

레이죠 장로는 믿을 수 없다는 표정으로 하라스다인 장로를 바라보았다.

“자네….”

"그러니까 가장 좋은 방법이라고 말하는 겁니다."

"그만 하게."

결국 레이죠 장로는 역정을 내고 말았다. 그런 그를 잠시 지켜보고 서 있던 하라스다인 장로는 잠시 시간을 두었다가 입을 열었다.

"죄송합니다, 레이죠 장로님. 그럼 몸조리 잘하십시오. 저는 이만 물러나겠습니다."

품위있는 인사도 눈에 안 차는 듯 레이죠 장로는 눈을 감고 고개를 돌려 버렸다.

희망이라는 희망은 모조리 잃고, 이제 꺼져 가는 희미한 생명의 가는 선 위에 서 있는 전 수장이라는 입장이 너무나 싫었다.

'신이여……'

수장의 위에서 물러난 뒤 그는 처음으로 진심을 담아 그의 신을 불렀다.

'신이여, 미메이라를… 나의 하나 남은 딸을 보호하소서……'

*　　　　*　　　　*

"기엘, 뭔가 좀 이상하지 않아?"

입에 잔뜩 베어 물은 훈제고기를 우물우물거리면서 시안이 말했다.

"예? 뭐가 이상하다는 겁니까?"

"아, 아니야. 뭐, 그냥…"

시안이 말꼬리를 흐린다. 사실 이상하다고 느끼긴 했지만 그것을 설명하기가 조금 곤란했기 때문이다.

정확하게 말하자면 주위를 흐르는 바람에서 느낀 것이기 때문이다. 말로 표현하기 곤란할 정도로 아주 미세한 것이 그 바람에 섞여 있었다.

마치 깨끗한 물에 단 한 방울의 잉크를 떨어뜨린 느낌이랄까?

아무런 영향도 없어 보이지만 분명 불순물이 조금 섞인 그런 기분이었다.

"뭔가 기분이 안 좋으십니까?"

시안이 말꼬리를 흐릴 때면 대부분의 경우 말로 표현하기가 좀 그런 경우라는 것을 기엘은 슬슬 느끼고 있었다. 시안의 성격을 다 파악하고 있는 것은 아니지만 이제 대부분 시안이 무슨 생각을 하고 있는지는 알 수 있기 때문이다.

"기분이라고 하기도 그렇고, 그냥 거슬려서."

역시 레이죠 장로 때문인가 싶어서 시안은 그만 말하겠다는 의미로 앞에 놓여진 접시를 집중 공략하기 시작했다.

"많이 드세요, 시안님."

"아, 응응."

밥도 제대로 안 먹고 열심히 달려온 탓인지 결국 시안은 자신의 식욕에 항복을 한 상태였다. 처음 고집할 때는 마차를 타고 가면서 안에서 먹겠다고 했지만 워낙 흔들리는 말에 하루 밤낮을 꼬박 시달려서인지 배가 고팠기 때문이다.

그런 시안을 오랜만에 흐뭇하게 바라보고 있던 기엘은 로운이 좀처럼 돌아오지 않는 것에 주의를 기울였다.

이리야는 생전 처음으로 와본 미메이라가 신기한지 잠깐 구경을 하러 나간다는 명목으로 나갔고 로운은 역마차를 수배하러 나간 참이었다. 일단 예상대로라면 오늘 새벽 정도에 출발을 하게 될 것이다.

'그래도 좀 늦는데 이거….'

로운이 나간 지 한참 되었기 때문에 슬슬 걱정이 되기 시작했다.

'무슨 일이라도 있는 건가.'

여비는 타고 온 말을 팔아서 준비하기로 이야기가 끝나 있었다. 하지만 이렇게 시간이 걸린다는 것은 말을 파는 데 애를 먹고 있다는 소리도 된다.

'일단 이리야 씨도 돌아와야 할 텐데….'

새벽 정도에 출발할 것이라고 했기 때문에 그때까지 돌아올지도 모르는 터라 기엘은 시간을 계산하기 시작했다. 그러면서도 그는 시안을 돌보는 데 여념이 없다.

"조금 더 드시겠어요?"

"아, 아니. 이 정도면 충분해."

꺼억— 하고 시끄럽지는 않지만 꽤나 만족스러운 소리가 시안의 입에서 새어 나온다.

시안은 시안 나름대로 조금이나마 안정이 되어 있었다. 그것은 계속 불안정하게 느껴지던 레이죠 장로의 파장이 아주 약간이나마 안정이 되어 있었던 탓도 있지만 무엇보다도 미메이라라는 것이 한 몸에 느껴지는 장소에 와 있었기 때문이다.

현재 일행이 머물고 있는 곳은 미메이라의 중반부에 위치한 작은 도시다. 물론 크기에 비해서는 가이칸 제국의 작은 성에도 비교할 것이 못 되지만 여하튼 인적도 없는 산골짜기와는 상당한 차이가 있다.

그중에서도 시안을 편안하게 해주는 것이 바로 눈앞을 지나다니는 거의 모든 사람들(대충 열에 아홉 정도)이 자신과 같은 은백색의 머리카락을 가지고 있다는 점이었다.

오히려 푸른 머리의 이리야가 눈에 띌 정도다.

"역시 돌아오니 좋기는 하네. 외국에 나갔다가 한국에 귀국한 사람 심정이야."

"예?"

"아, 그냥 말이 그렇다는 거고. 돌아오니까 기엘도 좋지?"

"물론입니다."

기엘 역시 미메이라로 돌아온 덕에 상당히 안정되어 있었다. 넓은 가이칸 제국을 여행하는 동안 불안해졌던 정신이 거의 원래의 자리로 돌아와 있는 상태인 것이다. 몸으로 느끼는 것도 남다르다. 제국 어느 곳에 있어도 미메이라에 있는 것처럼 몸이 편하지는 않았다.

그것은 미메이라를 떠나서는 살 수 없다고 하는 문제도 있긴 했지만 무엇보다 미메이라에 있을 때, 완전한 미메이라 인으로서 존재할 수 있기 때문이기도 하다.

단지 지금 걱정이 되는 것은 시안이 말한 '키리엔에 돌아가면 알게 되는' 그 무엇이다.

시안과 기엘이 노닥노닥하면서 거의 식사를 끝내갈 무렵 벌컥 하고 문이 열리면서 로운과 이리야가 동시에 뛰어 들어왔다.

"기엘!"

"로운?"

보기 드물게 흥분 상태에 있는 로운을 보고 기엘이 의자를 밀치며 일어났다.

"젠장할!"

로운은 들어오자마자 허리에 차고 있던 라이트를 풀어 바닥에 던져 버렸다.

"왜 그래?"

"단지 몇 달인데 왜 이렇게 물가가 뛰었나 몰라. 말을 파는 데 원래 가격은 꿈도 안 꿨지만 지나치게 깎아내리더라구."

"로운이 펄펄 뛰고 있길래 뜯어말리느라고 고생했어, 나는."

이리야가 질렸다는 듯이 팔을 내젓는다.

"뭔가 키리엔에서 일이 있는 것 같아. 아무래도 키리엔에서 문제가 있으니까 영향이 미치는 거겠지."

털썩 하고 로운은 기엘이 일어난 자리에 주저앉았다.

그는 그리고는 아무 말 없이 앞에 놓여져 있는 음식들을 먹어치우기 시작했다.

나머지 세 사람은 뭐라고 말을 해야 하나 싶어서 그가 먹는 양을 보고만 있었다.

아무 말 없이 남은 음식들을 거의 해치운 로운은 입을 쓱쓱 닦고는 옆에 있던 시안의 물 잔을 빼앗아서 벌컥벌컥 들이켰다.

"후우—"

전광석화처럼 음식을 해치운 로운이 한숨을 푸욱 내쉬자 모두들 로운이 무슨 말을 하려는지 궁금해서 긴장을 한 채 그를 지켜보았다.

"역시 고민을 해봤는데 말을 해두는 편이 좋겠다."

"……"

로운의 말을 듣고 기엘은 직감적으로 그가 키리엔에서 벌어진 일들을 말하려 한다는 사실을 깨달았다.

시안과 이리야 몰래 조금씩 논의를 해오고 있었지만 과연 이야기를 해줘야 할지 말아야 할지 아직 둘 다 결정을 못 내리고 있었기 때문이다.

"지금부터 하는 말에 놀라지는 말았으면 좋겠다, 시안."

로운은 제일 먼저 시안에게 당부를 했다.

"그리고 이리야, 당신은…."

생각해 보면 나름대로 국가 기밀(?)에 속하는 이야기일 수도 있다. 그것을 이리야에게도 말을 해야 할지 말아야 할지 그는 마지막으로 고민했다.

"아니지, 지금까지 같이 보고 들은 것도 많으니까 말해 두는 편이 좋겠어. 괜찮겠지, 기엘?"

"뭐… 이리야 씨 도움을 많이 받았기도 하고…."

기엘 역시 이리야의 문제는 고민이 되는 부분이다.

하지만 이미 이리야가 알고 있는 시안에 대한 것들만 해도 충분히 많은 비밀들을 공유하는 사이인 것을 생각해 볼 때 이리야를 제외시킬 수는 없는 노릇이었다.

그렇게 결심하고 기엘은 고개를 끄덕였다. 그것을 본 로운이 세 사람에게 앉으라는 손짓을 했다.

"지금부터 말하는 것은, 일단 뭐랄까…."

말을 고르고 또 골라도 역시 제일 충격을 받을 상대는 시안이다.

"아니, 말하기 전에 시안."

"응?"

갑자기 불안하게 로운이 왜 그러는 것인지 시안은 어리둥절했다.

"무슨 일이 있어도 절대로 내가 말한 것은 지키겠다. 그러니까 믿어주었으면 좋겠어. 나, 그리고 기엘을 말이야."

"그야, 물론 믿고 있지만…."

"무슨 일이 있어도라고 말하잖아."

"믿지 않으면 뭘 어떻게 하라고? 궁금하게 만들지 말고 빨리 이야기를 해봐. 뭔지 들어야 믿든지 말든지 할 거 아니야."

"……."

뜸을 들여보아야 사실이 변하지는 않는다.

결국 로운은 심각한 표정으로 이야기를 하기 시작했다.

"키리엔에 돌아가더라도 널 바로 보내주게 될지 안 될지 미지수다."

"뭐?"

시안의 눈이 동그래진다.

"일단 널 보내줄 사람은 이 세상에 한 분밖에 없어. 바로 대신관님이지. 그런데 그 대신관님이 지금 아무래도 신전에 유폐되어 있는 것 같다."

"…지금, 지금 무슨 소리를 하는 거야?"

"시안님, 사실입니다. 사실은 말씀을 못 드렸었는데, 저희들이 키리엔을 떠난 지 얼마 되지 않아서 무엇인가 키리엔에서 사건이 있었던 모양입니다."

로운이 말을 잇지 못하는 것을 보고 기엘이 대신 설명을 했다.

"너도 알다시피 내가 초반에는 대신관님과 계속 연락을 하고 있었다. 그런데 어느 날인가 연락이 되지 않아서 이상하다고 생각하고 있었던 차에 기엘의 보좌관이었던 기사가 연락을 해왔다."

그리고 그 다음은 말하기 힘든 부분이었지만 꽤나 굳게 결심을 한 듯 로운은 조용한 어조로 입을 열었다.

"아무래도 내 아버님과 기엘의 아버님이 뭔가 일을 꾸미신 것 같다. 정확한 것은 모르겠지만 적어도 대신관님이 현재 자유로운 몸이 아니신 것만은 틀림이 없어."

"…로운, 지금 도대체 무슨 소리를 하는 거야? 설마 그 로운의 아버지랑 기엘의 아버지랑 쿠데타라도 일으켰다는 소리야?"

"말하자면 비슷해."

"……!"

"수장의 자리가 새로운 계승자에게 넘어가는 동안, 즉 시안님께서 계승로에 계시는 동안 모든 실권은 잠시나마 대신관님께 이양됩니다. 임시라도 현재는 시안님이 돌아가시기 전까지는 대신관님께서 수장 대리 역을 하시는 거죠. 그럼에도 불구하고 대신관님께서 억류되어 계시다는 것은 분명 키리엔에 큰 이변이 있다는 이야기가 됩니다."

"말도 안 돼! 그게 말이나 되는 소리야?!"

"그러니까 우리도 믿기 힘들다고 하는 거다. 정확한 사정은 역시 돌아가야 알 수 있겠지만 분명 문제가 있는 것은 사실이야. 미리 말을 해두는 것이 좋을 것 같아서 말을 하지만, 충격을 받지는 않았으면 좋겠다."

하지만 이미 시안은 패닉 상태에 빠져 버리고 있었다.

'도대체 일이 어떻게 돌아가는 거지?'

자신을 이곳에 불러온 사람이 바로 대신관이다. 그런데 대신관이 억류되어 있다면 도대체 자신은 어떻게 돌아가야 한다는 말일까?

시안은 뱅글뱅글 돌아가는 머리를 부여잡고 잠시 충격에서 헤어나오지 못했다. 그러는 동안 이리야가 황당한 얼굴로 로운에게 물었다.

"설마 이거 정말 진짜로 굉장히 심각한 상황은 아니겠지?"

"……"

이리야의 입장에서는 시안을 도와주었다는 명목으로 미메이라에서 호의호식할 생각까지는 없었지만 그래도 어느 정도는 기대하는 것이 있기도 했다. 설사 키리엔이라는 곳에 가자마자 얼마 되지 않아서 미메이라를 떠나게 되더라도 적어도 시안의 곁에 있을 수 있을 만큼은 있고 싶은 게 그의 심정이었다.

중간 지대에서 있었던 일들은 하나도 남김없이 곁에서 지켜본 그의 입장에서는 시안이 어디론가 돌아가야 한다는 것을 잘 알고 있는 것이다. 그렇기 때문에 적어도 시안이 그를 필요로 할 때까지는 곁에 있겠다고 마음을 먹었던 것이다.

"키리엔에 도착하면 아무래도 이리야 당신은 고향이든 어디로든 돌아가는 쪽이 좋을지도 몰라. 자칫 잘못하면 위험해질 수도 있다."

실제 제일 위험한 것이 시안이라는 것까지는 로운도 말하지 못했다.

그것을 말했을 때 벌어질 상황이 두려웠기 때문이다.

하지만 이리야는 의외의 대답을 했다.

"싫어."

"뭐?"

"싫다고 했어. 위험하다면 더 더욱 저 녀석 옆에 있겠어. 그렇게 하겠다고 마음먹고 있었고, 나는 그다지 내가 결정한 일을 번복할 생각도 없으니까."

"하지만 이리야 씨, 아무래도…."

"어차피 시안이나 당신들이나 전부 위험한 것은 기정사실인 것 같은데 나 혼자서 잘 먹고 잘 살겠다고 도망갈 생각 같은 것은 없어. 날 그런 의리도 없는 사람으로 본 거야? 그럴 거면 아예 시안을 따라오지도 않았어. 지난번에 분명히 말했을 텐데?"

"하지만 사정이 좀 다릅니다. 의리의 문제도 아니구요."

기엘이 이리야를 설득하기 시작했지만 이리야는 들은 척도 하지 않았다.

"시끄러워. 상황이 어떻게 되든 간에 저 녀석이 가고 싶은 곳으로 갈 때까지는 난 시안 옆에 있을 거야. 말했잖아? 어차피 난 갈 데도 없다고 말이야."

"잠깐!"

이리야와 기엘이 말다툼을 하고 있는 동안 시안이 무슨 생각을 했는지 말을 막았다.

"잠깐 기다려 봐!"

"네, 시안님."

"그러니까 지금 들은 말을 뒤집어보면 돌아가도 내가 언제 돌아갈 수 있을지 절대로 미지수라는 소리야?"

"……"

"정말이야?"

"정확한 것은 모른다. 일단 도착을 해봐야겠지."

침통한 얼굴로 로운이 말했다. 더 이상은 어떻게도 말해 줄 수 없는 현실에 로운도 조금은 절망하고 있었다. 이미 인연을 끊겠다고 생각한 부모님이긴 하지만 역시 신경이 쓰이지 않을 수는 없다.

과연 그의 아버님은 무슨 짓을 벌인 것일까?

눈앞이 캄캄해져 온다.

"풍환을 받아오면 돌려보내 준다고 했잖아!"

"돌려보내 준다. 그것은 확실해. 내가 보장하겠어."

"그 말을 어떻게 믿어! 날 원래대로 보내줄 수 있는 사람은 대신관 할아버지밖에 없다면서!!"

"…돌아가면 아마도 어떻게든 방법이 생길 거야. 일단은 누구도 널 건드릴 수는 없을…"

“닥쳐!!”

시안이 탁자를 콰앙 하고 내려쳤다.

“젠장! 왜 이렇게 되는 게 없는 거야. 정말이지. 아아악!!”

“시안님, 진정하십시오.”

“내가 지금 진정하게 됐어?”

“그래도 방법이 없지는 않을 겁니다. 무엇보다도 시안님께서는….”

“내가 바람의 계승자니 뭐니, 수장 계승자니 뭐니 한다고 해도 실권이 있는 것도 아니야. 하! 웃겨, 정말. 내가 떠나자마자 일이 터졌다구? 어차피 내가 거기 있을 때도 내 맘대로 할 수 있는 일은 하나도 없었잖아. 그런데 돌아가면 일이 어떻게 될 수도 있다, 방법이 있을 거라고 말해 봐야 내가 믿을 것 같아?!”

“그럼, 돌아가지 않으면 어쩌려구?”

“……!”

순간 시안의 말이 막혔다.

“사실이 그렇잖아. 미리 말한 것은 도착했을 때 네가 충격받지 않도록, 그리고 무슨 일이 있든 간에 각오를 해두는 것이 좋다고 생각했기 때문이다. 네가 이렇게 날뛰라고 한 소리가 아니야.”

“그게 그거잖아! 알고 가나 모르고 가나 내가 할 수 있는 게 뭐가 있다구!”

시안은 울컥 치밀어 오르는 화를 꾹꾹 내리눌렀다.

말대답은 했지만 역시 방법이 없기는 시안도 매한가지다. 아무리 난리를 쳐봐야 시안은 어쩔 수 없이 키리엔으로 갈 수밖에 없다.

“정말이지 모르는 것투성이야!”

그렇게 말하고 시안은 성큼성큼 걸어서 밖으로 나가 버렸다.

시안이 나가고 난 뒤는 세 남자가 둘러앉은 썰렁한 탁자 위에 감도는 냉기뿐이다.

"후우…."

시안의 말대로 말을 해보아야 변하는 것은 아무것도 없다.

"역시 괜히 말을 꺼낸 건가?"

로운이 이마를 짚으며 말하자 기엘이 그의 어깨에 손을 대고 위로했다.

"아니야, 로운. 어차피 알게 될 거니 그곳에서 당황해하는 것보다야 이쪽이 나아."

"……."

"시안님도 곧 돌아오실 거다. 일단 급선무는 어떻게 되었든 키리엔으로 돌아가는 거니까 말이야."

"그렇긴 하지."

왜 이렇게도 무력한 것일까?

로운과 기엘은 똑같은 생각을 하며 한숨을 내쉰다.

과연 그들을 기다리는 진실이 무엇일지 그들은 도통 짐작을 할 수 없었다.

"케인."

한편 뛰어나간 시안은 갈 데가 없자 결국 묵고 있는 여관에서 멀지 않은 한적한 언덕 위에 넋을 놓고 앉아 있었다.

"케인…."

"……."

"도대체 내가 바람의 주인이 된 것에 무슨 의미가 있는 거지?"

"바람이 주인이 된 것은 그 자체에 의미가 있다."

“그렇다고 해서 나한테 뭔가 도움이 되는 건 없잖아. 사실 난 곧 돌아가려고 생각하고 있으니까. 안 그래?”

“……”

“설마 내가 돌아가더라도 그곳에서도 바람의 주인일 리는 없을 거 아니야.”

바람이 주인이니 뭐니 할 때는 일단 ‘좋다’라고 생각은 했지만 역시 도움되는 것은 없다. 그것이 시안을 괴롭히고 있었다.

“그것은 모르는 일이지. 하지만 분명 이계의 인간인 네가 바람의 주인이 된 데는 반드시 의미가 있을 거다.”

“하아……”

이유가 너무나도 분명한 한숨이 새어 나온다.

“정말이지, 이러다가 한숨만 팍팍 내쉬게 되는 거 아닌가 모르겠다.”

차라리 바람술이나 팍팍 쓰면서 한판 활극을 벌이든지 하는 게 훨씬 나을 것이라고 시안은 그렇게 생각하기 시작했다.

머리로 고민하는 것 따위는 정말로 하기 싫다는 것이 솔직한 심정이었다.

＊　　　　　＊　　　　　＊

“으음…”

키리엔에서 멀지 않은 숲에 네 사람이 모여 있었다. 그 숲은 넓게 수도 키리엔을 둘러싸게 만들어진 인조림으로, 키가 알맞게 자란 나무들이 빼곡하게 들어차 있는 곳이다.

“역시 무슨 일이 있든 간에 당당하게 걸어 들어가는 쪽이 좋을 것 같은데, 로운."

"하지만 무슨 일이 일어날지 도통 알 수가 없잖아."

원래대로라면, 아니, 정해진 대로라면 일단은 대신전으로 계승로를 마치고 돌아왔다는 보고를 하러 가야 하지만 네 사람은 대신전 대신에 백색궁 키리엔이 멀지 않은 곳에 이렇게 모여 있었다.

기엘과 로운이 어떤 방식으로 키리엔에 들어가느냐를 놓고 고민을 하는 동안 시안은 다른 것으로 고민을 하고 있었다.

'더 늦으면 안 될 것 같은데….'

시안은 처음 느꼈을 때보다는 다소 여유를 가지고 백색궁을 바라보고 있다. 레이죠 장로가 죽어가는 이유에 대해서 세나케인으로부터 언질을 받았기 때문이었다.

어쩔 수 없다는 이유 때문이라고 하기에는 어폐가 좀 있지만, 그것이 레이죠 장로가 가지고 태어난 원래대로의 수명이라는 소리를 들었던 것이다. 그 사실은 가슴은 아프지만 견디지 못할 정도는 아니었다.

풍옥을 잃었기 때문에 죽는 게 아니라 타고난 수명대로 살 만큼 살았기 때문에 풍옥을 잃은 것이라는 게 세나케인의 말이었다. 사실 말장난 같은 말로 결국 엎어치나 메치나 매한가지이긴 했지만 그래도 두 가지의 말이 의미하는 바는 상당히 다르기 때문인지 시안은 처음 레이죠 장로의 죽음을 직감했을 때보다는 훨씬 마음을 놓고 있었다.

나머지 사람들을 무시한 채 멍하게 키리엔을 바라보고 있던 시안은 결국 결심했다는 듯이 뒤를 돌아보았다.

"어떻게 들어갈 건지 빨리 결정해 줘. 시간이 별로 없어."

"예?"

"뭐, 이미 도착도 했으니 나도 말할게. 그 레이죠 장로님 말이야."

"레이죠 장로님?"

"응, 그분. 이제 그분 얼마 못 사실 거야. 사실은 그것 때문에 서두르자고 한 거야."

마치 오늘은 북풍이 불 거야라고 말하는 것처럼 시안은 아무렇지도 않은 얼굴로 말했다. 하지만 그 말이 가져온 파장은 만만치가 않았다.

기엘은 너무나 놀라서 입을 벌린 채 말도 하지 못했고 로운은 도대체 시안이 무슨 소리를 하나 싶어서 눈을 깜박거리고 있었기 때문이다.

"어떻게 그런 걸 알 수 있느냐고는 묻지 마, 나도 모르니까. 여하튼… 그렇다는 이야기니까. 이것으로 내 말은 끝."

뭐라고 시안에게 묻고 싶었지만 도대체 무엇을 물어야 할지 몰랐다.

기엘과 로운은 둘 다 조금 전에 들은 사실에 놀랐다기보다는 충격을 받았던 것이다.

"저어, 그러니까 시안님…."

"……."

"아참, 하고 싶은 말이 하나 더 있었는데, 키리엔에는 얌전히 들어가겠지만 여장을 한다거나 하는 것은 사양하겠어. 이제 와서 뭘 더 어쩌겠어? 안 그래?"

"무, 물론 그렇습니다만…."

사실은 전혀 아니올시다지만 시안이 한 말에 충격을 받은 기엘은 그냥 대답을 해버리고 말았다.

"좀 가보고 오지."

갑작스럽게 벌떡 로운이 일어나서 성큼성큼 걸어나갔다.

그는 시안에게 뭐라고 말을 해야 할지 알 수가 없었다. 그렇다고 해서 그냥 가만히 있을 수도 없었던 것이다.

"일단 키리엔 주변이라도 돌아보고 올 테니 이곳에서 기다려."

"……."

"조심해, 로운."

"그래."

쾡하게 로운이 사라져 버렸다.

기엘은 의논을 하던 상대를 잃고 난 후 자리에 앉았다가 일어났다가, 주변을 서성였다가 하면서 계속 불안해했다.

그가 충격을 받은 것은 사실 레이죠 장로에 대한 비보가 아니었다. 그가 순간 충격을 받은 것은 오히려 시안에 대해서였다.

그는 저 중간 지대에서 시안이 자다가 말고 벌떡 일어나서 밤잠도 제대로 자지 않고, 먹을 것도 제대로 먹지 않고 달려온 시간을 생생하게 떠올렸다.

'예지 능력이 생기신 걸까?'

그렇게 생각하자 순간 오싹— 하고 소름이 돋아 올랐다. 예지 능력에 대한 대가가 얼마나 큰지 모르는 것이 아니기 때문이다. 그것은 단순하게 예언의 현자 마샤를 생각해 봐도 알 수 있다. 하지만 그는 곧 생각을 고쳤다.

'아니, 그런 것은 아닌 것 같은데….'

그 증거로 시안은 레이죠 장로에 대해서만 이야기했을 뿐 다른 상황은 전혀 눈치를 채지 못하고 있다.

허지만 가만히 누워 있다가 다른 사람의 죽음을 감지해 낸다는 것 자체가 시안에게 얼마나 충격을 주는 일이었을까?

그제서야 기엘은 시안이 그리도 불안해하던 이유를 정말 일목요연하게 깨달을 수 있었다.

'정말로 곤란해….'

그의 시선이 자연스럽게 시안 쪽으로 향했다.

그러나 곤란한 일은 정작 다른 데 있다는 것을 그가 깨닫게 되는 데는 그리 시간이 걸리지 않았다.

*　　　　　*　　　　　*

넓고 넓은, 그러나 자유롭게 움직일 수 있는 공간이라고는 하나도 존재하지 않는 신전 깊숙한 곳에서 수염을 하얗게 기른 노인이 꿇고 있던 무릎을 피며 자리에서 일어났다. 긴 옷자락이 그의 발걸음에 따라 함께 움직였다.

'드디어 돌아오신 건가.'

희미한 미소가 그의 주름투성이 얼굴에 퍼져 나간다.

몇 날 며칠을 금식하며 지내왔던 그지만 얼굴에는 묘한 화색이 번져 나간다.

'레이죠 장로.'

보이지 않는 하늘이건만 그는 하늘을 향해 얼굴을 들었다.

'당신의 바램이 어찌 이루어질지….'

로운은 숨을 죽인 채 인적이 드문 곳을 돌아 성 가까이에 접근하고 있었다.

좀 더 가까이 갈 수 있다면 좋겠지만 생각보다 성 주변에 형성된 마을이 크기 때문에 섣부르게 다가갈 수는 없었다. 물론 목숨의 위험은 없을지 모른다. 하지만 지금 중요한 것은 그보다는 시안의 일이었기 때문에 그는 조심에 조심을 더했다.

'겉으로 봐서는 아무 이상이 없는 것 같은데… 역시 시안의 말대로 하는 쪽이 좋은 걸까?'

분명 무엇인가 변화가 있는 것은 확실했다.

하지만 자세한 것은 안에 들어가 보지 않는 이상 알아내기 힘든 것이다.

그에게 있어서는 많은 경비병들이 철통같이 지키고 있는 가이칸 제국의 카드미엘 성보다 몇 안 되는 기사들이 지키고 있는 이 키리엔이 훨씬 부담이 되는 것이다.

'게다가 내 얼굴을 알아볼 수 있는 기사들이 너무 많아.'

그는 한숨을 푹 내쉬었다.

'정말 곤란하군… 어?'

로운은 한숨을 내쉬다 말고 갑자기 몸을 숙였다.

그는 황급하게 자신의 몸에 걸어두었던 티리쉬의 주문을 한번 더 전환시키며 혹여 누가 자신이 온 것을 눈치 채지 못하도록 했다.

'이렇게 하면 나도 좀 곤란해지긴 하지만 어쩔 수 없지.'

다른 사람이 그의 파장을 느끼지 못하게 하는 티리쉬의 주문을 강화시키면 그 역시 타인의 파장을 느낄 수 없게 된다.

'아까 그 파장은 분명….'

"최대한 서두를 예정이니 아마도 다음 달에는 돌아올 수 있을 게요. 너무 걱정하지 마시오, 부인."

"하지만 그리 오래 미메이라를 벗어나 계신다면…."

"무슨 일이 생기면 어떤 수단을 써서든 돌아오겠소."

하라스다인 장로는 좀처럼 자신의 말을 듣지 않고 자신을 배웅하고 있는 부인을 안심시키기 위해 안간힘을 쓰고 있었다.

"부디 조심하세요."

곱게 나이를 먹어 아직도 한껏 우아함을 가지고 있는 그의 아내는 여전히 불안한 표정을 짓고 있었다. 사실 지금까지 그가 두 주 이상 미메이라를 떠나 있었던 적은 없었다.

"알겠소. 이만 들어가시게."

하라스다인 장로는 키리엔 외곽까지 따라나오겠다는 아내를 우격다짐하여 돌려보냈다.

역시 아내의 눈물을 보는 것은 그리 좋은 기분은 아니다.

"먼 길을 눈물로 시작한다면 좋은 징조가 아니겠지."

딱히 누가 대답하는 것도 아닌데 그는 혼자 중얼거렸다.

'언제 기엘과 그가 돌아올지 모르니 더 더욱 서둘러야겠어.'

마지막 말은 소리가 되는 대신 그의 머리 속에서만 울려 퍼졌다.

'저 사람은 분명 하라스다인 장로님인데?'

먼발치에서 스치듯 지나간 일행을 보며 로운은 반쯤은 경악하고 있었다. 이미 시안 때문에 한 번 충격을 받은 머리는 너무나 혼란스러워지고 있었다.

'하라스다인 장로님이 어째서…?'

하라스다인 장로를 보았다고 그러는 것은 아니다. 문제는 그를 수행하고 있는 사람들에게 있었다.

어디선가 많이 보았다고 의심할 필요도 없을 정도였다. 너무나 확연하게 기억 속에 그대로 남아 있는 제국의 병사들이다.

길고 긴 메이스와 제국의 문장이 양각된 방패들. 그리고 제국의

기사가 아니면 가지지 못하는 문장이 새겨진 망토가 로운의 시야를
가득 메웠다.

'어째서 제국의 기사들과 병사들이… 설마 하라스다인 장로님께
서 무슨 일이라도 벌이신 건가?'

머리를 숙이고 혼란스러운 머리를 억지로 가동시켜 본다.

하지만 정보는 적고, 어떤 결과를 도출해 내야 할지 감도 잡히지
않는다.

'정말이지 곤란… 어, 설마?!'

로운은 생각을 이어가다 말고 몸을 벌떡 일으켰다. 그의 흐름을
명백하리만치 가로막는 강력한 기운을 느꼈기 때문이었다.

아무리 티리쉬를 이용해 파장을 가로막아도 시안의 강력한 파장
은 전해져 온다. 그만큼 시안의 파장은 일반적인 기준을 훨씬 상회
한다.

"서, 설마, 시안, 이 바보 녀석이!"

그는 그때까지 숨을 죽이고 있던 것도 모조리 잊어버린 채 빠르
게 이동하고 있는 시안의 파장이 전해져 오는 쪽으로 뛰어가기 시
작했다.

"기엘, 이 바보 녀석! 어째서 막지 못한 거야!"

"시안님, 안 됩니다! 로운이 올 때까지 기다리세요!"

"안 되긴 뭐가 안 돼! 우리가 뭐 죄라도 졌어? 왜 쥐새끼마냥 염
탐을 해! 시간이 없어! 난 갈 거야!"

"시안님!"

막무가내로 시안이 키리엔 쪽으로 걸음을 옮기자 기엘은 사색이
되어 시안을 붙들었다.

“뭐!”

“시안님, 절대로 안 됩니다. 시안님 말씀대로 더 이상은 여장도 하지 않으시겠다고 한 이상 위험은 보통 때의 수배, 아니, 수백 배 이상 됩니다.”

“위험은 무슨 위험이야. 여하튼 날 죽일 수는 없을 거 아니야. 그러니까 봐.”

“시안님!!”

‘위험하다구요! 정말 죽을 수도 있습니다!’ 라고 소리치고 싶었지만 그 말만큼은 차마 입에서 흘러나오지 않았다.

“알았어! 알았다구! 젠장!”

순간 시안의 몸을 은백색의 빛이 휘감았다.

기엘이 놀라서 손을 떼는 것과 시안의 머리카락에서 눈부신 은백색의 머리카락이 자라 나와 사방으로 흩어지기 시작한 것은 거의 동시의 일이었다.

굳어진 손가락 사이로 머리카락이 흘러내린다.

섬뜩하리만치 차갑고 솜털처럼 부드러운 머리카락이었다.

“젠장! 컨트롤이 안 돼, 컨트롤이! 어깨 정도까지만 하려고 했는데.”

기엘이 놀라움을 수습하기도 전에 날카로운 시안의 불평 소리가 머리카락 사이에서 튀어나왔다.

“도대체가 맘에 안 든다니까. 여하튼 간에, 이 정도는 내 맘대로 좀 되면 좋잖아.”

“시, 시안님.”

시안은 재빨리 자신의 모습을 정리했다. 조금 지저분한 곳도 있지만 옷은 멀쩡하다.

그는 문제의 길게 자라 다시 허리를 넘어 무릎 정도의 길이까지 오는 머리카락을 하나로 모았다.

"줘."

"예?"

머리카락을 하나로 부여잡고는 시안은 기엘에게 손을 내밀었다. 기엘은 갑자기 시안이 뭘 달라고 하는 건지 몰라서 멀뚱 그 손바닥을 바라보았다.

"달라구, 머리 묶을 거. 그런 거 잘 가지고 다녔잖아."

"아, 그, 그것이…."

기엘은 화악― 얼굴이 붉어져서 열심히 주섬주섬 몸을 뒤지다가 결국은 손목에 비끄러매 놓았던 천을 풀어냈다.

"죄송합니다, 이런 것밖에는 없어서."

"됐어."

시안은 기엘의 손에서 천을 잡아채 머리를 묶었다. 아니, 정확하게는 시도했다. 하지만 손에 설어서인지 몇 번이나 시안의 손은 천조각을 놓쳤다. 결국 그것을 보다 못한 기엘이 다가가서 척척 끈을 돌려 머리를 묶어주었다.

"고마워. 여하튼 이 정도면 되었지? 나도 많이 양보한 거니까 더이상 방해하지 마. 알았어?"

잠시 눈앞에서 흐르는 머리카락에 정신을 팔고 있던 기엘과 이리야가 뭐라고 더 말도 하기 전에 시안은 몸을 돌려서 뛰어가기 시작했다.

"아, 아앗! 시안님!"

"뭐 해. 따라가야지."

이리야가 기엘의 어깨를 툭 치고 시안을 따라가며 말했다.

"어차피 저 녀석 고집 이긴 적도 없으면서 뭘 그래. 저놈 말대로 어떻게든 되겠지. 안 그래?"

"하지만 그래도…."

결국 기엘은 그렇게 말하면서 시안을 따라갔다.

로운이 퍼렇게 역정을 내는 얼굴이 그의 뇌리 속에 떠오른 것은 두말할 필요도 없었다.

제5장
시안의 바람

The Wind of Ashurei

키리엔의 수비대원 중 한 사람인 구노는 바쁜 하루를 보내고 있었다.

일일 3교대로 바뀐 근무를 하다 보면 때로는 아침나절에, 때로는 오후 늦게, 때로는 한밤에 이렇게 성문 앞에 서 있게 된다.

밤에는 사실 큰일이 없기 때문에 그럭저럭 한가하지만, 낮, 그것도 아침나절 근무에 걸리게 되면 상당히 바쁘다. 거기에 오늘 같은 날은 하루 종일 정신이 없다.

수비대원이 되려면 사실 다른 능력보다는 바람술에 능통해야 한다. 완력보다는 바람술에 능통해야 성안에 드나드는 사람들을 검문하는 데 용이하기 때문이다.

그는 이제 교대 시간을 얼마 남기지 않고 피곤한 몸으로 몇 시간을 버티려고 하는 중이었다.

오늘은 제국의 기사까지 드나드는 바람에 상당히 신경을 곤두세우고 있었기 때문인지 더 더욱 힘들고 바쁘게 하루를 보내는 중. 뭐 자세한 사정을 알고 싶은 마음도 있지만 어느 누구 하나 말단 수비대원에게 그런 정보를 줄 리는 없다.

결국 그는 그냥 수비대원이고, 수비대원의 임무를 열심히 수행하면 된다고 생각하는 사람이었다.

"후우, 어이, 라킨. 잠시 좀 다녀올게."

"아아, 그래."

"역시 아침에 너무 많이 먹은 것 같기고 하고, 속이 더부룩하단 말이야."

엄한 군율을 따르고 있긴 하지만 그게 융통성이 없지는 않다.

그는 잠시 볼일을 보기 위해 자신의 근무 파트너에게 언질을 주고는 뒤로 돌아갔다.

하지만 그는 그가 원하는 대로 '볼일'을 본 것은 그 뒤 한참 후였다.

"어?"

성문 안으로 막 들어서는데 갑자기 어디선가 휘잉— 하고 맑고 맑은 바람이 불어왔다.

"어라? 웬일이지?"

특별한 일이 없는 한 미메이라, 그것도 키리엔에는 항상 살랑살랑하는 하늬바람 같은 바람이 분다. 그런데 지금 그 바람이 한순간에 화악 하고 바뀌어 버린 것이다.

하지만 그가 이상하다고 생각한 것은 아주 잠시 잠깐의 일.

그는 화장실을 가다 말고 놀라서 허리춤의 검집에 손을 대고는 놀라서 다시 자신의 자리로 뛰어나왔다.

바람이, 맑고 시원하고 거센 바람이 불어 닥치고 있었다.

누군가 멀리서 뛰어오고 있었다.

은색의 머리카락이 내리쬐는 빛을 반사해서 그것은 사람이라기보다는 광원같이 보였다.

"누구지…?"

갑작스럽게 바람이 바뀐 것을 느낀 것은 그뿐만이 아니었다.

다른 수비대원들 역시 뭔가 이상해진 공기를 느꼈고, 막 성문 안으로 들어서려던 몇 명의 관인들도 놀라서 그 빛의 덩어리를 멍하게 보고 있었다.

"시안님! 좀 천천히 가시라니까요."

"시끄러워! 한시가 급해!"

기엘이 쏜살같이 달려가는 시안의 뒤를 따르고 있었다.

얼마 만에 돌아오는 거리인지 모르지만 그 익숙한 거리가 그의 눈에는 하나도 들어오지 않았다.

시안은 점점 더 발걸음을 빨리하고 있었다.

그렇게 뛰어왔으면 숨이 찰 만도 한데 이상하리만치 숨이 차지 않았다. 언제나 상쾌한 공기가 폐 안을 가득 채우고 있는 그런 기분.

'이상해, 뭔가. 여기 돌아오니까….'

달리는 것을 싫어하는 것은 아니지만 태어나서 지금까지 이렇게 상쾌한 기분으로 기분 좋게 달려본 적은 없는 것 같다.

'마치 집에 돌아온 그런 기분이야.'

내 집은 아니지만 조금이라도 익숙한 곳에 돌아온다는 것이 이렇게 사람을 기분 좋게 하는 것인지는 정말 몰랐다.

"어이, 아저씨들 안녀어엉~"

기세도 좋게 커다란 목소리로 시안은 어리둥절한 얼굴을 하고 있는 수비대원들에게 인사를 했다.

그 뒤를 바람 같은 빠르기로 훤칠한 키의 남자가 따라오고 있었다.

수비대원인 구노는 너무나 놀라서 긴 은발 머리를 휘날리며 바람처럼 성문을 통과한 시안을 멍청하게 바라보았다.

"어? 저, 저분은…."

얼굴을 자주 볼 수 있는 것은 아니지만 분명 저 얼굴은 많이 봤던 얼굴이었다.

만일 그가 시안의 측근에서 그녀를 돌보았던 시녀들이라면 분명 같으면서도 어딘가 다른 얼굴이라는 것을 알아차렸겠지만 멀리서만 보았던 사람이기에 그 미묘한 차이를 발견할 수는 없었던 것이다.

"서, 설마, 시안님?"

얼결에 그의 입에서 바람의 나라 미메이라의 차대 수장의 이름이 튀어나오자 주위로 술렁거림이 퍼져 나갔다.

"시안님이 돌아오셨다."

"시안님이?"

"새로운 수장님이 돌아오신 거야?"

시안이 돌아왔다는 놀람이 가라앉기도 전에 시안의 뒤를 열심히 따라 달려왔던 기엘이 마악 구노의 앞을 지나갔다.

그를 붙잡으려는 구노의 손놀림을 날렵하게 피하면서 기엘이 소리쳤다.

"나이트 기엘이다. 시안님이 돌아오셨으니 모두에게 알려줘!"

“에에엑? 나이트 기엘?!”

그리고 기엘은 바람보다 더 빠른 속도로 성문을 통과했다.

두 사람이 변변찮은 검문도 받지 않고 성문을 통과했지만 다음 사람은 그들과는 사정이 달랐다.

“거기 멈추시오!”

구노의 목소리에 주위에 있던 사람들의 눈이 순간 한쪽으로 쏠렸다. 다음 순간 그들의 눈동자는 그들이 기억하는 한 가장 커다랗게 확대가 되어버렸다.

처음으로 보는 신비한 머리카락의 사람이 그들 앞으로 뛰어들었기 때문이다.

“누구냐!”

“아, 앗차차차.”

이리야는 아무 생각 없이 기엘의 뒤를 따라서 달려오다가(사실은 먼저 출발했지만 어느 사이 뒤처졌다) 수비대원들의 저지를 받고 난감해졌다.

“누구냐?!!”

그저 평범한 미메이라 인이라면 이런 취급은 받지 않았겠지만 짙푸른 머리색을 가진 이상한 남자는 목 끝까지 들어오는 칼끝을 피할 수 없었다.

“아, 그러니까 나는 시안님하고 같이 여행을…”

“제가 보증하는 사람입니다. 괜찮으니 통과시켜 주시죠.”

스윽— 하고 이리야의 목에 겨누어졌던 검날이 옆으로 밀쳐졌다.

“예?”

“로운 디 로크레슈입니다. 시안님께서 방금 전에 들어가셨죠?”

로운은 시안의 낌새를 눈치 채고 열심히 달려온 모양이었다. 그는 헉, 헉, 하고 가쁜 숨을 잠시 고르고는 물었다.

"나이트 기엘님께서도 같이 오셨습니까?"

"아, 예. 물론입니다만…."

구노는 당황하고 있었다.

갑작스럽게 시안이 돌아온 것도 사건이라면 사건인데 거기에 짙 푸른 머리색을 가진 이방인이 등장해 버린 것이다. 그것뿐이라면 어떻게든 하겠는데 문제는 그의 눈앞에 서 있는 남자.

분명 시안과 함께 계승로를 떠났던 신관 로운임에는 틀림이 없지만 뭔가 떠날 때와는 분위기가 사뭇 달라졌기 때문이다.

"하지만 신관님, 아무리 신관님께서 보증을 하신다고 해도 성문 안으로 아무렇지도 않게 이방인을 들여보낼 수는 없습니다. 일단 요즈음의 시국도 문제가 있는 판에…."

"제가 보증한다고 하지 않았습니까? 먼저 신전으로 가야 했겠지만 시안님께서 일단 궁에 들르셔야 한다고 하셔서 먼저 이곳에 온 것입니다."

"신관님께서도 제 입장을 조금만 이해해 주셨으면 좋겠습니다. 아무리 이 사람이 아무 문제가 없는 사람이라고 해도, 지킬 것은 지켜주셔야 합니다."

구노는 고집스럽게 말을 되풀이했다.

어떻게 보이면 답답해 보일 수도 있지만 이것은 어디까지나 그의 임무인 것이다. 설상 아무런 해가 없는 사람이라고 해도 이리야는 이방인인 것이다.

"후우~"

"아아, 나는 아무렇지도 않으니까 들어가 봐. 뭐, 여기까지 왔으니 어떻게든 되지 않을까? 기다릴 테니까 말이야."

"이리야."

로운이 난감해하면서도 안절부절못하며 자꾸만 성을 바라보는 모습을 보고 이리야는 한발 양보를 했다.

모든 일에는 예외라는 것이 있지만 예외가 있으려면 기본이라는 것도 동시에 존재해야 한다. 로운이 아무리 차대 수장(이젠 거의 수장이지만)인 시안의 측근이라고 해도 지켜야 할 기본을 무조건적으로 파해시킬 수는 없는 노릇인 것이다.

"이분의 신변은 저희가 보호하겠습니다, 신관님."

"알겠습니다. 그럼 부탁합니다. 이리야, 잠시 여기서 기다려 줘."

"알았어. 갔다 오라구. 시안님이 걱정돼서 그러는 거 알아."

같은 미메이라 인은 아니지만 몇 번이나 고비를 넘기며 함께해 와서인지 왠지 이런 곳에 두고 혼자 들어가는 것이 망설여진다. 하지만 시안에 대한 걱정이 큰 로운은 이리야의 손을 한번 굳게 잡아 주고는 안으로 뛰어 들어갔다.

그가 뛰어 들어가는 것을 보면서 이리야는 피식하고 웃어버렸다.

"역시 바람이란 게 좋기는 하구만. 여기는 원래 이렇게 바람이 시원~ 하게 붑니까?"

씨익 웃으며 구노에게 이리야가 넉살 좋게 말을 걸었다. 여기저기 도망 다니며 어울려 다녀서인지 이리야에게는 붙임성이라는 것이 많이 생겨 있는 터였다.

구노는 왠지 친근하게 말을 걸어오는 이리야에게 자신도 모르게 대답을 했다.

"아마도 시안님께서 돌아오셨기 때문이겠지요. 시안님의 바람이 밀입니다."

"그렇군. 시안님의 바람이라… 그거 듣던 중 좋은 말인데."

이리야는 팔짱을 끼고 하늘을 바라보았다.

자신의 머리색보다도 훨씬 파랗게 보이는 하늘에 시안과 함께 찾아온 바람이 불고 있었다.

*　　　　*　　　　*

'어디지? 어디야?'

타닥타닥하는 경쾌한 소리가 여기저기 퍼져 벽에 부딪혀 다시 돌아온다.

경쾌한 시안의 발자국 소리는 시안의 바람을 타고 궁 곳곳으로 퍼져 나가고 있었다.

누가 전하지 않아도 미메이라 인이라면 누구든 느낄 수 있는 시원한 바람이었다.

'오른쪽…'

마치 스스로의 몸에 탐지기라도 단 것처럼 시안은 거침없이 나아갔다.

'에잇, 더럽게 많이도 들어가네.'

누가 설명해 주지 않아도 마치 끌려가듯 시안은 백색궁 키리엔의 깊은 곳으로 계속 발걸음을 옮겼다.

'우쓰, 할아버지, 제발 죽지 말고 좀 기다려요~'

비록 세나케인의 말을 듣기는 했지만 천수를 다해서 죽는다고 해도 시안은 그것을 놓치고 싶지 않았다.

'분명 무슨 방법이 있을 거야. 아! 여기다.'

궁 곳곳으로 퍼져 나가던 시안의 발걸음 소리가 굳게 닫혀진 어떤 문 앞에서 뚝— 하고 끊어졌다.

문 앞에서 혹시나 모를 일에 대비를 하고 있던 여관 하나가 시안의 모습을 발견하고 놀라서 소리를 지른 것은 시안의 뒤에서 한 남자가 등장한 것과 거의 동시에 일어난 일이었다.

"어머! 시, 시안님!"

"아아, 안녕하세요. 레이죠 장로님 안에 계시죠?"

방긋하고 아무렇지도 않게 웃어 보인 시안은 문에 손을 대고는 밀려고 했다.

그 순간 뒤에서 나타난 남자가 시안의 손목을 잡았다.

"레이죠 장로님은 지금 몹시 편찮으셔서 면회가 불가능합니다, 시안님."

"어라?"

시안은 자신의 팔을 붙든 남자의 팔을 따라서 천천히 눈을 돌렸다.

짙은 회색 빛의 눈과 희끗희끗하게 바랜 은발을 가진 남자가 그를 바라보고 있었다.

"어, 그러니까…."

눈앞의 남자는 자신이 알고 있는 어떤 인물과 너무나 흡사하게 닮은 얼굴을 하고 있다.

"설마, 로운…."

시안이 말을 하기도 전에 그가 입을 열었다.

"그렇습니다. 로운의 애비가 됩니다."

분명 이런저런 일로 얼굴을 몇 번 봤던 사람이지만 특별하게 기억을 하고 있지 않았던 사람이다.

"아, 예. 안녕하세요."

"돌아오신 줄 몰랐군요. 먼저 신전으로 오실 줄 알았는데."

“아아, 그럴려고 했는데 좀 사정이 있어서 말이에요. 그런데 이것
좀 놓아주실래요?”

시안이 찡그리면서 말을 했지만 왠지 로크레슈 장로는 시안의 손
목을 놓아줄 생각을 하지 않는다.

“많이 피곤하실 텐데 일단은 여독을 좀 푸시고 후일 만나뵙는 게
어떻겠습니까? 레이죠 장로님께서는 워낙 몸이 약해지신 상태라서
말입니다.”

“알고 있다니까요. 그러니까 지금 만나야 돼요.”

눈에 보이지 않는 신경전이 파바바박 불꽃을 일으키며 일어난다.

시안은 노려보고, 로크레슈 장로는 입을 꾹 다문 채 서로 한 발자
국도 양보하지 않는다.

“이거 놔주시죠?”

“……”

원래의 시안이라면 펄펄 뛰면서 난리를 피웠을지도 모르는 상황
인데도 왠지 그럴 마음이 들지 않았다. 그것은 눈앞에서 자신의 팔
을 꼭 쥐고 있는 남자에게서 풍기는 뭔지 모를 압력 때문이라기보
다는 시안 본인이 그렇게 하고 싶지 않았기 때문이었다.

무엇인가 시안의 마음속에서 이 사람은 위험하다라고 말하고 있
었던 것이다.

“난, 이제 수장이죠? 그러니까 내 말을 들어요.”

시안의 입에서 뜻밖의 말이 튀어나온다.

‘어, 어라. 이렇게 말하려던 것은 아닌데…’

시안도 그렇게 말해 놓고는 조금 당황해 버렸다.

하지만 그 말은 효과가 있었던 듯, 로크레슈 장로의 표정이 아주
조금 일그러지는 것이 시안에게 보였다. 그것이 시안에게 용기를

주었다.

"이 키리엔에서 수장이 들어가지 못할 곳은 없지 않은가요?"

"……."

"로크레슈 장로님."

"…좋습니다."

시안의 눈에 보이지 않는 위엄 같은 것이 결국 로크레슈 장로의 고집을 꺾었다. 그것은 위엄일 수도 있고, 시안의 몸에 어려 있는 강력한 힘의 영향일 수도 있다.

여하튼 그 위엄의 정체가 무엇이든 간에 그것은 확실하게 작용을 한 모양이다.

로크레슈 장로는 마지못해 시안의 팔을 놓고 뒤로 물러섰다. 마음 같아서는 넌 대리일 뿐이라고 말하고 싶었지만 옆에 있는 여관들의 눈을 의식하지 않을 수 없었던 것이다.

흥! 이라고 눈앞에서 코웃음이라고 쳐주고 싶은 기분이 된 시안은 로크레슈 장로를 한번 빤히 쳐다보고는 굳게 닫혀진 문에 손을 댔다.

끼기기긱— 하는 둔중한 소리가 들려왔다.

'케인, 아무도 못 들어오게 해줘.'

"원한다면."

아무에게도 들리지 않을 대답 소리가 시안의 마음속에서 울려 나온다. 그와 동시에 시안의 몸에서 은빛의 연기 같은 것이 한줄기 빠져나와 그의 주위를 맴돌기 시작했다.

시안은 눈을 들어서 넓고 넓은 방의 한쪽으로 시선을 돌렸다.

죽음의 냄새가 짙게 풍겨 나오는 그곳에는 오로지 단 한 사람, 레이죠 장로가 홀로 잠들어 있었다.

시안은 그쪽으로 천천히 걸어갔다.

약하디약한 생명의 파장이 시안의 몸을 스치고 지나간다.

"후우… 아직 늦지는 않았구나."

안도감 같은 것이 시안의 마음속에 가득 들어찬다.

"어이, 이봐요, 레이죠 장로님."

마치 어제 보았던 이웃 집 할아버지라도 부르는 기분으로 시안이 입을 열었다.

"레이죠 장로님, 눈 좀 떠봐요."

푹신한 침대 한가운데에 눈을 감고 잠들어 있는 사람이 있었다.

그의 얼굴은 자신이 기억하는 것보다 훨씬 나이가 들어 보였다.

꿀꺽— 하고 시안의 목구멍을 넘어가는 타액의 소리가 온 방 안에 울려 퍼진다. 마치 개미가 기어가는 소리라도 들려올 것만 같은 고요함.

"레이죠 장로님?"

시안은 한 번도, 박경하라는 이름을 가지고 있었던 때에도 사람이 죽어가는 것을 본 일이 없었다.

물론 이번 여행에서는 여러 가지 경험을 하긴 했지만 늙어서 죽는다는, 그런 것은 본 일이 없다.

뭐라고 할 수 없는 이상한 감정이 시안의 몸을 둘러싸기 시작했다.

"좀 일어나 봐요. 당신 딸이 왔잖아."

그렇게 말하면서 시안은 잠시 멈칫했다.

지금 자신의 모습은 시안과 닮기는 했지만 완전한 시안의 얼굴이라고 하기엔 무리인 얼굴을 하고 있다.

물론 슬쩍 보는 사람들은 시안이라고 해도 믿겠지만 그녀의 얼굴을 제일 잘 알고 있을 사람 중 하나인 레이죠 장로의 기준에는 못 미칠 것이다.

'아아, 귀찮네, 정말로.'

"케인, 내 얼굴만 시안의 얼굴로, 원래의 시안의 얼굴로 보이게 할 수 있을까?"

"네 스스로 그렇게 하고 싶다면 가능하지. 널 보는 사람들의 눈을 속이는 일은 쉬운 일이다."

"뭔가 속이는 것도 그렇긴 한데…."

벅벅 하고 시안이 손가락을 콧잔등을 긁는다. 하지만 그렇게 하는 것 이외에는 특별한 방법이 생각나는 것도 아니다.

"뭐, 도로 여자가 되는 것은 아니니까 그 정도 서비스는 해주지 뭐."

시안은 두 손을 자신의 얼굴에 대고 마음속으로 바랬다.

부디 자신의 얼굴을 레이죠 장로가 원래의 시안으로 봐주길 바라면서.

"으음, 변화가 좀 있는 것 같아?"

"글쎄."

"쳇, 거울이라도 좀 있었으면 좋겠지만, 뭐 어쩔 수 없지. 이봐요, 레이죠 장로님, 좀 일어나봐요. 예?"

"……."

굳게 닫혀져 있던 눈꺼풀이 살며시 열렸다.

그 눈동자는 원래부터도 흐린 회색의 눈동자였지만 열에 들떠 본래의 색보다 훨씬 더 혼탁해져 있었다.

왠지 눈물이 날 것 같았지만 시안은 꾹 눌러 참았다.

'쳇, 남자가 우는 건 태어날 때랑 부모님이 돌아가셨을 때뿐이라
구.'

어디서 튀어나온 것인지는 모르겠지만 머리 속에서 불쑥 속담 하
나가 튀어나온다.

"레이죠 장로님, 돌아왔어요."

"…시안."

답답할 정도로 천천히, 말라 있는 레이죠 장로의 입술에서 시안
의 이름이 흘러나온다.

시안은 그것을 보고 황급하게 주위를 둘러보았다. 머리맡에 병자
를 위해 준비된 물병과 컵이 보인다. 그는 그것을 조금 따라서 침대
가로 다가가 레이죠 장로의 상체를 안아 올리고 입 사이로 조금 흘
려 넣어주었다.

"뭐예요, 멀쩡하더니만. 정말이지."

투덜거림인지, 아니면 한숨인지 모를 말들을 시안은 자꾸만 했다.
사실은 뭐라고 말을 해야 할지 잘 알지 못했기 때문이다.

"그렇군… 너는 시안이 아니야."

마치 꿈에서 깨어난 사람처럼 레이죠 장로가 눈을 깜박였다.

"순간 시안이 돌아온 줄 알았네."

"……."

"무사히 돌아왔군."

"당연하죠, 내가 누군데. 시키는 것도 잘 받아 왔고, 원하는 대로
다 해줬으니까 이제 장로님이랑 신관 할아버지 일만 남았어요. 아
시죠?"

"……."

어딘가 모르게 힘들어하는 모습을 보고 시안은 레이죠 장로를 다

시 침대에 눕혔다.

"미안하구나."

"뭐가요?"

"모든 것이…."

털썩— 시안은 침대 가에 주저앉았다.

세 사람쯤 함께 뒹굴거려도 충분하게 넓은 침대였다.

"미안할 거는 없어요. 레이죠 장로님이 이렇게 된 건 누구 탓도 아니니까. 하지만 전 그냥은 못 있겠어요."

시안이 과연 무슨 말을 하는 것인지 레이죠 장로는 그 말뜻을 헤아리려고 했다.

곁에 다가온 것만으로도 시안에게서 느껴지는 파장은 자신이 아는 어느 누구보다 강력하고 맑고 깨끗하다.

그것으로 레이죠 장로는 시안이 바라던 이상의 성과를 올렸다는 것을 깨달을 수 있었다.

'대리라고 해도 어느 누구보다 나았다는 건가….'

어느새 그는 시안의 말뜻을 헤아리기보다는 감상에 젖어버리기 시작했다.

"저더러 하라는 일은 다 했으니까 이제 돌려보내 주셔야죠? 그리고 그걸 위해서는…."

거기까지 말하고 시안은 입을 다물었다.

자신이 하려는 일이 과연 옳은 일일까 다시 한 번 생각하기 위해서이다.

'케인, 괜찮은 건까?'

"글쎄. 하지만 네가 힘을 쓴다고 해도 그에게 허락된 시간이 그렇게 많지 않을 거다. 인간에게 주어진 시간에는 한계가 있으니까."

'그런 건 난 몰라. 난 그냥….'

시안은 주름투성이의 앙상한 노인의 손을 잡아 올렸다.

'난 그냥 내가 떠날 때까지 아무 일도 없었으면 하는 것뿐이야. 이기적이라고 해도 좋아.'

그리고 시안은 눈을 감았다.

그의 눈에서부터 눈부신 백색의 빛이 새어 나와 순식간에 시안의 몸으로 퍼져 나갔다.

"로. 조하. 아슈레이. 미메이라의 영광. 그 바람의 시작과 끝."

이미 바람의 주인이 된 시안에게는 필요없는 주문이었지만 너무나도 자연스럽게 그 주문이 시안의 입에서 흘러나왔다.

시안의 몸속에 있는 생명의 순수한 엘이 바람 소리와 함께, 시안이 만들어낸 빛과 함께 바람의 주인에게서 그가 잡고 있는 늙어 앙상해진 손을 따라 생명의 끝자락에 걸려 있는 노인의 몸으로 흘러 들어갔다.

가장 순수한 생명의 엘의 흐름.

무엇을 어떻게 해야 하는 것인지도 시안의 머리 속에는 없었다. 그의 머리 속에 있는 것은 그저 단순한 바램.

그 바램의 끝에서 시안의 힘이, 그의 생명의 흐름이, 신의 축복을 받은 자들의 생명의 힘 미슈파트가 소리도 없이 폭발했다.

*   *   *

"여긴가? 시안님께서 계시다는 곳이."

"당장 열어줘요!"

"…좀 진정하십시오."

"진정은 무슨 진정이죠? 제게는 그럴 권리가 있습니다!"

시끄러운 소리가 문 밖에서 들려왔다.

잠시 의식을 잃었던 시안은 밖에서 들려오는 소리에 순간 눈을 번쩍 떴다.

"어라. 잠들었었나?"

콰앙—!

"우앗! 깜짝이야."

시안이 정신을 차리려는 순간 누군가가 문을 거칠게 두들기는 소리가 들려왔다.

그것은 몇 번이나 연거푸 온 방 안을 울릴 정도로 부딪혀 들려왔다.

"아으~ 도대체 무슨 일이야? 머리가 다 울리잖아."

시안은 머리를 흔들면서 얼굴을 손으로 비볐다.

마치 3일 정도 미친 듯이 운동장을 뺑뺑 돈 것같이 몸이 피곤했다. 솜이 물먹은 것처럼 온몸이 노곤하다는 표현이 딱 들어맞을 정도의 몸 상태.

"아이고오, 죽겠다."

콰앙—

"안에 계십니까, 시안님? 레이죠 장로님?!"

누군지 모를 목소리가 시안과 레이죠 장로를 부르자 시안은 그제서야 자신이 케인에게 이 방에 아무도 들어오지 못하게 해달라고 했던 기억이 났다.

"아, 그렇지. 케인, 괜찮아, 이제."

그 말이 끝나기가 무섭게 무엇인가 바람이 빠지는 듯한 소리가 나면서 콰앙— 소리와 함께 문이 벌컥 열렸다.

건장한 체격의 남자가 그 힘을 견디지 못하고 그대로 안으로 나뒹굴었다.

"아앗!"

"시안님!"

"아아아, 저 아무 일도 없었는데요. 잠깐…."

정신을 차리고 침대 가에서 일어나는데 누군가 남자들의 사이로 바람과 같이 뛰어들었다.

"언니!"

"우아아악!"

은색의 단발 머리카락을 휘날리며 한 소녀가 시안의 가슴에 덜컥 안겨들었다.

"언니. 시안 언니!"

"…어, 어라?"

가슴에 찰싹 달라붙은 소녀를 보고 시안은 어쩔 줄을 몰라서 당황해 버렸다.

맹세코 누나들을 제외하고는 이렇게 외간 여자(?)에게 덥석 안겨본 경험이 없다.

"우, 우앗! 누구라도 좋으니까 이것 좀 떼줘요!"

"언니…!"

가슴에 안긴 소녀는 몇 번이나 언니라고 시안을 부르다가 말고 울음을 터뜨렸다.

"언니… 으흐흐흑!"

"…저, 저기, 저어… 나는요."

얼굴이 점점 빨갛게 달아오른다.

도대체 어떻게 하면 좋은 걸까?

주위에서는 얼굴이 달아오른 시안과 울고 있는 소녀를 물끄러미 쳐다볼 뿐 아무도 말리려고 들지 않는다.

'우우. 젠장! 어떻게 하란 말이야~'

살포시 다가오는 부드러운 머리카락이 코를 간지른다. 그리고 떨려오는 몸은 더할 나위 없이…….

"시유, 그만 놓거라. 사람들의 눈도 생각하여야 하지 않느냐."

시안이 출혈 사태(?)에 직면하기 직전 굵직하고 차분한 목소리가 구원의 손길을 던졌다.

"하지만 아버님, 언니가…."

"시유."

흑흑거리면서 작은 소녀의 몸이 떨어져 나갔다.

그러자 그녀의 작은 어깨를 살포시 감싸면서 레이죠 장로가 말했다.

"그만 울거라. 이 애비도 몸이 많이 나아졌구나. 내 두 딸들의 모습을 보니 말이다."

"레이죠 장로님!"

누군가 레이죠 장로의 이름을 불렀다. 하지만 그것은 그를 부르려는 것이 아니라 일종의 경악과도 같은 외침이었다.

"괘, 괜찮으십니까?"

오늘내일하면서 앓고 있던 레이죠 장로가 혈색도 좋게 곧추서 있는 것을 보고 안에 들어왔던 사람들이 술렁거리기 시작했다.

시안의 당황도, 시유의 울음도, 모두 그들의 뇌리에서 사라져 버렸다.

그런 모습을 둘러보던 레이죠 장로는 빙그레 웃음을 지으면서 대답했다.

"간만에 제 딸들의 모습을 보니 너무나 기쁘기 그지없습니다. 그
래서 있던 병도 날아가 버린 것 같군요."

＊　　　　＊　　　　＊

한 사람이 넓은 서재의 두꺼운 양탄자 위에서 이리저리 발걸음을
옮기고 있었다.
그는 뭐가 불만인지 끊임없이 중얼중얼거리면서 애꿎은 양탄자
에 화풀이를 하고 있었다. 그런 그의 모습을 지켜보는 것은 단 한
사람. 지금 서성거리면서 화를 내고 있는 남자와 아주 흡사한 얼굴
을 가졌지만 훨씬 젊어 보이는 사람이었다.
"아버님, 그만 하시죠."
"로운!"
"네."
"너라는 녀석은…!"
"벌써 아침부터 그 말씀밖에 안 하시는군요. 그 뒤를 이으실 생각
이 없으시면 저는 이만 가서 쉬겠습니다."
"웃기는 소리 하지 말고 앉아라!"
버럭 하고 로크레슈 장로가 소리를 질렀다.
그는 모든 것이 못마땅했다.
마치 일부러라도 그런 것처럼 모든 것이 너무 한꺼번에 일어나
버렸다.
일을 하는 것은 그의 즐거움이기도 했지만 이렇게 한꺼번에 일이
일어나 버리면 역시 벅차기 마련이다.
하룻밤을 꼬박 샜기 때문에 몸은 피곤하고 당장이라도 드러눕고

싶었다. 하지만 생각처럼 쉴 수도 없었다.

그도 그럴 것이, 머리가 너무나 복잡해서 자기는커녕 하룻밤 내내 어떻게 이 사태를 처리해야 할지 골머리를 썩었던 것이다. 해결된 일은 하나도 없고 오히려 앞으로의 일이 산더미같이 쌓여만 가는 것이다.

"어째서, 어째서 하루 일찍, 아니, 반나절이라도 일찍 돌아오지 못한 거냐."

그는 애꿎은 로운을 앞에 두고 계속 역정을 내고 있었다.

시안이 도착한 것은 하라스다인 장로가 키리엔을 떠나 가이칸 제국으로 떠난 직후였다. 거기다가 오늘내일하며 죽기 직전이던 레이죠 장로가 갑자기 쾌차해 버렸다. 물론 레이죠 장로의 일에 다분히 시안이 관련되어 있다는 것도 문제라면 문제.

"일이라는 것이 사람 마음대로 되는 것은 아니지 않습니까, 아버님."

"하지만 일에는 순서라는 것이 있는 법이다."

"그 순서라는 것도 마찬가지지요."

"나는 마찬가지가 아니라고 본다."

두 사람 모두 단 한 마디도 지는 법이 없다.

부전자전이라는 말이 이렇게도 딱 들어맞는 부자도 없을 것이다. 겉으로 드러나는 성격은 비록 다른지 모르지만 두 사람은 기본적으로 사고의 패턴이 같은 것이다.

똑같은 눈빛과 똑같은 얼굴 표정으로 두 사람은 서로를 바라보고 있다.

"……!"

"더 하실 말씀이 없으시면 이만 일어나겠습니다."

"도대체 어찌 된 일이냐!"

"예?"

"그 라이트 말이다."

"아아…."

로운은 자신의 허리춤에 매달려 있는 라이트를 들어 보였다. 그의 아버지도 지금은 현역에서 은퇴를 했다고는 하나 엄연히 나이트였다. 굳이 물어볼 것도 없이 검의 상태만을 보아도(그것은 아주 미묘한 차이다) 그 검이 기사의 검인지, 그렇지 않은지 알아볼 만한 눈은 가지고 있을 터였다.

"사정이 있었습니다. 미메이라의 가호보다 이 라이트가 필요했달까요?"

"……"

로크레슈 장로는 이맛살을 찌푸렸다. 아들의 성격을 모르는 것이 아니다. 지금 로운의 말은 해석해 보자면 '사정은 있으나 아버지께는 말 못하겠소'라는 의미.

그는 자신을 비롯 집안의 어른들이 한달 내내 설득해도 로운이 신관이 되겠다는 고집을 꺾지 않은 것을 또렷하게 기억하고 있다.

그런 로운이 너무나 가볍게 파계를 한 사실을 인정하고 있는 것이다. 그 사실을 어떻게 받아들여야 할지 그는 난감해하고 있었다.

"복직을 하겠다는 의미로 받아들여도 좋다는 거냐?"

하지만 그것은 쉽지 않은 일이다. 기사에서 신관으로, 다시 기사로서 봉직한 예는 아직까지 찾아볼 수 없다. 그렇게 생각하고 있는 로크레슈 장로에게 로운은 너무나도 간단하게 대답했다.

"시안님께서 원하신다면 얼마든지요."

"너라는 녀석은… 그 아이가 대리라는 것을 모르지는 않을 텐데?"

"대리라고는 하나 현재는 분명 수장 계승자이지 않습니까? 저는 수장을 섬기는 기사일 뿐입니다, 아버님."

"……."

로크레슈 장로는 단호하게 말하는 아들이 얼굴을 다시 한 번 바라보았다.

그러다가 그는 갑자기 서재의 탁자 위에 있던 물건을 퍼억— 하고 쳐내 버렸다.

투두두둑—

몇 장의 종이와 펜들이 바닥으로 쏟아졌다.

"나가라. 당분간은 네 얼굴을 보고 싶지 않구나."

"…네, 알겠습니다.

아버지의 역정을 잔뜩 들을 각오를 하고 있던 로운은 의외로 자신을 내쳐 버리는 로크레슈 장로의 태도에 내심 놀라며 대답을 했다.

'역시 내가 모를 무슨 일인가가 있었던 거야, 이건.'

인사는 바르게, 하지만 그는 전광석화와 같은 빠르기로 로크레슈 장로의 서재를 빠져나왔다.

그의 아버지만큼이나 그 역시 마음이 복잡했다.

아들을 내보낸 아버지, 로크레슈 장로는 로운이 앉아 있던 바로 그 자리에 무거운 몸을 내리며 한숨을 내쉬었다.

자신에게는 야망이라는 것이 있었다. 하지만 그 야망은 저 망나니 같은 아들 때문에 모두 포기해 버렸었다. 그런데 지금 다시 그의 아들은 또 다른 형태로 그의 또 다른 야망을 방해할지도 모르는 존재가 되어가고 있다.

"도대체가… 내 자식의 마음조차 알 수 없으니, 과연 무엇을 알고 무엇을 할 수 있다는 말인가."

그는 한탄을 했다.

하라스다인 장로는 이미 자리를 비우고 가이칸으로 떠났다.

이미 벌어진 일은 수습하기 어려울 정도다.

"이것도 당신의 뜻입니까, 미메이라여?"

그는 신의 이름을 불렀다.

그들의 신, 그들을 존재시켜 주는 신의 이름을.

*　　　*　　　*

"도대체 왜 안 된다는 거야? 내가 만나겠다는데."

"죄송합니다, 시안님. 하지만 하라스다인 장로님과 로크레슈 장로님께서…"

여관 하나가 시안의 앞에서 쩔쩔매면서 대답을 했다.

그녀는 주위의 난장판을 보면서 한숨을 푹푹 내쉴 수밖에 없는 자신을 원망했다.

도대체 일이 어떻게 돌아가는 걸까?

"그게 도대체 무슨 소리야! 이봐, 당신!"

돌아온 시안은 이전보다 훨씬 더 과격하게 말을 한다. 도대체 그녀가 진짜로 시안 그녀인지 의심이 갈 정도로 말이다.

여관들을 내치는 솜씨도 훨씬 업그레이드했는지 돌아온 시안은 시녀들이 뭐라고 하려고 할라치면 길길이 날뛰면서 모조리 내쳐 버린다.

여행을 하면 다 이렇게 되는 것인가 생각하며 그녀는 시안 몰래 한숨을 내쉬었다.

"라헬입니다, 시안님. 잊으셨습니까?"

"아아, 라헬. 좋아, 좋다구. 지금 당신이 좀 간과하는 게 있나 본데…."

거기까지 말하고 시안은 한 템포 쉬었다.

"지금 이 미메이라의 수장이 누구라고 생각해?"

건방지다면 건방지고 당연하다면 당연한 시안의 말투.

그 말투가 하나도 거슬리게 생각되지 않는 것이 라헬도 놀라울 뿐이다.

"시안님이십니다."

"잘 알고 있네. 그렇다면 나보다 로크레슈 장로님이나 하라스다인 장로님의 말이 우선순위가 된다는 게 좀 문제 있다고 생각되지 않아?"

"……."

순간 라헬은 말이 막혔다.

어떻게 대답을 해야 할까?

"나는 여하튼 간에 수장이고, 이 내가 나이트 기엘과 로운을 만나겠다는데 도대체 안 된다고 할 만한 근거가 어디서 나오는 거지?"

"…시, 시안님께서는…."

"내가 뭘?"

라헬은 입술을 깨물었다.

아무래도 화가 머리끝까지 나 있는 듯한 이 시안에게 이렇게 말하고도 살아남을 수 있을지 걱정이 되기 시작했기 때문이다.

하지만 그녀에게도 키리엔의 여관장이자 지금까지 수장을 모셔 온 자존심이라는 것이 있다.

"시안님께서는 아직 진실의 수장님이 아니십니다. 어디까지나 수장 계승자이십니다. 신전에서 대신관님께 정식으로 인가를 받으시기 전에는 수장 계승자이실 뿐입니다."

"그래서! 그게 어쨌다는 거야!"

"여하튼 안 됩니다."

"시끄러워!"

시안은 다시 옆에 있는 커다란 물병을 집어 들었다.

"…꺄악!!"

누구랄 것도 없이 라헬의 뒤에 서 있던 여관 중 누군가가 비명을 질렀다. 그 소리에 그만 시안이 움찔해 버렸다.

"안 깼어, 아직! 젠장할!"

콰앙 소리가 나게 물병을 내려놓으며 시안은 화를 냈다.

도대체 아무것도 그의 마음대로 되는 일이 없다.

만나게 해달라는 사람은 단 한 사람도 만날 수 없고, 하고 싶은 것도 단 한 가지도 할 수가 없었다.

오랜만에 돌아온 키리엔은 시안이 느끼기에도 너무나 달라져 있었기 때문이다. 그렇기 때문에 더 더욱 기엘이나 로운을 만나고 싶었던 것이지만 그것도 마음대로 되지 않았다.

'이리야가 무사한가 모르겠네.'

왠지 익숙한 곳에 돌아온 것이 아니라 전혀 모르는 곳에 와 있는 느낌이다.

여행을 할 때도 이렇게 불편함을 느껴본 적은 없었다.

"치우겠습니다, 시안님."

"냅둬!"

"시안님."

“치우면 또 난장판을 만들어놓을 테니까 그냥 나가.”

자신의 행동이 다분히 어린애 같다고 해도 어쩔 수가 없었다. 답답함이 하늘을 찌르고 짜증이 땅 밑까지 솟구쳐 내려간다. 누구에게 분풀이라도 하지 않으면 견디지 못할 것 같았다.

“…시안님.”

시안이 그런 마음이라면 라헬도 만만치 않다.

라헬에게는 라헬 나름대로의 해야 할 일과 그것을 지키는 고집이 있는 것이다.

“치우겠습니다.”

다시 어지럽혀서 또 치우는 한이 있더라도 이 난장판을 방관할 생각은 그녀에게 전혀 없었다.

“이런, 한참 치워야겠군.”

“어머나… 레이죠 장로님.”

갑자기 여관들이 소란을 떨었다.

시안이야 워낙 버릇없이 굴고 있으니까 그렇다 쳐도 다른 사람에게 이 난장판을 보인다는 것은 여관들이 게으름(?)을 피고 있다는 것으로로밖에 비치지 않을 것이다.

“시안님께서는 마음이 많이 불편하신 모양이군.”

“장로님, 장로님께서 좀….”

라헬이 레이죠 장로에게 찰싹 들러붙다시피 하며 하소연했다.

“자리를 좀 비켜주겠나, 다들?”

“예?”

“이야기를 좀 하고 싶어서 말일세.”

“아, 예.”

라헬은 황급히 다른 여관들에게 눈짓을 했다. 누구든이라도 좋았다. 시안을 진정시켜 줄 수 있다면 말이다.

여관들이 한 무더기가 되어서 썰물 빠져나가듯 나가자 갑자기 시안의 넓고 넓은 방이 고요해졌다.

"시안님."

"……."

자신을 돌아보지 않는데도 레이죠 장로는 하나도 불쾌한 기분이 들지 않았다.

그것이 시안이 자신의 생명을 연장시켜 준 때문인지, 아니면 시안이 어떻든 간에 그의 딸의 얼굴을 하고 있기 때문인지는 알 수 없다. 단지 그가 느끼는 것은 왠지 눈앞에 퉁퉁 불어서 있는 대로 자신은 화가 나 있다고 온몸으로 표현하고 있는 소년이 너무나도 안돼 보이고, 조금은 귀엽게마저 보인다는 것이었다.

"먼저 감사의 말씀을 드리겠습니다. 지난번의 일, 경황이 없어 감사의 인사도 못 드렸군요."

"……."

"시유에 대해서도 사과를 드리겠습니다. 워낙 오랫동안 언니를 만나지 못했던 아이라…."

"갑자기 존대할 필요 없어요. 그런 거 찾고 싶은 생각 없으니까."

"하지만 당신은 이제 미메이라의 수장이 아닙니까? 제가 당신께 존대를 하는 것은 당연한 일입니다."

그것은 어떻게 보면 비꼬는 말일 수도 있겠지만 지금 이 순간 레이죠 장로는 정말 진심으로 그렇게 말하고 있었다. 그런 레이죠 장로의 마음은 그가 시안에게 마음 편하게 개방하고 있는 그의 엘의 파장에서도 너무나도 확연하게 느껴지고 있었다.

시안은 그때까지 뒤도 돌아보지 않고 있다가 그제서야 살짝 고개를 돌렸다.

"그래서 하시고 싶으신 말이 뭔데요? 장로님을 살린 건, 아니, 뭐랄까… 여하튼 어떻게든 한 건 내가 하고 싶어서 그런 거니까 특별히 고마워하지 않아도 좋습니다."

상대편이 정중하게 나오자 왠지 시안의 말투도 조금 바뀌었다.

"잠시 앉아도 좋을까요?"

레이죠 장로는 왠지 유쾌해져서 시안에게 그렇게 물었다. 그러자 시안은 난장판이 되어 있는 의자를 잠시 보더니 직접 손으로 쓱쓱 자신이 어지럽힌 물건들을 적당히 치우기 시작했다.

"앉으세요. 별로 앉을 만한 곳은 아니지만."

"감사합니다."

레이죠 장로는 창을 통에 들어오는 햇빛에 반짝이는 시안의 머리카락을 바라보며 자리에 앉았다.

그 빛은 눈이 부실 정도로 반짝이지만 투명한 시안의 머리카락을 통과하며 순해져서인지 환하게 주위를 밝혀주는 역할을 하고 있다.

그것을 잠시 가만히 쳐다보던 레이죠 장로는 천천히 하고 싶은 말을 하기 위해 입을 열었다.

나름대로 그는 여러 가지 고민을 하고, 결심을 하고 시안을 찾아왔다.

시안이 대신관도, 기엘도, 로운도 만나지 못해 안절부절못하고 있는 것을 그는 잘 알고 있었다. 그리고 왜 그런 상황이 되어 있는지도 모조리 다 알고 있는 사람 중의 하나인 것이다.

"답답하시죠?"

"……"

"원하신다면 사람을 딸려서 여기저기 산책이라도 하시도록 해드리겠습니다."

"필요없어요. 그보다도."

"예, 말씀하십시오."

도대체 왜 레이죠 장로가 자신을 이렇게 이른 시간부터 찾아온 것인지 시안은 알 바가 없었지만 나름대로는 궁금한 점이 있었다.

"저기, 그, 시유… 라고 했나?"

"아, 시안의 동생입니다. 물론 당신이 아니라."

"그런 것까지 설명할 필요는 없어요. 나는 단지…."

시안은 사실 그것이 궁금했다.

어째서, 왜, 수장의 딸인 시유를 자신이 단 한 번도 보지 못했을까?

이전에 이 궁에 있었던 동안도 상당한 기간이라고 스스로 생각해 왔다. 그런 기간 동안 단 한 번도 자신에게 시유라는 시안의 동생에 대해서 언급한 사람은 없었다.

같은 궁에 사는 이상은 분명 한 번이라도 시유에 대한 이야기를 들을 수 있어야 했다. 아니, 몇 번이나 얼굴을 마주쳐도 이상하지 않았을 사이인 것이다.

"궁금하신가 보군요. 하기사 그럴 만도 하지요."

시안이 무엇을 궁금해하는지 레이죠 장로는 직감적으로 알아차렸다.

"어차피 그 아이에 대한 이야기도 할 예정이었으니 뭐 먼저 말씀 드려도 괜찮겠군요. 그전에…."

레이죠 장로는 자신이 할 말을 다른 사람이 듣는 것을 원하지 않았다.

"말은 바람을 타고 새어 나가는 법이죠."

그는 주문을 외우기 전에 시안에게 싱긋 웃어 보이면서 말했다. 그러자 이번에는 시안이 먼저 알았다는 듯이 손가락을 딱— 하고 울리며 한마디 했다.

"케인."

레이죠 장로는 그게 무슨 소리인지 몰라서 궁금하다는 표정을 했지만 다음 순간 그것이 무슨 의미의 행동과 말이었는지 알아챘다.

쉴드 바헬의 기운이 그의 몸 주위와 온 방 안에 순식간에 들어찼기 때문이다.

그것은 너무나도 강력해서 창을 통해 들어오던 빛과 바람과 새소리마저 차단시켜 버리고 있었다.

레이죠 장로는 내심 놀라면서도 겉으로는 그것을 크게 드러내지 않았다. 생각해 보면 거의 죽어가던 자신을 살려놓기까지 한 것이 바로 지금 자신의 눈앞에 있는 시안이 아니던가.

"많이 성장하셨군요."

"아아, 내가 하는 거 아니에요. 케인, 잠깐 나와봐."

시안은 아무렇지도 않게 세나케인을 불렀다.

이곳에 와서는 특별하게 세나케인을 부른 적이 없다. 그만큼 급박한 상황이 없기도 했기 때문이지만 그보다는 어쩐지 아무에게나 케인을 보여주고 싶지가 않았던 것이다.

"손가락 하나로 부려먹다가 지친 거냐?"

어딘지 모르게 투덜거리는 듯한 기분이 드는 것은 무슨 이유일까?

여하튼 시안에게 있어서 세나케인의 목소리는 그렇게 들렸다.

"투덜대지 말고 나와."

시안이 누구를 향해 말하고 있는 것인지 레이죠 장로는 도통 짐작이 가지 않았다. 설마 시안이 자신이 모르는 누군가를 고용하기라도 한 건가 해서 그는 신경을 곤두세웠다.

하지만 아무리 해도 이 방 안에는 자신과 시안밖에는 느껴지지 않는다.

이상하다고 생각하는 그의 눈앞에 다음 순간 어떤 인간의 형체가 서서히 드러나기 시작했다.

"…이, 이건!"

얼마 시간이 지나지 않아 그 형체는 뚜렷하게 보일 정도로 생성이 되었다.

"소개할게요. 바람의 세나케인이라고 그 뭐더라? 아, 풍옥이라고 했나? 여하튼 그거의 본체인 듯한데 사실은 잘 모르겠어서."

"이제는 그냥 막 나가는군."

"서, 설마! 시안님, 이분은…."

시안은 가볍게 소개했지만 레이죠 장로는 정말이지 심장이라도 튀어나올 것처럼 놀라고 있었다.

다른 사람은 잘 모르는 사실이지만 그는 누가 뭐라고 해도 전대 수장이었던 인물이다. 세나케인의 존재를 모를 리 없는 사람인 것이다.

그는 세나케인을 한번 보았다가 다시 한 번 시안의 시큰둥해하는 얼굴을 번갈아 바라보았다.

도대체 이 소년은 어떤 경험을 하고 도대체 얼마만큼의 힘을 가졌다는 이야기일까?

자신 역시 풍옥을 계승받을 때 나름대로는 세나케인을 각성시킬 수 있지 않을까 해서 기대를 했던 때가 있었다. 하지만 그는 전대 몇 명의 수장처럼 세나케인을 각성시키지 못한 그저 그런 평범한 수장이었다.

"미메이라의 수호신…."

그의 눈에서 자신도 모르게 눈물이 흘러나왔다.

이유는 알 수 없었다. 그냥 감격스러웠다.

그의 눈앞에 있는 것은 몇백 년 동안 나타나지 않았던 전설 속의 수호신.

그는 천천히 자리에서 일어났다.

"신 레이죠, 미메이라의 수호신께 인사드립니다."

그는 그렇게 말하며 허리를 깊숙하게 숙였다.

*　　　　　*　　　　　*

똑똑— 하고 문을 두드리는 소리가 났다.

어두운 방 안 침대 한구석에 누워 있던 기엘은 자리에서 벌떡 일어났다.

그가 대답을 하기도 전에 문이 열리면서 너무나 반가운 사람이 안으로 들어왔다.

"식사는 좀 했어?"

"로운!"

"식사도 제대로 안 한 모양이구나."

"시안님은 만나뵈었어?"

"좀 진정해."

로운은 단 이틀 사이에 핼쑥할 정도로 얼굴이 변한 친우를 보자 안타까운 마음이 앞섰다.

기엘의 성격으로 보아서는 시안을 보지 않고는 제대로 아무것도 하지 않았을 것이라는 그의 생각이 너무나도 딱 맞아떨어진 것 같았기 때문이었다.

"일단 이것 좀 먹고 기운 좀 차려라."

"로운."

기엘은 로운이 가져온 음식은 거들떠보지도 않았다.

이틀 동안 물밖에 먹은 것이 없었지만 머리는 맑다. 지금 그가 원하는 것은 먹을 것도 편히 쉴 곳도 아니다.

오로지 그가 원하는 것은 단 하나, 시안의 안전이었다.

"괜찮아. 시안을 직접 보지는 못했지만 안전하게 잘 있는 것 같으니까."

"……"

기엘은 로운의 대답을 듣자마자 그대로 그 자리에 주저앉아 버렸다.

털썩— 하고 마른 침대에서 먼지가 인다.

"너무 그러지 마. 여하튼 아직은 시안에게 어느 누구도 위해를 가할 수는 없으니까."

"도대체 어떻게 된 건지 모르겠어. 아버님은 가이칸으로 가셨다고 하는데 어머님조차 아무 말씀 해주시지 않고 있고, 이 저택에서는 한 발자국도 나갈 수도 없고, 시안님을 만나뵙게 해달라고 해도 아무도…"

입을 열자 기엘의 입에서는 쉬지 않고 말이 흘러나온다.

"나도 여기 오느라고 좀 고생을 했어. 아무 말도 안 하고 그냥 너랑 잠시 얼굴만 보겠다고 아버님을 설득했지."

툭툭 하고 기엘의 어깨를 쳐주면서 로운은 그를 위로했다.

"조금만 더 설득하면 될 것 같아. 그러니까 좀 기다려 보자."

"도대체 어떻게 돌아가는 것인지 알 수라도 있으면 정말 좋겠어."

퍼억— 하고 기엘이 자신의 옆 자리를 주먹으로 내려친다.

"어떻게 되든, 시안도 호락호락 당하지는 않을 거야. 그러니까 잠깐이라도 얌전히 기다려 보자구."

어떤 위로의 말도 기엘을 안정시킬 수 없다는 것을 로운은 잘 깨닫고 있는 중이었다.

단지 시안이 눈앞에 없어진 것만으로도 제정신이 잠시 외출을 해버리는 것을 벌써 몇 번이나 보아온 것이다.

그는 시안이 이계로 돌아가게 되면 무슨 일이 일어나게 될지 걱정스러워질 정도였다.

'과연 돌려보낼 수 있을지도 걱정이 되는군.'

로운은 맥을 잃고 있는 기엘을 보며 지금쯤 시안은 어떻게 하고 있을지를 생각했다.

"말하자면, 가이칸 제국과는 좀 다르다고 생각하시면 됩니다. 수장은 수장일 뿐, 황제나 왕은 아니랍니다."

"그렇다고 해서 가족이 떨어져 살아야 한다는 법은 너무한 거 아닙니까?"

레이죠 장로는 또 다른 의미에서 펄펄 뛰고 있는 시안을 진정시키기 위해서 열심히 노력 중이었다.

그는 시안에게 그가 이전에 단 한 번도 시유를 보지 못했던 이유를 설명했던 것이다.

미메이라의 수장은 확실히 타 국가의 황제나 왕과는 개념이 다르다. 수장은 미메이라의 심장이지만 그렇다고 해서 모든 것을 그의 마음대로 할 수는 없다. 무엇보다 수장이라는 위치가 피로 연결되는 세습제가 아니기 때문에 더 더욱 그런 것이다.

　물론 수장의 아들이나 딸이 다음 대의 수장이 되는 일은 지금까지 꽤나 빈번하게 일어났었다. 하지만 때로는 전 수장과는 전혀 다른 곳에서 새로운 계승자를 발견하는 경우도 다분히 일어났었다. 그 때문에 생긴 규칙이 바로 다름이 아닌, 수장 계승자가 아닌 이상 10세가 넘으면 수장의 아들이나 딸이라고 해도 키리엔을 떠나 사저에서 살게 하는 것이었다.

　그들은 수장의 아들이나 딸이지만 미메이라의 공주나 왕자는 아닌 것이다.

　시안과 시유의 경우 시안이 다음 대의 계승자로 지목되자마자 시유를 사저로 내보냈었다.

　"나름대로는 그럴 만한 이유가 있기 때문이니 너무 역정은 내지 마십시오."

　그는 자신의 일이 아님에도 불구하고 진지하게 열을 내고 있는 시안을 왠지 따스한 눈으로 바라보았다.

　자신도 어쩔 수 없었던 문제를 이 이계에서 온 소년은 정말로 화를 내면서 항의를 해주고 있는 것이다.

　"시유도 그것을 잘 알고 있고 또한 이해를 하고 있습니다."

　"이해 차원이 아니라구요. 아무리 수장이고 뭐고 한다고 해서 가족과 일부러 떨어뜨려 놓다니. 정말이지 이해를 못하겠다니까, 이놈의 나라는."

　"허허허허."

　그는 결국 웃어버리고 말았다. 뭐라고 더 설명을 해도 시안은 누구에게랄 것도 없이 화를 내고 있기 때문이었다.

　"그렇게 생각해 주시니 저는 더욱 안심이 됩니다, 시안님."

“정말이지…”

“자아, 그럼 그 시유의 이야기를 포함해서 본론으로 들어가 볼까요?”

“……?”

“제가 여기까지 온 것은 다른 이유가 있어서가 아닙니다, 시안님.”

“그럼요?”

“……”

레이죠 장로는 말을 꺼내기 전에 잠시 그의 딸의 얼굴을 하고 있는 소년을 바라보았다.

그의 능력이라면 얼마든지 자신의 모습으로 돌아갈 수 있을 텐데도 왠지 그가 원래의 시안의 얼굴을 하고 있는 것은 레이죠 장로 자신을 위해서라는 느낌이 들었기 때문이다.

“제가 드리는 말씀을 다 듣고 나실 때까지는 절대 역정을 내지 말아주셨으면 합니다.”

“역정? 제가 화를 낼 만한 이야기인가요?”

“어떤 면에서는 그렇습니다.”

왜 사람들은 꼭 그렇게 말하는 걸까?

내 말을 들으면 화낼지도 모르지만 들어라라든가, 내 말을 다 들을 때까지는 화내지 말아달라라든가 하는 말 말이다.

시안은 갑자기 불안해지기 시작했다. 도대체 이 아저씨는 무슨 말을(그것도 자신이 듣고 나면 분명 화를 낼 만한 이야기라고 한다) 하려는 걸까?

“시안님…”

“……”

자신을 부르고는 있으나 그가 대답을 원하는 것은 아니라는 느낌
이었기 때문에 시안은 입을 다물었다.

"아무래도 시안님께서 이계로 돌아가시는 날이 조금 멀어질 듯합
니다."

"……"

"부디 이해를 해주시면 감사를 드리겠습니다."

"……"

'나 방금 무슨 소리를 들은 거지?'

대답 대신에 시안은 눈만 멀뚱멀뚱 뜬 채 레이죠 장로의 얼굴을
바라보았다.

도대체 이 사람은 무슨 말을 하고 있는 걸까?

"사정이 조금 생겼습니다. 이런 말씀을 드리게 된 것을 정말 외람
되게 생각합니다만…"

"……"

"로크레슈 장로와 하라스다인 장로가 시안님을 가이칸 제국 황제
의 비로 보낼 계획을 하고 있습니다."

"……"

너무 놀라운 사실을 들으면 오히려 사람들은 말이 없어진다고 한
다.

시안은 연거푸 자신에게 들이부어지는 강한 충격에 할 말을 잃은
정도가 아니었다.

머리가 띵해져 온다.

"시안님께서 돌아오시면 당신의 능력을 시유나, 또는 기엘에게
이양시킨 후 당신을 제 딸로 가이칸 제국의 황비로 보내기로 이미
결정을 내렸습니다. 시안님을 암살하려던 계획이 무산되었기 때문

에…"

"자, 잠깐!"

"……"

시안은 어지러운 머리를 부여잡고 소리를 질렀다.

"지금 뭐라고 했죠? 누가 날 죽이려고 했다구요?"

"…로크레슈와 하라스다인 장로가 처음에 그리 하려고 했습니다."

"정말입니까?"

"그렇습니다."

"그리고 또 뭐요? 날 가이칸으로 시집을 보내?"

"……"

"도대체 그게 무슨 소리예요!"

간신히 시안의 머리 속으로 레이죠 장로가 한 말들이 접수가 되기 시작했다.

몇 가지 어지럽게 자신을 괴롭히고 있던 것들이 차차 정리된다.

"날 죽이려고 했다구요? 설마 그 하세카를 고용해서 우리를 뒤쫓은 게…"

삽시간에 변하는 시안의 얼굴을 보며 레이죠 장로는 어렵게 말을 이었다.

"그들은 이계인에게 수장의 위를 잠시라도 대신하게 하는 것이 아마도…"

"웃기는 소리 하지 말라고 해요! 그것 때문에 로운과 기엘이 죽을 고비를 얼마나 넘긴 줄 알아요? 말도 안 돼! 자기들 아들들이 같이 있다는 거 뻔히 알면서 어떻게 그럴 수가!"

"……"

"세상에 말도 안 돼! 절대로 용서할 수 없어!"

시안의 눈이 빨갛게 타오르기 시작한다.

세상이 붉게 보이는 기분.

열을 내던 시안은 문득 한 가지 결론에 도출했다.

"설마… 잠깐, 그걸 알고 있다는 건…"

시안의 눈이 차분하게 앉아 있는 레이죠 장로에게 돌려졌다.

그는 마치 시안이 무슨 말을 하려는 것인지 모두 알고 있다는 듯 겸허하게, 그리고 조금은 초라하게 시안을 바라보았다.

"그렇습니다. 저도 모든 사실을 다 알면서도 묵인했습니다."

너무나 황당하도록 화가 나면 오히려 사람이 냉정해지는 법.

시안의 붉게 타오르던 눈이 점점 차가워져 갔다.

그것은 시린 얼음보다도 더욱더 차게, 레이죠 장로의 가슴이 에리도록 식어 내렸다.

"모조리 다 거짓말을 하고 있었다는 건가요? 날 돌려보내 준다는 것도… 전부 다?"

"죄송합니다. 하지만 대신관 카류만큼은 믿으셔도 좋습니다."

"웃기는 소리하지 마! 사람을 가지고 놀아놓고!"

"그가 당신을 돌려보내 줄 겁니다."

"……"

휘익— 하고 시안의 몸이 바람과 함께 문가로 향했다.

"케인! 쉴드 풀어줘."

"시안님, 어디 가십니까!"

황급하게 레이죠 장로가 시안의 뒤를 따른다.

"가긴 어딜 가긴요. 대신전으로 갈 겁니다."

"시안님!"

"당신들하고는 단 일 분도 같이 있기 싫어요. 케인!!"

시안이 재차 세나케인의 이름을 부르는 순간 마치 막혀 있던 둑이 퍼억— 하고 터지는 것처럼 강력하게 쳐져 있던 쉴드의 주문이 풀어졌다.

슈욱— 소리와 함께 공기가 소리와 함께 안으로 불어 들어왔다.

"이젠 단 한 마디도 당신들 말은 믿지 않을 겁니다."

날카로운 은빛의 칼날보다도 더한 아픔으로 시안의 목소리가 레이죠 장로의 가슴을 파고들었다.

"절대로."

돌아 나오는 바람

The Wind of Ashurei

"아버님이 가이칸으로 가셨다는 게 도대체 뭘 의미하는 걸까, 로운?"

"글쎄… 그 부분에 대해서만큼은 우리 아버님도 함구를 하신 상태라 도움이 안 돼."

두 사람이 머리를 맞대고 대화를 나누고 있었지만 두 사람이 알아낼 수 있는 것은 거의 전무.

그들은 대화는 나누고 있으나 방법을 찾지 못하고 갈팡질팡하고 있었다.

"다른 것은 모르겠지만 가이칸 제국이 연류되어 있다는 게 제일 걸려."

톡톡 하고 로운이 손가락으로 자신의 머리를 두들겼다.

"무엇보다 가이칸 제국에는 바로 그 사람이 있다고."

"누구?"

"누구기는."

그 말과 동시에 두 사람의 머리 속에 한 사람의 이름이 동시에 떠올랐다.

"로렌 황제인가?"

기엘이 마치 굉장히 혐오스러운 그 무엇인가를 입에 올린다는 얼굴로 로렌의 이름을 언급했다. 입에 올리기도 싫다라는 것이 그의 정확한 심정일 것이다.

"너무 잘 맞아떨어지지 않아? 그는 시안이 미메이라 인이라 믿어 의심치 않았어."

"……."

"분명 아버님들 사이에서 뭔가 있었음에는 틀림이 없지. 거기에다가 가이칸의 황제가 연류되어 있고, 다음으로 대신전은 봉쇄."

"거기에 그 황제는 엘러에 대해서 상당한 집착을 가지고 있는 데다가 시안님마저 노리고 있다라는 건가?"

조각을 하나씩 모아간다.

하지만 그 조각들의 중심에 과연 무엇이 있는 걸까?

"미메이라와 가이칸 간의 정치적 협상이라는 것은 있을 수가 없어. 무엇보다 미메이라 인은…."

로운은 기엘의 얼굴을 바라보았다.

입에 담지는 않았지만 두 사람 모두 알고 있는 사실이 있다.

그들이 미메이라를 떠난 후 얼마 되지 않아 겪어야 했던 그 무엇. 그것이 그들의 앞을 새까맣게 가리고 있다.

"미메이라의 제국으로의 진출은 절대적으로 무리다."

"……"

조각들이 맞춰지다가 순간 흩어지고 만다.

"골치 아파."

진지하게 대화를 하다 말고 로운이 벌렁 기엘의 침대에 드러눕고 말았다.

"젠장, 아버지라고 하는 인간을 이렇게도 이해할 수 없다니. 정말이지."

똑같은 의미의 말을 그의 아버지가 자신을 향해 했을 것이라고는 전혀 생각하지 않은 로운이 투덜거렸다.

"그건 우리 아버지도 마찬가지야."

"아, 그렇군. 한 가지 말하지 않은 것이 있어."

"뭐?"

로운이 문득 생각났다는 듯이 기엘을 향해 말했다.

"시유님이 궁에 들어와 있는 것 같아."

"뭐? 시유님이라면…."

"응, 시안님의 동생이잖아. 명목상으로는 레이죠 장로님의 병환 때문이라고 하는데, 글쎄. 그 말을 곧이 믿어야 할지는 의문이지."

"역시 생각한 대로인가."

"뭐, 원래대로라면 시유님이 입궁을 한 게 무리도 아니지. 하지만 현실은 조금 다르단 말이야."

"그렇게 생각할 수밖에 없는 건가…."

"응."

기엘과 로운이 들은 대로라면 시안이 풍환을 가지고 돌아오면(물론 진짜 시안이 아니다) 그것을 제3자에게 이양시킨 후 시안을 이게로 되돌려보낼 예정이었다.

물론 그것은 풍옥과 풍환의 주인이 된 시안의 의사와 그것을 이양받을 시유의 의사가 동일하게 한 선으로 겹쳐질 때의 일이다.

하지만 시안의 경우 계승로를 떠났던 자체가 자신이 원래 살던 세계로 돌아가기 위해서였다.

힘을 이양시키는 데에 반대할 이유가 없는 것이다.

그것은 시유도 마찬가지다.

원래의 시안이 어떻게 되었든 간에 그녀밖에 대상이 없다고 한다면 그것을 거부할 미메이라 인은 없다.

단지 문제는….

"시유님께서 이양받는다면 현 시점에서는 아무 무리가 없지. 하지만 레이죠 장로님께서 병환 중이시라는 것이 가장 문제가 되는 게 아닐까?"

"병환 중도 아니셔. 쾌차하셨다."

"뭐?"

"그 녀석이 어떻게 손을 쓴 모양이야. 이해는 잘 안 가지만. 그 사건으로 궁 안이 떠들썩해. 그 녀석이 돌아오자마자 레이죠 장로님이 자리를 박차고 벌떡 일어나셨다고 말이야."

"흐응~"

기엘은 왠지 시안의 행동에 수긍이 갔다.

저 라치온 산맥에서 레이죠 장로의 죽음을 감지하자마자 미친 듯이 키리엔으로 발걸음을 옮겼던 시안이다.

그 시안이 돌아오자마자 무슨 수를 써서 죽어가던 레이죠 장로를 살려냈다면 어떻게 보면 시안의 성격으로는 당연한 것이다.

"여하튼 사건투성이야, 투성이."

로운은 그렇게 말을 마치고는 눈을 감았다.

이틀 동안 머리만 미친 듯이 굴렸기 때문인지 피곤함이 온몸을 파고들었다.

자신의 집으로 돌아가 있었지만 언제나 그랬듯이 그가 태어난 집이라고 해도 그곳은 그에게 결코 편안한 장소가 아니었다. 오히려 기엘과 보냈던 기사 양성소의 숙사나 신전이 훨씬 마음이 편했던 것이다.

그에게 있어 집이라는 것은 그저 자신을 낳아준 아버지와 어머니가 살고 있는 장소일 뿐이다.

'정말이지, 차라리 그 녀석과 그 밑도 끝도 없어 보이던 여행을 했던 때가 더 좋았어.'

로운이 나름대로의 결론을 내리던 순간 어디선가 이상한 소리가 그에게 들려왔다.

"…바람의 종들이여."

"……."

"바람의 종들이여."

잠시 멀뚱멀뚱하게 누워 있던 로운이 갑자기 몸을 일으켰다.

"기엘, 무슨 소리 안 들려?"

"바람의 종들이여."

그것은 마음속에서 들려오는 울림.

"설마 세나케인님?"

로운이 설마설마했던 것처럼 기엘 역시 자신의 귀를 의심하고 있었던 모양이다.

그들은 자신들의 머리 속으로 들려오는 목소리가 세나케인이라는 것을 인식하자마자 몸을 잔뜩 긴장 시켰다.

"설마 시안님 몸에 무슨 이상이라도 생긴 거 아니야?"

"바람의 주인이 그대들을 원하고 있다."

“세나케인?”

“로운, 어서!”

들려오는 목소리에 뭐라고 대답하기도 전에 기엘이 방 한구석에 풀어놓았던 라이트를 들고서 로운을 재촉했다. 그리고 로운이 그에게 화답하기도 전에 방을 뛰쳐나갔다.

“어, 어어, 이거….”

잠시 잠깐, 돌아가는 상황에 너무나 얼이 빠져 버려 있던 로운은 타악— 하고 그의 이마를 쳤다.

“빌어먹을, 정말 타이밍 한번 죽이는군.”

“로운—!”

밖에서 기엘이 다른 사람들과 실랑이를 하다 말고 도움을 청하는 소리가 들려왔다.

“그래! 간다! 가!”

시안과 기엘과 이리야와 함께 있었던 것이 편했다고 말한 것은 절대로 취소라고 그는 몇 번이나 속으로 투덜거렸다.

“얼마든지 같이 가주지.”

그러나 그는 너무나 경쾌하게 이곳에 올 때와는 전혀 다른 발걸음 소리로 기엘의 방을 빠져나갔다.

그의 발걸음 끝에 생기가 맴돌았다.

*　　　　*　　　　*

“시안님, 기다리십시오!”

“따라오지 말라고 했죠! 케인! 이리야는 어디 있지?”

“성 밖. 가까운 곳이다.”

달리고 있는 것인지 걷는 것인지 구분되지 않는 발걸음으로 시안은 빠른 속도로 궁을 빠져나가고 있었다.

그 뒤로는 사색이 된 레이죠 장로가 미친 듯이 뒤따라오고 있었다.

"가실 땐 가시더라도 제 말을 끝까지 듣고 가십시오."

"안 듣는다고 했잖아! 아무 말도 안 믿어!"

어느새 시안의 말투는 반말이 되어버린다.

머리끝까지 화가 치밀어 오르고 있었다.

누구도 믿을 수 없다라는 생각만이 그의 온 마음을 지배한다.

"시안님!"

"안 듣는다고 했잖아!"

버럭— 하고 소리를 치며 모서리를 돌아가는데 누군가 눈앞으로 달려들었다.

"우아앗!!"

"꺄앗!"

콰앙— 하고 그 사람이 시안과 정통으로 부딪쳐 버렸다.

"아으윽, 골이야."

핑핑 머리가 돌아가고 눈앞이 노~ 래진다.

"아우~ 젠장, 가뜩이나 열받아 죽겠는데 누구야!"

그의 말에 누군가 앞에서 흠칫하고 얼어붙는 것이 느껴졌다.

"……"

고개를 들은 시안의 눈에 보인 것은 새하얀 은발과 반짝이는 눈동자를 가진 소녀.

"…언니."

"……!!!!"

시안의 동생인 시유였다.

"아버님, 언니, 도대체 무슨 일로…?"
난생처음이라고 해도 좋을 만큼 예쁘장하게 생긴 소녀가 앞에서
어리둥절한 얼굴을 하고 바라보자 화르륵 타오르던 시안의 기분이
거짓말처럼 누그러들어 버렸다.
이전의 자신의 얼굴에도 멍청하게 반해 버렸던 그였지만 눈앞에
서 살아 숨 쉬는 미소녀와 거울 속에 비친 거짓의 얼굴과는 정말
천양지차였다.
물론 머리끝까지 치밀어 오른 화가 사라진 것은 아니다. 단지, 눈
앞에 있는 소녀의 앞에서 버럭버럭 소리를 지르지 못하고 있을 뿐
이다.
"아버님, 몸은 괜찮으세요? 그리고…"
순진한 듯한 소녀의 눈동자가 자신의 앞에 머무른다.
'아아, 정말 미치겠네, 이거.'
아무것도 모르는 사람 앞에서 뭐라고 지랄 발광을 떨 수도 없는
노릇이다.
이런 상황이 아니었다면 누가 뭐라고 하든 간에 한번쯤은 말을
걸어보고 싶을 정도로 눈이 튀어나오게 예쁘게 생긴 소녀가 아닌
가.
시안은 마음속으로 엉망진창이 되어 있는 현실을 마음껏 저주하
기 시작했다.
'운이 없어도 정말 더럽게 없지. 세상에는 내 맘대로 되는 일이
하나도 없다니까. 이것도, 저것도!'
마음은 시끄러웠지만 결국 시안은 입을 꾹 다물고 시유의 앞을

지나치려고 했다.

그때였다.

"······!"

덥석하고 시안의 팔이 레이죠 장로의 손에 붙들렸다.

"뭐, 뭐야!"

"시안님, 제 하나 남은 딸을 부탁드립니다."

"······?"

"······."

잠시 이유 모를 침묵이 세 사람 사이를 맴돈다. 그리고 다음 순간 새된 비명과 같은 소리가 은발 머리카락을 가진 두 사람의 목에서 동시에 뿜어져 나왔다.

"뭐라구요?"

"아버님!"

"부탁드립니다. 이기적이라고 해도 좋습니다. 시유를 살려주십시오."

"아버님, 도대체 무슨 말씀이세요!"

시안이 뭐라고 대답도 하지 못하는 동안 레이죠 장로는 빠른 속도로 말을 이었다. 지금이 아니면 아무래도 죽을 때까지 말할 수 없을지도 모른다.

시안이 연장시켜 주었다고 하나 자신은 이제 사라져야 할 사람 중의 하나다.

그리고 지금 말하지 않으면 두 번 다시 말할 기회가 사라져 버릴 것이다. 시안과 자신이 궁의 복도를 미친 듯이 뛰어가는 모습을 본 사람이 한둘이 아니다.

언제 어디서, 바로 이 순간 그들을 방해할 자가 나타날지도 모른다.

레이죠 장로는 자신의 손을 뿌리치려는 시안의 팔을 꾸욱 부여잡고는 필사적으로 말했다.

"가이칸에서 미메이라의 공녀를 원하고 있습니다. 처음에는 그저 공손한 부탁 정도였지만 이제는 상황이 변했습니다. 아십니까? 미메이라와 가이칸 제국의 국경에 가이칸 제국군이 모여들고 있습니다."

"…뭐라구요?"

이건 또 무슨 청천벽력 같은 소리란 말인가?!

그 소리에 놀란 것은 비단 시안뿐만이 아니다. 놀라서 옆에서 아무 말도 하지 못하고 있던 시유의 얼굴이 새파랗게 질려가기 시작했다.

"그들이 원하는 것은 미메이라의 바람술사들입니다. 그들은 그들의 거대한 군사력으로 못할 짓이 없습니다. 그들은 미메이라를 원하고 있습니다. 그래서, 그래서 당신이 필요합니다."

자신이 왜 필요하느냐고 버럭 소리를 질러주고 싶었지만 입이 떨어지지도 않는다.

"대신전을 봉쇄하고 있는 것은 저희들이 아닙니다. 처음에는 분명 저와 하라스다인, 로크레슈의 계획이었지만 하라스다인 장로가 변심을 했습니다."

지끈 하고 시안의 심장이 울려온다.

'하라스다인이라면….'

"그는 지금 당신을 제국의 황비로 보내기 위한 협상을 하기 위해서 가이칸으로 떠났습니다. 일은 이미 벌어졌고 당신의 힘이 필요합니다. 대신전은 현재 마법사들의 결계로 완전 봉쇄가 되어버렸습니다."

"…겨, 결계 같은 것은 내가 다 없애버리면 돼요. 그 정도는 할 수 있으니까."

레이죠 장로의 입에서 나오는 말들은 하나같이 자신의 기준으로는 담아 올릴 수 없는 엄청난 이야기들뿐이다.

시안으로서는 자신이 왜 이런 이야기를 들어야 하는지, 그리고 자신에게 무엇을 하라고 하는 것인지 이해할 수가 없었다. 아니, 이해하고 싶지 않았다.

순간 그는 이기적이 되어버린다.

모든 어지러운 상황들을 젖혀두고 바람의 주인이라는 자신의 힘으로 신전의 결계를 깨어버리면 된다고 그는 생각했다.

그래서 돌아가자고, 원래대로, 처음 이곳에 왔을 때 서로 약속했던 대로 현실의 세계로 돌아가고 싶었다.

하지만….

'이곳… 도 현실이야.'

그 생각을 하자마자 시안은 질끈 눈을 감고 고개를 흔들었다.

약해지면 안 된다고 그는 마음속으로 몇 번이나 되뇌었다.

그러나 한번 터져 나온 비밀은 터진 둑에서 흘러나오는 물처럼 막을 길이 없었다. 레이죠 장로는 자신이 알고 있는 모든 것을 말하고 있었다.

"제국의 황비가 되는 공녀는 볼모가 될 수밖에 없습니다. 그리고 전, 미메이라의 기사들이 제국을 위해 신의 힘을 쓰게 할 수는 없습니다. 또한 미메이라의 어느 누구도 제국 황제의 노리개로 보낼 수 없습니다."

그게 나와 무슨 상관이냐라고 말하고 싶지만 시안은 차마 그렇게 말하지 못했다.

그가 알고 있는 미메이라 인은 몇 되지 않는다.

자신의 기사라고 하는 기엘과 로운과 몇 명의 사람들뿐. 단지 그뿐인데도 미메이라와 전혀 상관이 없다라는 말이 나오지 않는 것이다.

하지만 시안의 이기심은 결국 그의 이성을 누르며 비집고 나온다.

"그래서? 당신의 딸을 보낼 수 없으니 나더러 대신 가라는 건가요? 하! 웃기는 소리 하지 마요."

"당신을 보내겠다는 소리가 아닙니다. 시안님, 아니……."

그는 잠시 말을 멈춘다.

그리고 그는 자신의 딸의 이름 대신 눈앞에 있는 사람을 진심을 담아 불렀다.

"경하님의… 경하님의 도움을 바라는 것입니다."

"아버님, 지금 무슨 말씀을…?"

시유가 무슨 소리를 하는지 몰라 그녀의 아버지를 불렀지만 그의 눈에는 이미 시유가 들어오지 않았다.

그는 절대 말하고 싶지 않았던 비밀을 입에 담기 위해 마지막으로 굳게 마음을 다지고 있었다.

"그것을 아십니까, 경하님?"

"……."

긴박감이 뚜욱 멈추고 비장감이 맴돌기 시작한다.

"시유는, 아니, 미메이라의 기사들은, 그리고 사람들은 미메이라를 떠나서는 결코 오래 살 수 없습니다."

"……!"

"그것이 신의 축복을 받은 대가, 축복의 족쇄입니다."

　마치 사형을 언도하는 죽음의 사신처럼 레이죠 장로의 목소리가
복도에 울려 퍼졌다.

*　　　　　*　　　　　*

　"도대체 무슨 일인가! 자네는 기사일세! 정신을 차려!"
　"시안님이 부르고 계십니다. 지나가게 해주십시오."
　기엘이 굳은 얼굴을 하고 자신의 앞을 막아서는 몇 명의 기사들
에게 말했다.
　그 뒤에는 로운 역시 기엘 못지않게 굳은 표정을 한 채 팔짱을
끼고 서 있었다.
　세나케인의 목소리에 따라 시안을 찾아왔건만 물리적인 방해물
이 너무 많았다.
　"나이트 기엘님과 프리스트 로운님께는 당분간 궁의 출입이 금지
되어 있습니다."
　"……!"
　순간 불끈 치밀어 오르는 화를 기엘은 꾹꾹 내리눌렀다.
　자신의 나라의, 자신이 일해 왔던 궁에 들어갈 수 없다는 것이 얼
마나 어불성설인가.
　그를 가로막는 것은 나이트 사아르 소속의 기사. 어떻게 말하면
월권일 수도 있겠지만 그가 만일 그의 아버지나 로크레슈 장로의
명을 받은 것이라면 뭐라고 할 수도 없는 노릇이다.
　말이 월권이지, 사실 현재 기엘이나 로운에게는 징식 직함이 없
는 것과 다름이 없다.
　수장 계승자와 계승로를 함께한 신관과 기사에게는 후일 그들의

노고에 알맞은 직책이 주어지지만 그것이 이루어지지 않고 있는 것
이다. 하물며 정식으로 대신전의 인가도 받지 못한 지금은 더 더욱
말이다.

기엘이 그런 생각을 하고 있는 동안 뒤에서 묵묵하게 말없이 시
위만 하고 있던 로운이 기엘의 앞으로 나섰다.

"출입 금지라고 하셨습니까?"

"그렇습니다."

"그게 누구로부터 내려온 명령입니까?"

"아, 그 하라스다인 장로님의 명령입니다만."

기엘의 기색을 살피면서 기사가 대답했다.

기엘의 얼굴은 보지 않아도 뻔하다.

로운은 이렇다 표현하기도 힘든 표정으로 한숨을 내쉬었다.

"하라스다인 장로님의 명령이라구요?"

"그렇습니다."

"그 이유를 물어도 되겠습니까?"

"……."

순간 주위가 얼어붙는다.

사실 그들로서도 그 이유를 모르기 때문이다.

"이유는 모릅니다. 저희는 내려진 명령을 지킬 뿐입니다, 프리스
트 로운."

"그 프리스트라는 말도 거슬리는군. 참나."

벅벅 하고 로운이 머리를 긁는다.

"따악 한 마디만 합시다."

"로운?"

기엘은 로운이 무슨 말을 하려나 싶어서 기대를 해본다.

"미안하다, 기엘. 나중에 무슨 일이 생기면 내가 다 책임을 지겠어. 어차피 지금은 기사도 신관도 아닌걸."

"로운."

로운은 마음속으로 어떻게 할지를 정했다.

어차피 이미 정형에서 벗어난 일투성이다. 잠시 잠깐 그 정형을 더 벗어난다고 해서 자신에게 무슨 일이 더 일어날지 두려워할 것도 없었다.

로운은 허리춤에서 그의 라이트를 빼어 들었다.

스르릉— 하고 검신이 내는 맑은 소리가 그들의 주위로 퍼져 나갔다.

그가 검에 손을 대는 순간 앞에서 그들을 가로막고 있는 기사들이 일제히 검을 뽑아 든 것은 말할 필요도 없다.

"계속 우리 앞을 막아서겠다면 실력 행사를 하겠소."

"프리스트 로운!"

"막을 수 있다면 막아보시지."

씨익 하고 로운이 사악하게 미소를 지었다. 그 미소를 보자마자 기엘도 마음을 굳히고 자신의 라이트를 뽑아 들었다.

이판사판이라는 생각이 들었다.

두 사람의 앞에서 각자의 검을 뽑아 들은 기사들의 얼굴이 순식간에 굳어가기 시작했다.

나이트 기엘과 프리스트 로운 두 사람의 얼굴과 이름을 모르는 기사들은 없다.

특히, 신관이 되었다고는 하나 현역 기사 시절의 로운의 실력은 모두들 혀를 내두를 정도였던 것이다. 그것은 기엘도 크게 다르지 않아서 그의 앞에 있는 기사들 중 반은 기엘의 지도하에 훈련소 시절을 보냈던 사람들이다. 기엘의 실력이라면 누구보다도 잘 알고 있을 수밖에 없다.

두 사람 모두 미메이라 최고의 로열 나이트들인 것이다.

그리고 마지막으로 자신들의 검과는 달리 예리한 은빛을 뿌리고 있는 라이트, 그 라이트의 빛이 그들을 긴장시키고 있었다.

라이트는 로열 나이트에게만 주어지는 특별한 검이다. 그 재질이나 만들어진 방법도 일반 검과는 다른 특별한 검이 바로 라이트이다.

2 대 5의 상황이지만 숫자적 열세 따위는 생각할 필요도 없다.

"자아, 어떻게 하겠소?"

마지막으로 로운의 경고가 그들의 앞을 막아선 기사들에게 내려졌다.

*　　　　　*　　　　　*

시안은 갈등하고 있었다.

"난 아무것도 못 들었어요. 아무것도 못 듣고 아무것도 몰라. 난 이계인일 뿐이고, 여기엔 당신들이 불러서 왔을 뿐이야."

입에서는 생각하지도 않은 말들이 줄줄 흘러나온다.

그것을 듣고 시유가 놀라서 기절하기 일 분 전인 것도 시안의 눈에는 들어오지 않는다.

그 순간 시안은 거짓 이름을 가진 시안이 아니라 박경하, 그 자신이 되어 있었다.

"난 돌아갈 거야. 내가 할 일은 다 했어. 하라는 대로 다 했다구요."

"경하님."

"나더러 도대체 뭘 하라는 거야!"

"언니… 가 아닌 거예요?"

떨리는 시유의 목소리.

하지만 그것은 시안, 아니, 경하에게 있어서는 자신을 몰아세우는 소리로밖에는 들리지 않는다.

"시끄러워! 넌 입 좀 닥치고 있어!"

"……!"

마음에도 없는 말이 마구 입에서 튀어나온다.

'도대체 나더러 뭘 어떻게 하라고 하는 거야, 정말! 무슨 구국 영웅이라도 되라는 소리냐구!'

"신전으로 가서 그 마법의 결겐지 뭔지를 깨버리겠어."

"경하님…."

경하가 무슨 말을 해도 레이죠 장로는 그의 이름을 부를 뿐이다.

그것은 한번 들려올 때마다 천근만근으로 경하를 짓눌러 왔다.

이곳에서의 그의 이름은 박경하가 아닌 시안이었다. 진짜가 아닌 가짜, 대리로서 쓰던 이름이 시안이었다.

하지만 지금 그는 박경하라는 이름과 시안이라는 두 개의 이름이 주는 무게를 한번에 받고 있는 것이다.

"난 할 일은 다 했어. 이제 내가 할 일은 돌아가는 것뿐이라구!!"

말은 그렇게 하지만 마음속에서 들려오는 말은 다르다.

'미메이라를 떠나서는 오래 살 수가 없다고?'

모든 것이 경하가 미처 알지 못했던 사실들뿐이다.

아니, 원래는 알 필요도 없었던 일이다.

'신의 축복, 축복의 한계가 그것이라구?'

대가가 없는 일은 있을 수가 없다.

그리고 미메이라 인들에게 내려진 그 거대한 신의 축복은 그 이면에 너무나도 잔혹한 진실을 내재하고 있었다.

어떻게 생각하면 경하에게는 큰 상관이 없는 일일 뿐이다.

그런데도 불구하고 경하는 미친 듯이 요동하는 마음을 어찌할 수 없었다.

그것이 바람의 주인이 되어버린 그의 몸속에 잠들어 있는 신의 힘 때문인지 아닌지 구별할 만한 여유도 없다.

'내가 왜! 얼굴도 모르는 미메이라 인들을 위해서…!'

하지만 그 미메이라 인들 중에는 자신에게 있어 너무나 소중한 사람들이 속해 있다.

자신이 여기서 돌아가 버리면 그들은 어떻게 될까?

지금 그의 앞에서 얼굴이 파랗게 질린 채 벌벌 떨고 있는 이 시유라는 소녀는 어떻게 될까?

마법으로 봉쇄되어 있는 대신전에 갇힌 대신관 카류는 어떻게 되는 걸까?

너무나도 부드럽고 눈이 부시도록 아름다운 빛으로 이루어져 있는 이곳은 어떻게 될까?

생각지도 못했던 것들이 차례차례 경하의 마음속으로 천천히 파고든다.

자신의 투정을 모조리 들어주며 시중을 들어주던 여관장 라헬과 그녀의 뒤에 언제나 열을 지어 서 있는 예쁜 시녀들. 자신의 입맞에 맞추기 위해서 열심히 노력하던 요리장들, 그리고…….

넓은 단 위에 올라가서 하늘로 바람을 불러일으켰던 그 순간이 경하의 머리 속에 떠올랐다.

아무런 근심도 없어 보이는, 그저 자신을 바라보는 것만으로도 너무나 기뻐했던 사람들.

감상적이 되어버린 것이 아니다.

그저 떠오르는 것이다. 차례차례, 아주 자연스럽게.

*　　　　*　　　　*

슈육—

날카로운 검신이 겨드랑이를 파고든다.

로운은 몸을 뒤로 빼면서 들고 있던 라이트를 가볍게, 그러나 빠르게 휘둘렀다.

라이트를 들고 베는 것이 아닌, 그저 검신으로 상대방을 무력화시키는 전투는 쉬운 것이 아니다.

"비키란 말이야!"

고함을 지르며 로운은 자신을 향해 날아드는 검을 라이트로 막았다.

파각—

불꽃이 튀었다.

끼기기긱.

검날이 부딪치며 귀에 거슬리는 금속의 마찰음을 만들어낸다.

"사람이 말하면 좀 들어! 우아앗!"

있는 힘껏 맞닿은 검을 밀어내면서 로운은 오른발을 들어 상대방의 복부를 걸어차려 했다. 하지만 그 발은 허공을 맴돌고 그는 중심을 잃었다.

"헉!"

황급히 몸을 지탱하기 위해 바닥을 짚은 손목에 무거운 충격이 온다.

타다닥—

빠른 걸음으로 그는 로운의 라이트 사정 거리에서 조금 멀어진다.

로운은 몸을 일으키고 눈앞의 기사를 바라보았다.

'기엘이 열심히 교육을 시켰나 보군.'

검술에도 일가견이 있지만 그만큼 체술까지 완벽하게 마스터를 하고 있는 친우를 떠올린다.

숨을 몰아 내쉬고는 있지만 로열 나이트인 자신에게 이만큼이나 따라오는 기사는 흔하지 않은 것이다.

'하지만 시험관은 좀 문제가 있는 것 같은데…'

생각과 함께 몸이 흘러간다.

손바닥에서 조금씩 땀이 배어 나온다.

로운은 자신도 모르게 살며시 입꼬리를 올리며 미소를 지었다.

무엇인가 좋은 생각이 나곤 할 때의 눈에는 잘 보이지 않을 정도의 미소.

라이트의 손잡이를 고쳐 잡는 순간, 그 찰나의 순간 검신이 은백색으로 반짝였다.

콰지직—

크게 호를 그리며 바닥을 긁는 블레이드.

돌 조각이 튀면서 로운의 라이트가 바닥에 흠집을 만들어냈다.

튀어 오른 돌 조각이 로운의 얼굴을 스치고 지나간다.

주르르륵— 흐르는 붉은색의 피.

그것이 로운의 몸속을 흐르는 기사의 피를 자각시킨다.

머리는 차갑게, 그러나 라이트는 바람과도 같이 빠르게, 그리고 뜨겁게.

아래로부터 튀어 오르는 로운의 검에 상대의 검이 카앙— 소리를 내며 부딪쳤다.

"크윽!"

막기는 했지만 불안정한 자세로는 오래 버틸 수가 없었다. 그는 결국 로운의 힘에 밀려 검을 놓으며 쓰러졌다.

쨍그랑—

그가 놓친 바스타드 소드가 바닥을 뒹굴었다.

등에 차가운 돌 바닥의 감촉이 강하게, 그리고 약하게 연거푸 그의 몸을 강타했다. 그리고, 로운의 무거운 킥이 쓰러진 그에게 작열했다.

"커억—"

"후우."

라이트가 반사하는 빛보다 더욱 반짝이는 빛이 로운의 이마를 흐르는 땀방울을 비춘다.

'두 명…'

숨을 몰아 내쉬면서 로운은 뒤를 돌아다보았다.

자신이 두 명을 감당해 내는 동안 기엘 역시 자신과 똑같이 상대방을 때려눕힌 뒤였다.

여기저기서 신음 소리가 들려온다.

"기엘!"

스윽—

로운의 목소리에는 아랑곳하지 않고 기엘이 싸늘하게 식은 표정으로 자신의 라이트를 남은 한 사람의 목에 겨누었다.

"나이트 기엘…."

압도적인 힘과 기술.

그는 자신이 이 두 명의 기사를 이길 수 없다는 것을 더욱더 뼈저리게 느낄 수밖에 없었다.

검신을 세우지도 않고 이미 4명의 기사가 뻗어버린 것이다.

그들이 피우는 소란에 달려온 나머지 경비병들은 아예 그들의 싸움에 뛰어들 생각조차 하지 않았다.

"미안하지만 그 검은 좀 내려놓아 주면 좋겠어."

"……."

그는 이를 악물었다.

분하지만 어쩔 수가 없었다. 명령을 지키지 못한 데서 오는 분함보다는 단 두 사람에게 쓰러져 버릴 수밖에 없었던 자신과, 동료들에 대한 분함이었다.

쨍그랑— 하고 그가 검을 내려놓는 소리가 로운과 기엘의 귀에 동시에 들려왔다.

그가 검을 내려놓자마자 기엘 역시 그의 목을 겨누었던 라이트를 거두어들였다.

"모든 책임 전가는 내게 돌리도록 하게."

그 말을 마치고 기엘은 그대로 몸을 돌렸다.

"자네들 탓이 아니니까."

그는 방금 전 검을 바닥에 떨어뜨린 기사를 다시 한 번 바라보았다.

"훌륭했네, 자네 검술."

싱긋 웃음을 날리면서 기엘은 몸을 돌렸다.

"로운, 서두르자."

"그래. 하지만 싸우면서까지 교관이 되지는 말아."

"하하하하."

어떻게 생각하면 정말 기분이 더러워질 수도 있건만 기엘은 의외로 기분이 상쾌했다.

목적없이 검을 휘두르는 것보다 훨씬 더 보람찬 기분이다.

'시안님…'

그는 수없이 느껴지는 파장 중에서 시안의 파장을 찾아내기 위해 신경을 곤두세웠다.

머지 않은 곳에서 시안의 파장이 전해져 왔다.

시안이 아니면 절대로 가질 수 없는 강력하고 맑은 엘의 파장이었다.

＊　　　　＊　　　　＊

웅성웅성 사람들이 몰려오는 소리가 들리고 있었다.

어디선가는 무슨 일이라도 벌어졌는지 고함 소리 비슷한 것까지 들려오고 있다.

"경하님."

"그만 좀 불러요!"

아무리 화를 내려 하지 않아도 한숨이 자꾸 나오는 것만은 어쩔 수 없다.

경하는 점점 수세에 몰려가는 기분이었다.

마음의 한쪽은 나 몰라라 하고 그대로 도망쳐 버리고 싶었고, 다른 한쪽은 그 반대.

그는 그 기로에 서서 갈등하고 있었던 것이다.

"하아~ 정말이지…."

태어나서 이렇게 이런 문제로 갈등하게 될 줄은 정말 몰랐다.

세상에 무슨 구국 영웅도 아니고 사실은 뭘 해야 하는 것인지도 전혀 짐작도 가지 않는 것이다.

그러면서도 경하는 자신도 모르게 한쪽으로 기울고 있다는 것은 꿈에도 깨닫지 못했다.

푸욱— 하고 고개를 숙였다가 하늘을 바라보는 동작을 몇 번이나 반복했을까?

그러고 있는데 경하가 가려고 하던 방향 쪽에서 사람들의 소란스러운 소리가 들려왔다.

"시안님!!"

웅성거림과 함께 나타난 사람은 다른 사람이 아니었다.

바로 그의 기사인 기엘과 로운이었다.

"기엘!! 로운!!"

"무사하셨습니까, 시안님?!"

"아, 아아, 그럭저럭."

이상하리만치 눈물이 날 정도로 반가웠다.

"기엘이랑 로운은? 아, 혹시 이리야 소식 알아?"

"무사히 잘 있습니다. 그런데 저희들은 무슨 일이라도 있는가 했습니다. 세나케인님이 부르시는 바람에…."

"어, 별일은 무지 많아. 듣고 뒤로 나자빠질 정도로. 기엘."

"네."

"로운."

"네."

다른 사람의 눈을 의식해서인지 로운의 태도는 기엘의 그것과 다르지 않게 공손했다.

"사실은… 아니, 아니야. 여기서 이야기할 것도 아니고. 일단은 말이야."

시안은, 아니, 경하는 잠시 잠깐 다시 생각에 빠졌다.

결단을 내려야 했다.

그리고 결단을 내리기 위한 각오가 필요했다.

정말로 자신이 해야 할 일이 무엇인지, 그리고 어떻게 하면 후회하지 않을 자신이 있을지, 그리고 어떻게 하면 자신이 가장 바라는 일이 될지를.

"케인."

그는 자신의 분신과도 같은 바람의 세나케인을 불렀다.

그것에 대답하듯 경하 주위의 공기가 살짝 움직인다.

"내가 하고 싶은 대로 하는 게 과연 옳은 걸까?"

"바람은 원래 제멋대로인 법이다. 그것이 바람에게는 옳은 일이다."

"풋."

갑자기 경하가 웃어버리자 주위가 어리둥절해졌다.

"좋아, 결정했다. 뭐, 무엇부터 해야 하는지는 잘 모르겠지만 말이야."

경하는 고개를 들었다.

어떻게 되었든 간에 일단은 닥친 일부터 하자! 라고 결정을 내린 것이다.

그는 잠시 레이죠 장로의 얼굴을 바라보다가 입을 열었다.

"레이죠 장로님, 당신이 바라는 대로 할 것이라고는 생각하지 마세요. 난 내가 원하는 대로 할 거니까."

"부디 당신의 뜻대로."

두 사람이 무슨 이야기를 나누는 것인지 기엘은 어리둥절하기만 했다.

세나케인이 불러서 부랴부랴 어렵게 달려왔건만 왠지 분위기는 화기 애매모호하기만 한 것이다.

"도대체 무슨 일이 있었던 겁니까?"

"아아, 아무것도 아니야. 뭐, 어떻게든 되겠지. 일단 제일 먼저 할 일은."

그렇게 말하고 경하는 고개를 돌렸다. 그 시선의 끝에는 시유가 있었다.

경하는 그녀에게 다가가서 덥석 그녀의 손을 잡았다.

"여하튼 넌 여기 있으면 위험할 것 같으니까 같이 가자."

"에?"

"그럼 되겠죠, 레이죠 장로님?"

"네. 부디 잘 부탁드립니다."

"그럼, 로운의 아버님이 와서 난리를 피우시기 전에 빨랑 튀자구."

"예?"

"일단은 대신전으로 쳐들어가자구. 어서!"

시유의 손목을 잡고 경하가 뛰기 시작했다.

"시안님!"

"지금 이 순간부터는 시안이 아니야, 기엘!"

"뭐?"

로운의 표정이 변했다.

"내 이름으로 돌아갈 거야. 오늘부터는 내 멋대로 할 거니까."

뛰어가는 경하의 뒤로 어느 사이엔가 몰려온 기사들과 경비병들이 따라붙었다.

그 멀리 뒤에 로운의 아버지인 로크레슈 장로의 모습이 얼핏 비쳤다.

궁의 거대한 기둥을 돌아 뛰어나가자 그들의 앞을 가로막는 기사들과 경비경들이 그들의 뒤를 따라오는 자들의 숫자보다 훨씬 많이 눈에 들어왔다.

"아으~ 귀찮아. 케인!"

"도대체 왜 네가 할 수 있으면서 일일이 시시콜콜 나를 불러대는 거지?"

뭔가 불만스러운 듯한 세나케인의 목소리가 시안의 안에서 울려 퍼졌다.

"내가 하는 것보단 훨씬 나으니까. 실수해서 키리엔을 날려 버리기라도 하면 곤란하다구."

"말은 잘하는군. 연습할 생각은 안 하고."

"내가 연습을 하느니 널 시켜먹는 쪽이 훨씬 좋아."

"저기, 이, 이거 좀 놔주세요."

경하에게 끌려 마지못해 따라오던 소녀는 급박하게 돌아가는 상황에 제대로 적응하지 못하고 당황해했다.

하지만 그 말에 멈출 만한 상황은 절대로 아니다.

"기엘, 로운, 미안하지만 부탁해."

눈앞에서 제각각 검을 들고 있는 사람들의 산.

그것을 바라보며 경하는 씨익 시원하게 웃어버렸다.

"자아. 기왕 하는 거 화려하게 서비스를 해줘, 세.나.케.인."

"…원한다면."

잠시의 망설임인지, 아니면 경하의 의도를 파악하기 위한 시간인지 모를 짧은 여운 뒤에 시원한 세나케인의 대답이 들려왔다.

후욱— 하고 경하의 몸에서 바람이 빠지는 소리가 들려왔다.

그것은 세나케인이 일으키는 바람 소리였다.

그리고 다음 순간 강한 강풍이 주위를 휩쓸었다.

"저, 저건!"

사람들의 경악의 목소리가 여기저기서 터져 나오기 시작했다.

화려한 은백색으로 이루어진 드래곤의 형상이 키리엔을 둘러싸고 서서히 형성되기 시작했다.

쐐에에엑— 하는 파공성과 함께 그것은 도저히 눈을 뜰 수 없을 강풍을 불러일으키며 꿈틀댔다.

그것은 얼마 전 가이칸의 수도인 카드미엘에서 나타난 것보다 훨씬 크고, 훨씬 화려한, 그리고 장대한 세나케인의 바람이었다.

비늘 하나하나가 투명한 바람의 조각이 되어 사방으로 불어 나갔다.

쿠르르르르—

공기가 떨리는 소리가 모든 사람들의 귀에 파고들었다.

굳이 말하지 않아도, 설명을 듣지 않아도 그 형상이 미메이라 수호신의 모습이라는 것을 사람들은 깨닫기 시작했다.

입에서 입으로, 바람으로 전해져 왔던 세나케인의 전설.

그것이 그들의 앞에 현실화되어 나타난 것이다.

키리엔에서는 소동 아닌 소동이 일어나기 시작했다.

사람들은 손을 내밀어 자신의 몸을 통과하는 투명한 은빛의 존재를 확인할 수 있었다.

눈에는 보이나 만질 수 없는, 그러나 온몸으로 느낄 수 있는 강력한 바람의 존재.

미메이라 인이라면, 아니, 바람의 엘을 조금이라도 느낄 수 있는 사람이라면 세나케인의 존재가 얼마나 대단한 존재인지 금세 느낄 수 있었다.

살아 숨 쉬는 모든 것보다 한 단계 위의, 생생하게 피부로 느껴질 정도의 무형의 힘.

그것이 주는 놀라움은 바람술사들에게 있어서는 일종의 금단의 열매와도 같았다.

"호호호호호, 역시 효과 짱이야."

사람들이 놀라서 패닉에 빠진 사이를 틈타 경하는 궁 밖으로 달려나갔다.

세나케인을 보기 위해 자꾸만 뒤로 처지는 시유를 끌어당기면서.

"기엘, 로운! 이리야를 찾아줘!"

"알겠습니다."

무엇이 어떻게 된 연유인지는 모르나 기엘은 힘차게 대답했다.

그의 주인이 하는 일이다. 분명 그것은 옳은 일이고, 반드시 이유가 있는 일일 것이다.

"케인! 적당히 하고 대신전으로 가자!"

경하는 하늘을 향해 소리쳤다.

그의 목소리에 화답하듯 거대한 드래곤의 형상이 꼬리를 몇 번 올려치더니 서서히 움직이기 시작했다.

"오케이~ 렛츠 고우!"

키리엔에서 벌어진 소동 아닌 소동은 전설이 현실화되어 나타난 현장에 있었던 사람들에게서 다른 사람들의 입으로 전해져 퍼져 나갔다.

키리엔에 나타난 전설의 현신은 모든 사람들의 눈앞에서 대신전으로 향했고, 대신전은 그날 강한 폭풍과도 같은 바람에 휩싸였다.

사람들은 알지 못했지만 세나케인의 바람은 순수한 엘의 폭풍이 되어 대신전을 덮쳐 대신전의 주위에 걸려 있던 마법의 결계를 단 한 순간에 파괴해 버렸다.

사람들에게 그것은 미메이라의 축복이 키리엔과 대신전에 충만하게 내려졌다고 기억되었다. 물론 그것이 그들의 나라 미메이라에 몇백 년 만에 나타난 바람의 주인의 소행이라는 것은 전혀 알려지지 않은 채.

제7장
그리고 떠나는 사람들

The Wind of Ashurei

“흐음, 미메이라에서 사신이 온다고?”

“네. 신국 방위사라고 하더군요.”

“일종의 방위 사령관과 같은 맥락인가?”

곧 제국의 황제가 될, 그러나 현재로도 충분히 그 위력을 만천하에 떨치고 있는 남자 로렌.

그는 지금 꽤나 여유로운 표정을 하고 있었다.

그의 앞에 놓여 있는 아슈레이 전도에는 청색의 깃발들이 여기저기 널려 있다.

로렌은 그중에서 미메이라 근처에 있던 청색 깃발들을 하나둘씩 빼내기 시작했다.

“무력 시위라는 것은 생각보다 효과가 좋단 말이야. 안 그런가, 카스핀?”

"하지만 그 때문에 파생된 국경 근처의 긴장 강화, 군의 사기, 보급선 문제 등은 만만치 않습니다. 무슨 일이 진짜로 일어났다면 모를까, 지휘관들 중에서도 불만을 가진 자가 나올 수도 있습니다."

미타 남작의 말에 로렌의 표정이 변한다.

그것은 마치 재미있는 장난감이라도 손에 든 어린아이의 표정과도 같았다.

"무슨 일이 일어나는 쪽이 좋은 건가?"

"물론 아닙니다."

로렌의 말이 끝나기가 무섭게 미타 남작의 대답이 돌아온다.

일이 일어나는 쪽이 좋다니 어불성설에, 말도 안 되는 이야기에, 절대로 있어서는 안 되는 일이다.

등골에 식은땀이 흘러내릴 정도다.

"지금 하신 말씀, 농담으로 듣겠습니다."

"그러지 않아도 좋은데 말이야, 카스핀."

부들부들. 손에 들고 있던 서류가 눈에 띄게 떨리는 것을 보며 로렌은 파안대소를 터뜨렸다.

"푸하하하하, 아직 그렇게 긴장하지 않아도 좋아, 카스핀. 아직은 때가 아니라는 것을 잘 알고 있으니 말이야."

"……."

하루에 몇 번씩 그의 군주는 그의 심장을 들어 올렸다 내려놓았다를 반복한다.

역시 오래 살기는 글렀다고 미타 남작은 고개를 저었다.

'도대체 짐작을 할 수 없는 분이니, 몇 년을 지켜보았지만 정말이지…'

그는 보고서를 넘기면서 한숨을 내쉬었다.

갈색의 양피지가 몇 장이나 그의 손에 들려 있다.

아직 그는 이 보고서를 로렌에게 넘기지 않았다.

'이걸 보시게 되면 과연 어떤 표정을 지으실지 정말 걱정되는군.'

할 수만 있다면 말하지 않고 넘어가고 싶은 심정이다.

"꼭 미메이라의 엘러들이 필요하신 겁니까? 지금부터 준비를 한다면 몇 년 이내로 우리 제국의 힘만으로도…."

"카스핀."

미타 남작의 말을 로렌이 뚝 끊어버린다.

"그에 대한 것들은 오래전에 모두 끝낸 이야기가 아닌가."

"…그렇습니다. 죄송합니다."

"나는 그것보다는 말이야, 카스핀."

"……?"

"그들의 능력이 궁금하단 말이야. 아주 흥미진진해."

"……."

"생각만 해도 즐겁지 않나?"

"치명적인 독이 될 수도 있습니다, 폐하."

"독은 적절히 쓰면 가장 좋은 영약이 된다고 하지 않나? 그리고 그 문제는 걱정할 것이 없어."

"하지만… 아무리 황비로 간택된다 해도…."

"그러니까 볼모라고 말하는 거다. 멋지지 않나? 제국 최고의 여성이 되는 동시에 최고의 볼모가 되는 거지."

"하지만 폐하, 신국의 기사들에 대한 개념은 우리들과 다를 가망성이 큽니다. 그들의 왕제나 기사 제도가 우리와 같을 것이라고는 절대 생각할 수 없지 않습니까?"

"하지만 기사는 기사지."

그렇게 말하면서 로렌은 얼마 전의 사건을 떠올렸다.

시안이 어떤 존재인지는 알 길이 없었지만 그녀를 구하러 온 사람들은 한눈에 보아도 기사임에 틀림이 없었던 것이다.

그들의 능력만으로도 이미 한 번 충분하리만치 놀랐던 그였다. 그러나 그것은 이제 놀라움의 경지를 지나 일종의 욕심으로 바뀌어 가고 있다.

그런 기사들을 자신의 수하로 부릴 수만 있다면…….

만족스러운 미소가 로렌의 얼굴 위로 떠오른다.

"그런데, 카스핀."

"예?"

"내가 생각할 때는 말이야, 아직 그대가 내게 말하지 않은 것이 있는 것 같은데?"

"……."

그의 주군은 지나치게 감이 빠르다.

정말 너무나도 지나치게.

미타 남작은 후우~ 하고 남몰래 한숨을 내쉬었다. 결국 올 것이 온 것이다.

"전 수장의 영양, 우리 감각으로는 공주라고 해야겠지만 그들에게는 어디까지나 전 수장의 영양이라고 하더군요. 그 전 수장에게 두 명의 딸이 있는데…."

"있는데?"

"쿨럭."

미타 남작의 헛기침이 들려온다.

로렌의 귀가 솔깃하면서 미타 남작의 입이 열리기를 기다리고 있었다.

“전 수장의 큰 딸을 물망에 올리고 있는 듯합니다. 올해 열여덟이
고…”

“가지고 있는 능력은 어떻지?”

“…그것까지는 보고되지 않았습니다. 단지…”

“단지?”

자꾸만 말을 끊고 있는 미타 남작을 로렌은 조금 짜증난다는 듯
이 독촉했다.

“아닙니다, 아무것도.”

결국 미타 남작은 포기해 버렸다. 어차피 신국에서 사자가 오면
모두 알게 되는 것이다. 미리 마음의 준비를 해놓는 쪽이 좋을지도
모른다.

“그녀의 이름은 시안 리에 하로이옌 디 미메이라라고 합니다. 원
래는 새로운 수장 계승자였다고 하더군요.”

“시안…?”

뒤의 말은 로렌의 귀에 들어오지 않았다.

그에게 들린 것은 오직 한 단어.

시안이라는 이름, 단 두 마디로 이루어진 그 이름뿐이었다.

＊　　　　＊　　　　＊

“경하라고 불러. 내 이름은 박경하야.”

얼굴은 좀 빨개져 있을지 모르지만 당당한 목소리.

그러나 얼굴은 어제와 별로 다름이 없다. 어디까지나 아직은 시
안의 얼굴을 그대로 유지하고 있는 경하.

너무나 우아(?)하고 고상한 언니의 얼굴에서 시도 때도 가리지

않고 터져 나오는 거친 말투에 시유는 상당히 당황을 하고 있었다.

'네'라고 대답해야 할지 '응'이라고 대답해야 할지 갈팡질팡하고 있는 것이다.

얼굴이라도 달랐다면 모르겠지만 지금의 얼굴은 시유의 기억 속에 있는 시안의 얼굴 그대로였기 때문에 더 더욱 그랬다.

경하는 어떠냐 하면, 자신의 얼굴이 시안의 얼굴 그대로라는 것은 완전히 잊어버린 채로 그나마 빼던 점잔마저도 모조리 세나케인의 바람으로 멀리멀리 날리고 난 후이다.

그런 두 사람의 그것을 보면서 기엘과 로운, 그리고 이리야는 킥킥 하고 스며 나오는 웃음을 참아야 할지 말아야 할지 갈등하고 있었다.

"하, 하지만 저는…."

시유가 뭔가 대답해야겠다 싶어 입을 열었지만 경하의 목소리가 그것을 방해한다.

"으으, 젠장. 정말이지 되는 일이 없구만."

부르르하고 경하가 주먹을 떨었다.

"우쓰. 내가 정말 왜 이러고 있어야 하냐구우!"

버럭 버럭. 경하가 소리를 지른다.

사실 지금뿐만이 아니다. 벌써 반나절 이상 경하의 절규는 계속되고 있었다.

"내가 미쳤지. 미쳤어~ 미친 거야!"

"시… 경하님, 이미 벌어진 일인데."

"시끄러워, 기엘! 내가 미쳤다면 미친 거야! 정말이지 내가 무슨 호구라도 된다고 그 난리를 떨었는지. 젠장!"

나머지 네 사람은 얌전하고 조용히 앉아 있건만 경하만이 이리저리 떠돌고 있다.

"아악!!"

갑자기 경하가 머리를 쥐어뜯는다.

"그 황제 변태 아니야, 혹시? 도대체가…."

"그때 경하님은 여…."

"스토옵!"

기엘이 뭐라고 말을 하려는 순간 경하가 번개처럼 달려들어서 기엘의 입을 막았다.

"그건 절대로 비밀이야. 알았어? 기엘이 죽어서 무덤에 들어가도 절대로 말해서는 안 되는 일급 비밀. 특급 비밀이야."

경하의 회색 빛 눈동자가 기엘의 눈 바로 앞까지 다가와 번뜩였다.

혼신의 힘을 다한 위협(?)이다.

기엘은 고개를 끄덕였다. 그러자 경하가 간신히 기엘의 입에서 손을 뗐다.

"알겠습니다. 무덤 속에 들어가지는 않습니다만."

"됐어! 누가 진짜 그러래? 말은 좀 새겨들어!"

"적당히 해둬, 둘 다."

로운이 보다 못해, 둘 사이에 끼어들었다.

"기엘, 너도 너지만. 이제 발광하는 것은 적당히 해두는 게 어때?"

뒤의 말은 경하를 향한 것이다.

"뭘?"

"나도 지금의 사정이 그리 좋지 않다는 것은 충분하게 알고는 있지만 말이야. 사실 네가 뭘 그렇게 난리를 치는 것인지 정확하게는 알지 못해. 그러니까 난리를 떨고 싶으면 좀 설명이라도 해달라구."

사실이 그랬다.

경하와 세나케인이 키리엔과 대신전을 한번 홀라당 뒤집은 뒤 경하가 직접 대신관 카류를 만나긴 했었다. 그러나 그것은 정말 잠시 잠깐의 일.

그 뒤로 시유가 가세한 다섯 사람의 일행은 정말이지 꽁지가 빠져라 줄행랑쳤다.

잠도 포기하고 먹을 것도 포기하고 도망을 치는 게 이제 몸에 밸 정도인 네 남자와 그것에는 전혀 익숙하지 않지만 울며 겨자 먹기로 열심히 따라온 한 여자.

지금 그들은 아슈레이의 중간 지대를 감싸고 형성되어 있는 거대한 라치온 산맥의 한 자락, 미메이라와 호로스의 국경을 구분 짓고 있는 산맥에 풍덩(?) 하고 뛰어든 상태다.

어른어른하는 모닥불의 불꽃이 그들이 모여 있는 동굴 안을 여기저기 커다란 그림자를 만들어내며 타오르고 있다.

"일단은 네가 하자는 대로 하긴 했지만, 물론 나름대로의 이유가 있을 것이라고 믿기 때문에 따랐지만 이제는 설명을 좀 해주었으면 좋겠다."

로운은 어조도 딱딱하게 말했다.

그것은 경하에게 설명 이상의 것을 요구하는 듯한 느낌이었다.

경하는 그런 로운의 말을 듣고서 망설일 것도 없이 단번에 대답했다.

"이기주의자에 비겁자는 되고 싶지 않았을 뿐이야."

그리고 경하의 상념은 대신전에 유폐되어 있던 카류와 만났던 그때로 날아갔다.

"당신이셨군요."

나지막하고 차분한 목소리였다.

하지만 그의 목소리를 듣고 있는 '당신'의 주인공은 상당히 벌레 씹은 표정을 하고 있었다.

"……."

왠지 까딱하면 입에서 욕이라도 튀어나올 기세다.

"…대신관님."

그런 경하 대신 로운이 앞으로 나섰다.

"그동안 수고가 많았군, 로운."

"아닙니다. 진작 찾아뵙지 못해서 정말 죄송합니다."

카류의 눈동자가 로운을 지그시 바라보았다.

말하지 않아도, 그리고 굳이 로운의 목에 신관의 증표가 걸려 있지 않아도 카류는 모든 것을 다 알고 있다는 듯 대답했다.

"보기가 좋군."

뭔가 한소리라도 들을 줄 알았던 로운은 카류의 간결한 말에 조금 어리둥절해진다.

"그래, 로운보다야 시안님께서 하실 말씀이 많을 것 같군요."

경하의 눈동자가 커지며 미간이 찌푸려진다.

"이봐요, 할아버지. 자꾸만 그런 말투로 이야기하면 입을…."

말을 하다 말고 경하는 속으로 참을 인 자를 끊임없이 떠올렸다.

'참자, 참아. 여기서 살인 내서 좋을 게 뭐가 있냐. 그래, 장유유서에 군신예… 앗, 이건 아니고. 여하튼 그거 비슷한 뭐시기다. 어른한테는 일단 잘하고 보는 거야. 암암, 그래야 하고 말고.'

경하가 필사적으로 화를 눌러 참고 있다는 것을 카류는 느낄 수 있었다.

정말이지, 가만히 아무렇지도 않게 앉아 있어도 마치 자신의 감정처럼 경하의 감정이 생상하게 전해져 오는 것이다. 그것은 비단 그가 대신관이기 때문만은 아닐 것이다.

"놀랐습니다. 부족한 제가 어찌하지 못한 이단의 술을 그렇게 쉽게 깨어버리시다니 말입니다."

"제가 한 것도 아니니까 칭찬 들을 이유도 없어요. 그건 그렇고."

경하는 이것저것 마구 물어보려고 하다가 말고 생각을 바꾸었다.

어차피 이 사람에게 물어봤자 별로 돌아오는 대답이 신통치 않을 것 같았기 때문이다.

"로운, 기엘, 자리 좀 피해줄래? 다른 사람도 마찬가지고."

어지간하면 다들 있는 자리에서 말하고 싶었지만 그렇게 했다가는 도저히 말하고 싶지 않은 것까지 카류에게 따져 버리게 될 것 같았다.

"빨리, 시간이 없어."

"예, 알겠습니다, 경하님."

기엘이 경하를 부르는 호칭을 듣고 카류가 의외라는 표정을 했다.

경하를 제외한 네 사람이 자리를 비우자 경하는 대뜸 세나케인을 불렀다.

"케인. 강력하게, 아주아주 강력하게 쉴드를 쳐줘. 밖에 있는 사람들은 절대 듣지 못하게."

"또냐?"

"불만이 있으면 나중에 이야기해. 지금은 좀 내가 하자는 대로 해줘."

“알았다.”

사실 세나케인에게 있어서 불만이라는 것은 그리 많지 않았다. 그저 단지 기분상의 문제일지도 모른다.

하지만 오히려 이런 두 사람, 정확하게는 한 사람과 한 존재의 대화를 엿듣고 있던 카류는 심장이 밖으로 튀어나올 만큼 놀라고 있었다.

“설마… 시안님.”

“시안이라는 이름은 집어치워요, 할아버지. 나 사실 지금 기분이 별로니까. 무슨 소리를 지껄일지 모른다구요.”

“……”

자신과 경하의 몸 주위로 쳐지는 강력한 바람의 쉴드.

카류는 차마 입을 열지도 못하고 경탄하고 있었다.

“단도직입적으로 묻죠. 사태가 이렇게 될 거라는 거 예상하고 있었습니까?”

“어떤?”

“뭐가 어떤은 어떤이에요. 답답하게 굴지 말고 대답이나 해줘요.”

“글쎄… 어떤 부분은 예상치 못했던 것이고 어떤 부분은 어느 정도는 예상했던 것이라고 답해둡시다.”

그렇게 말하는 순간 카류는 경하의 이마 혈관이 빠직— 하고 튀어나오는 소리를 들은 것 같았다.

‘이거… 곤란하군.’

“말해 두지만 지금 난 엄청 열받아 있어요, 대신관 할.아.버.지.”

스스로 아직도 열심히 존칭을 하고 있다는 사실에 놀랄 뿐이다.

‘그냥 성질 같아서는 콰악—!’

지금이라도 늦지 않았다는 생각마저 들 정도다.

기엘과 로운을 떼어놓고 대신관을 협박(?)해서 이대로 돌아가 버리는 방법도 있다.

돌아가면 모든 것이 깨끗하게 끝난다.

팔자에 없는 이상한 나라에서 죽을 고생을 하지 않아도 되고, 괜시리 이상한 바람의 어쩌구리인지 뭔지한테 구박 안 받아도 되고, 쓸데없이 신경 쓰며 별 상관도 없는 사람들 때문에 고생하지 않아도 된다.

'맞아. 내가 무슨 영웅이라도 되냐구. 능력도 쥐뿔도 없는걸.'

소설이나 영화 속의 영웅들은 언제나 대단했다. 빛나는 카리스마로 사람들을 이끌며 자신을 희생하고, 다른 사람보다 훨씬 뛰어난 능력으로 모두를 대신하여 앞장선다.

'거기다가 성격마저도 우라지게 좋지. 암암.'

그에 비하면 자신은 너무나 평범하다.

아무리 봐도 카리스마라는 것은 눈을 씻고 찾아봐도 없고, 성격도 나쁘고, 능력도 별로다.

'뭐, 바람술은 어떻게든 커버할 수 있지만 그래도 말이지….'

거기까지 생각하다가 경하는 한숨을 푸욱 내쉬었다.

'몇 번만 더하면 골백 번쯤 될 거야.'

"시안… 아니, 경하님."

"왜요?"

표독스러워도 그렇게 표독스러울 수 없을 것이다.

"죄송합니다, 여러모로."

"할아버지한테서까지 죄송하다는 소리 듣고 싶지 않아요. 지금도 갈등 여러모로 때리고 있는 중이니까."

"맹세코, 상황이 이렇게까지 변할 것이라곤 생각지 않았습니다."

“…….”

“단지 위험할 수 있을지도 모른다 정도였죠.”

“한 가지 더 묻고 싶은 게 있는데요.”

“예.”

“혹시 기엘과 로운의 아버님이 날 죽이라고 하세카를 보낸 사실을 알고 있었나요?”

“…….”

이번에는 카류가 놀랄 차례였다.

그 두 사람이 무슨 수를 썼을 것이라고는 생각했지만 설마설마했던 것이다.

“나는 그렇다 치고 날 보호하려고 드는 두 사람이 당할 수 있다는 거, 그 두 사람 정말로 간과하고 있었던 건가요?”

“그 말 사실입니까?”

“당연! 사실이죠! 젠장! 얼마나 고생한 줄 알아요?!”

“…….”

“기엘은 하세칸지 뭔지한테 당해서 두 번이나 죽을 뻔했지, 이리야 씨도 죽을 뻔했지. 로운도 다칠 뻔한 게 몇 번인지 아냐구요! 그 지독하게 끈질기던 인간들을 생각하면 정말이지, 지금도 치가 떨릴 지경이라구요!”

“진정하십시오, 경하님.”

“만일 그걸 할아버지가 알고 있었다면….”

“몰랐습니다.”

경하가 뭐라고 더 하기도 전에 카류는 얼른 말을 잘랐다.

더 이상 무슨 말을 하면 적어도 자신이 눈치까지는 채고 있었고, 아니, 거의 짐작을 하고 있었다는 것을 들킬 수도 있다.

“어느 정도 무슨 계획은 할 것이라고 생각했지만 그것은 경하님께서 돌아온 이후가 될 것이라고 생각을 해왔습니다. 설마 그렇게까지 했을 줄은 진정 몰랐습니다.”

시치미를 떼는 것이 상책이라고 그는 생각했다.

적어도 지금 상황에서는 말이다.

자신의 눈앞에 있는 경하가 무슨 생각을 하고 있는 것인지 그는 정확하게 짐작할 수 없었다.

단지 그가 알 수 있는 것은 그가 기엘이나 로운에게 품고 있는 마음이 그가 생각했던 것보다는 훨씬….

“앞으로 기엘이나 로운에게 무슨 일이 생긴다면 내가 그 사람들을 가만히 두지 않겠다고 전해줘요.”

“알겠습니다.”

훨씬 각별한 모양이다.

“권력도 좋고 야망도 좋지만 자신들의 아들까지 이용해서 죽든 말든 신경도 안 쓰는 인간들이라면 그럴 자격도 없어요.”

“……”

“젠장.”

한바탕 열을 내고 나니 왠지 경하는 몸 둘 바를 모르겠다는 기분이 되어버렸다.

이건 마치 자신이 기엘이나 로운을 무지 각별하게 생각하고 있는 듯 보이지 않는가?

하지만, 아무리 쪽팔려도 그 사실만은 절대로 기억하고 있는 것이다.

그 두 사람이 자신을 위해 얼마나 노력했는가를, 그리고 그들이 얼마나 목숨을 걸고 자신을 지키려 했는가를 말이다.

언젠가 그런 영화를 본 적이 있었던 것 같다.

세상에 닥치는 위험을 그 주인공은 단 한 사람 자신의 딸을 위해서 자신의 목숨까지 바쳐 가며 막았다.

'하아～ 정말 팔자에 없는 노릇을 해야 할지도 모르겠네.'

"이제 어떻게 하실 겁니까?"

"뭘요?!"

"……."

설마 어떤 해결 방안도 가지지 안은 채 이렇게 무지막지하게 일을 벌였다는 것일까?

카류는 갑자기 머리가 아파져 왔다.

"지금 경하님께서 하신 일이 뭔지 아십니까?"

"지금?"

"이 대신전을 봉쇄하고 있던 결계는 제국의 마스터급 마법사의 것이었습니다."

"…그래서요?"

"그것을 단번에 파괴해 버리셨지 않습니까?"

"그건 그렇지만…"

순간 심장이 두근하고 내려앉는다.

아니, 간이 떨어질까 말까 덜컥덜컥 내려앉는다.

"그렇다면 다음에는 어떻게 하실지 결정을 하신 것 아닙니까?"

"……."

"제국의 권위에 정면으로 도전을 한 것입니다, 경하님이 한 행동은."

커헉— 하고 경하는 피를 토하고 싶은 심정이 되어버렸다.

얼굴이 파랗게 질려온다.

이를 어째? 하는 경하의 표정에 카류가 혀를 찼다.

'역시나.'

생각이 있다고 해야 할지 없다고 해야 할지 모르겠는 기분.

"아, 그, 그러니까 지금 그 제국에 갔다고 하는 기엘의 아버지를 슬그머니 가서 화악 데리고 오면 되는 거 아닌가요?"

아무리 생각해도 바보 같은 대답이지만 경하의 입에서는 그런 소리밖에 나오지 않는다.

"정말로 그렇게 단순하게 생각하신 겁니까?"

차마 그렇다고 대답하지 못하고 경하는 애매모호한 표정을 지어 보였다.

역시 자신이 생각해도 너무나 단순 무식한 소리였다.

"후우~"

"그럼 어떻게 하란 말이죠?"

"일단…"

카류는 곰곰이 생각을 하기 시작했다.

미메이라에서도 가장 커다란 세력을 가지고 있다는 하라스다인 가문에서 벌인 일이다. 아무리 해도 쉽게 끝날 문제는 아니다.

신국의 특수성을 고려한다고 해도, 제국과 미메이라가 병합된다면 그것은 커다란 문제를 야기시킬 수 있다.

'힘의 불균형인가.'

비단 그것은 미메이라의 문제로 국한될 수 없는 일.

"호로스로 가십시오."

"호로스?"

"네. 호로스는 역사 이래 미메이라와 가장 인접해 있으면서 미메이라와 가장 우호적인 관계를 맺어온 나라입니다. 가서 불꽃의 수장에게 도움을 청하십시오."

경하의 머리 속에 문득 새롭게 호로스의 수장이 된 남자의 얼굴이 떠올랐다.

희미하긴 하지만 전 수장이었던 레나텐과는 전혀 다른 느낌을 가지고 있던 남자.

"호로스라…."

"그곳에 가셔서 불꽃의 수장에게 도움을 청하시면 분명 좋은 해답을 얻으실 수 있으실 겁니다."

슈욱— 하고 다시 바람이 스며들기 시작했다.

마치 그들의 이야기가 끝을 맺었음을 알아차렸다는 듯이.

"하아~ 내 팔자야."

'국가 간의 알력 따위 내가 알 게 뭐냐구.'

그것이 무조건적으로 국가 간의 알력 싸움이었다면 경하는 아마도 돌아가는 것을 선택했을지도 모른다.

하지만 문제는 바로 자신.

자신도 모르는 사이(사실은 몰랐다고 표현하는 쪽이 더 옳겠지만) 일을 더 크게 만들어 버린 장본인이 되어버린 것이다.

물론 경하가 가이칸 제국의 예비 황제가 자신에게 상당히 집착하고 있다는 것을 알 리는 없었지만 말이다.

"스스로 저지른 일에는 스스로 책임을 져야 한다."

문득 아버지의 말이 떠오른다.

'정말이지 타이밍 죽이는군. 왜 이럴 때만 아버지 생각이 나는 거지?'

하지만 적어도 경하의 아버지는 자신의 야망을 위해서 경하를 희생시키려 하거나 하지는 않을 분이다.

"키리엔에서 사람들이 몰려오고 있다."

"어?"

"얼마 후면 도착할 거다."

자동 반응 레이더처럼 세나케인이 경하에게 경계 경보를 울렸다.

"알았어. 출발해야겠네."

"경하님."

"뭐, 할아버질 유폐시켜 놓은 것을 보면 죽일 것 같지는 않으니까 재주껏 잘 살아남으세요. 되도록 빨리 돌아올 테니까 내가 올 때까지 어디 가면 절.대.로 용서하지 않겠어요."

"물론입니다."

"빨리 일을 처리하고 돌아올 테니까. 그때는 정말로…."

"……."

"정말로 돌려보내 줘요."

"약속드리겠습니다, 경하님."

"시간이 없어."

"알았다니까, 케인!"

몸을 돌려 뛰어나가려는 경하를 카류가 잠시 붙들었다.

"이것을 가져가십시오. 당분간의 여비는 될 겁니다."

"아, 고마워요."

카류가 내미는 작은 주머니를 집어 들고 경하는 뒤도 돌아보지 않고 그곳을 뛰어나왔다.

뒤에서 카류가 자신을 향해 미메이라의 축복이 내리기를 축원하는 것을 경하는 절대로 알지 못했다.

“물론 나는 도덕군자도 아니고 영웅 심리에 미친 사람도 아니야.”

경하의 목소리가 바위에 부딪혀 다시 그의 귀로 돌아온다.

“하지만 앞에 닥친 일을 돌아보지도 않고 나 몰라라 도망쳐 버릴 정도의 위인도 아니야.”

그것은 진심이었다.

“게다가 내가 저지른 일이 불난 집에 기름을 끼얹은 꼴이 되어버렸으니까.”

“그건 그렇지.”

누가 봐도 경하가 한 일은 놀랄 만한 일뿐이다.

물론 그것을 경하가 직접 했다기보다는 경하의 분신이나 다름없는 세나케인이 했다고 해도 말이다.

“하지만 이유는 그것뿐만이 아닌 것 같은데?”

“아, 그게 말이야….”

어떻게 설명을 해야 할까?

경하는 고민했다.

무엇을 설명하고 무엇을 살짝 감추어야 희번득하고 눈을 부라리고 있는 로운을 설득(?)할 수 있을까?

“음, 그러니까 말이야. 간단히 설명해서 우리가 없는 동안에 기엘의 아버님이… 아, 미안, 기엘. 하지만 사실이니까.”

“괜찮습니다. 말씀하십시오, 경하님.”

“그러니까 기엘의 아버님과 로운의 아버님이 뭔가 일을 벌이신 것 같아. 일단 가이칸 제국의 황제가 미메이라의 공수라고 해야 하나? 뭐, 여하튼 그 비슷한 뭐겠지만 그런 위치에 있는 사람을 제국의 황비로 내놓으라고 한 것 같아. 그래서 그것을 빌미로 두 분이 반대급부 같은 것을 생각하시고 있나 봐."

"뭐?"

로운이 끼어들려는 것을 기엘이 뜯어말린다.

"그래서 생각한 게 내가 돌아오면 어떻게 해서든 여기 시유… 라고 했지? 여하튼 시유에게 내 힘을 계승시켜서 수장으로 만들고 나를 속여서 가이칸으로 보내려고 계획을 꾸민 것 같아. 만일 그게 안 되면 시유라도 보내고 나는 다른 방법으로 처리를 했겠지."

"……."

"……."

너무나 간단한 설명이지만 그 내용에는 많은 사실이 함축되어 있다.

설명하는 경하도 모를 만한 엄청난 사실들이.

"그래서 레이죠 장로님이 일단은 시유를 어떻게 해서든 도망치게 하고 싶었던 것 같아. 기엘의 아버님은 이미 가이칸으로 떠났고, 그리고…."

그 부분에서 경하는 잠시 말을 멈추었다.

사실은 그 사실에 대해서 경하는 기엘과 로운에게 묻고 싶은 것이 있었기 때문이었다.

"그리고 제국의 황제는 누가 되었든 간에 미메이라의 공주를 볼모로 삼고 그 대신 미메이라의 기사들, 또는 바람술사의 개념이겠지만 여하튼 그런 것을 요구할 모양인 듯해."

"그런 말도 안 되는!"

"아하! 그런 방법이 있었군, 그 능구렁이 황제."

방금 들은 사실에 대해서는 누구보다도 그들 자신이 잘 이해할 수 있다.

그들은 실제 가이칸 황제가 모아놓은 엘러 부대의 존재를 목격했
고, 거기다 일행 중 한 명은 그곳에서 도망쳐 나온 사람인 것이다.

"도대체 그 황제는 무슨 생각을 하고 있는 거지? 정말이지, 신국
에 손을 댈 생각을 감히 하다니!"

누구보다 화를 내는 사람은 로운이었다.

"말도 안 되는 소리! 그게 가능하다고 생각하는 건가?"

"…그 부분에 대해서 기엘과 로운에게 묻고 싶은 게 있는데 말이
야."

"예?"

기엘이 갑작스럽게 진지해지는 경하를 보며 의아해했다.

"미메이라 인이 미메이라를 떠나서는 오래 살 수 없다는 것이 사
실이야?"

"……!"

"…아!"

"뭐라구?!"

세 남자가 동시에 경하의 말에 반응을 한다.

그러나 그 반응은 제각기 달랐다.

한 명은 놀란 얼굴로 침묵을 했고 한 명은 입술을 씹으며 고개를
돌려 버렸다.

그리고 나머지 한 명인이리야는 눈을 휘둥그렇게 뜨고 그것이 지
금 사실이냐고 눈으로 되묻고 있었다.

"알고 있었어?"

"……."

"경하님, 저희는…."

"알고 있었군."

푸욱— 하고 경하가 한숨을 내쉬었다.

갑자기 다리에서 힘이 풀려 버렸다.

"여행하는 정도로 문제가 생기지는 않습니다."

"…그런 문제가 아니잖아."

기엘은 애써 변명했다.

만일 경하가 자신이 하는 말을 믿어주지 않으면 어떻게 할지 그는 당황하고 있었다.

경하가 알고 있는 단순한 사실은 실제 더 큰 파장을 가진 진실이라는 것을 숨기고 있는 것이다.

'만일 나와 로운이 그런 지경에까지 다다랐었다는 것을 알게 되시면…'

기엘은 기억하고 싶지는 않으나 뇌리 속에서 언제나 떠나지 않는 기억이 다시금 그를 괴롭히기 시작했다는 것을 깨달았다.

일반적인 미메이라 인이라면 크게 문제가 없을 것이다. 길게는 몇 년도 그들은 미메이라를 떠나서 살 수 있다.

하지만 바람술사, 그것도 엘-사인 이상의 바람술사부터는 상황이 다르다.

미메이라의 바람술사는 그 능력에 따라서 대략 5단계로 구분이 된다. 엘-다인, 엘-유린, 엘-사인, 엘-라사, 그리고 엘-세지의 단계. 그중에서도 기사나 신관이 되는 미메이라 인의 대부분이 엘-사인 이상의 경지에 다다른 사람들이다.

로운과 그는 엘-라사의 단계에 있지만 현재는 다분히 엘-세지의 단계에 가까워지고 있는 상황.

'지난번에는 겨우 몇 달도 안 되는 시간이었다. 그렇다면 이번에는 얼마나 버틸 수 있을까?'

경하의 눈길을 피해 기엘은 로운과 서로 눈빛을 주고받았다.

두 사람의 생각은 같은 것을 공유하고 있었던 것이다.

그런 두 사람의 귀로 경하의 낮은, 그리고 괴로워하는 목소리가 들려온다.

"왜 나한테 말하지 않았어?"

"그럴 만한 상황도, 그리고 굳이 그런 사항을 이야기할 정도는 아니라고 생각했기 때문이다. 사실 그것은 기밀에 가까운 것이니까."

로운이 아무렇지도 않다는 듯이 대답했다.

하지만 그의 마음은 그렇지 않았다.

"어떻게 그럴 수가 있지? 그 정도라면 공공연한 비밀이 되어 있어도 이상하지 않은 거잖아."

"대부분의 경우 몸의 이상을 느끼는 것이 그렇기 급작스럽지는 않기 때문이지. 잠시 잠깐 미메이라를 떠나 대륙으로 떠나는 사람이라고 해야 그렇게 많지도 않을 뿐더러, 아무래도 신국인은 대륙에서는 여러모로 특이한 존재니까 말이야. 여하튼 떠났던 사람들이라고 해도 대부분 이상을 느끼기 전에 자연스럽게 미메이라로 돌아오게 되니 보통은 모르고 넘어갈 수밖에 없었던 거다."

"그래도 그렇지…."

경하가 조금이라도 기엘이나 로운의 안색을 살폈다면 그들이 뭔가 한 가지 더 숨기고 있다는 것을 알아챘을지도 모른다. 거기에 한 가지 더, 레이죠 장로가 언급했던 것이 '기사들'이라는 것을 시안이 간과하고 있었던 탓도 있다.

하지만 경하는 지금 바닥을 내려다보고 있었고 동굴 안의 불빛은 둘러앉은 사람들의 표정을 숨겨주는 데 일조를 하고 있었다.

일렁거리는 모닥불.

그것은 경하의 어지러운 마음을 그대로 대변해 주고 있었다.

"그럼 얼마나 되는 시간인 거야, 그게?"

"사람마다 다르니 특별하게 어느 정도까지라고는…"

"다른 사람을 말하는 게 아니야."

경하의 눈이 붉은 모닥불의 빛을 담아 붉은 광채를 띠었다.

"기엘과 로운, 그리고…"

그 붉은 눈빛이 구석에 앉아 있는 소녀에게로 향한다.

"저 시유… 의 경우를 묻고 있는 거야."

"……"

기엘과 로운은 갑자기 자신에게 시선이 몰려 어떻게 해야 할지 당황하고 있는 시유를 바라보았다.

시유는 뭐니 뭐니 해도 전 수장의 딸이다.

시안이 수장 계승 후보자였던 만큼 시유도 전 수장인 레이죠 장로의 피를 짙게 이어받았을 가망성이 농후하다.

'적어도 엘-사인 이상은 될 텐데…'

로운은 기억을 더듬었다.

어렸을 적 시안과 시유는 크게 차이가 나지 않았었다.

단지 지금 차이가 난다면 그것을 갈고 닦았던 시안에 비해 비교적 평범하게 자란 시유가 스스로 얼마만큼 바람술에 집착하고 있었는가가 된다.

'느껴지는 대로라면 역시 엘-사인과 엘-라사의 중간 정도가 되는 걸까?'

"어떤 대답을 원하는지는 모르겠지만 네가 원하는 일을 하는 동안엔 문제가 없을 거다."

로운은 그렇게 결론지었다.

경험으로 미루어 보아 경하가 곁에 있다면 그 한계선을 꽤 길게 잡아볼 수 있는 것이다.

경하의 곁을 떠나지만 않는다면 시유가 조금 이상해진다 해도 쉽게 들키지 않을 수 있다. 자신들의 경우라면 어떻게 해서든 간에 경하가 눈치 채지 못할 정도로 위장할 수 있다.

'하물며 호로스에서의 체류 기간이 길어질 수도 있으니까. 그곳에서는 문제가 없을 수도 있으니까…'

바람의 엘에 가장 가까운 것이 불꽃의 엘이다.

"그 말 정말이지?"

"물론."

자신만만해 보이는 로운의 대답에 경하는 조금 안도했다.

"만일 거짓이라면…"

하지만 확인은 잊지 않는다.

"거짓일 리가 없잖아? 게다가 한마디 해두지."

"……"

의심스러운 눈초리를 하는 경하에게 로운은 한 가지 정도는 밝혀 주자고 생각하고 말했다.

"적어도 네가 옆에 계속 있는다면 큰 문제는 생기지 않을 거다."

"나?"

손가락으로 자신을 가리켜 보이면서 경하가 의아해했다.

'내가 있으면 괜찮다고?'

"넌 미메이라의 수장이다. 풍옥과 풍환을 손에 넣었지? 그것만으로도 충분한 거야."

"…헤에."

거기에 한 가지 더 로운이 모르는 사실이 있다.

경하는 이미 바람의 계승자이자 주인이며 의지가 되어 있는 상태.

어렴풋이나마 그 생각을 하고 있던 경하에게 있어 로운의 말은 뭔가 가슴 뭉클한 감각으로 경하에게 다가왔다.

어떤 식으로 말해지든 다른 누군가에게 필요한 존재가 된다는 것은 의미가 깊은 일이다.

그것이 자의든 타의이든 간에.

'간만에 좀 도움된다는 소리를 들으니까….'

조용한 가운데 모닥불의 장작이 부서져 내리는 소리만이 맴돌았다.

'그런 소리를 들으니 좀 낫군. 다행이다.'

경하는 처음으로 자신이 바람의 주인이 된 의미를 깨달은 듯한 기분이었다.

'다른 것은 모르겠지만 그 정도만이라도 좋아.'

"말씀하시는 데 대단히 죄송합니다만, 저도 궁금한 게 있는데요."

그때까지 조용하게 입을 다문 채 자리를 지키고 있던 소녀가 침묵으로 일관하고 있는 일행 사이에서 입을 열었다.

"얼떨결에 이곳까지 함께했습니다만, 그리고 여러 가지 사정도 들었습니다만 이해가 가지 않는 것이 하나 있습니다. 설명해 주실 수 있나요?"

이전의 시안과 그리고 현재의 경하의 얼굴과 흡사하지만 표정은 전혀 다른 시유가 두 손을 가슴 앞에 모은 채 결심이라도 한 듯 말하고 있었다.

"…시유."

"로운 오라버니, 간만에 뵈었는데 인사도 제대로 못 드렸었군요."

꽤나 굳게 결심해서 비장감이 서려 있기는 하나 소녀는 아주 예의 바르게 로운에게 인사를 했다.

"나이트 기엘님은 전 이렇게 직접 뵙는 것은 처음이네요."

"인사드립니다, 시유님. 나이트 기엘 디… 하라스다인입니다."

성을 말하는 부분에서 그는 잠시 주춤한다.

"네, 만나서 반가워요. 그리고 이분은 아무래도 물의 술사이신 듯한데요."

그녀는 소개를 원한다는 듯이 이리야 쪽으로 고개를 돌린다.

이리야는 그때까지 멍하게 시유의 얼굴을 바라보고 있다가 순간 정신을 차리고는 얼굴을 붉혔다.

사실은 그는 지금까지 계속 시유의 얼굴을 조심스럽게 '감상' 하고 있었던 것이다.

그의 말대로 시유는 그의 '관상용 미녀'의 조건에 아주 부합하고 있었기 때문이다. 물론 말로 하지는 못하겠지만 말이다.

"아, 아하하하하, 미안하구만. 경황이 없어서 말이야."

그는 멋쩍게 웃으면서 시유에게 손을 내밀었다.

"물의 술사인 이리야라고 합니다, 아름다운 레이디."

버릇이 어디 갈까. 어딘가 능글맞은 대사가 그의 입에서 줄줄 거리낌없이 흘러나온다.

기엘은 고개를 돌리고 로운은 한심하다는 얼굴로 그를 바라보았다.

"시유라고 합니다. 시유 디 레이죠라고 하죠."

시유의 자기소개에 그때까지 가만히 있던 경하가 문득 이상한 것을 눈치 챘다.

"잠깐, 시안의 이름은 다르잖아. 왜 성이 다르지?"

경하의 입에서 시안의 이름이 나오자 시유의 시선이 경하에게로 급격하게 돌아간다.

"그건 언니가 수장 계승 후보자이며 계승자이셨기 때문입니다. 계승자에겐 그들에게 계승되는 이름이 있으니까요."

"헤에, 그게 시안 리에 하로이옌 디 어쩌구하는 긴 이름이라는 건가?"

"함부로 부르지 말아주세요."

자신의 언니 얼굴을 하고 있지만 그가 '그녀'가 아닌 '그'라는 것은 이미 눈치 챈 지 오래다.

어째서 저 사람은 저렇게 함부로 자신의 언니 이름을 부르는 것인지 시유는 이해가 되지 않았다.

"아, 아, 미안. 사과할게."

자신보다 시유가 어려서인지 경하는 조금 어려워하면서도 시유에게 말을 놓고 있다. 그것은 아마도 나이가 어리면 무조건 누님, 또는 형님에게 복종(?)하라는 교육을 받고 컸기 때문일지도 모른다. 물론 부모님에게서가 아니라 누나들과 형에게서이긴 하지만 말이다.

"그 얼굴도…."

경하가 식구들을 떠올리며 조금 유쾌해진 반면, 시유의 표정은 진지하기 이를 데 없다.

"…아, 아아, 이 얼굴은…."

생각해 보니 더 이상은 그 얼굴을 유지할 필요가 없다는 것을 경하는 그제서야 깨달았다.

"미안. 바꿀게, 금방."

그렇게 말하자마자 경하가 눈을 감았다.

얼굴을 손으로 가리는 것도 아니고 그저 눈을 감았을 뿐이다.

은색의 빛이 경하의 머리카락과 얼굴에 아주 잠깐 감돌았다.

그리고 다음 순간 경하의 얼굴은 시안의 얼굴과 흡사하고 원래의 경하의 얼굴에도 흡사한 또 다른 얼굴로 변해 버렸다.

그 광경을 한두 번 목격했던 기엘과 로운이나 심지어는 이리야까지도 그 장면은 신기하기 이를 데 없었다.

"……."

차마 입도 다물지 못하는 것은 그 광경을 처음 목격한 시유.

그녀는 너무나 놀라서 자리에 털썩 주저앉았다.

"됐지?"

씨익— 하고 경하가 웃어 보였지만 시유에게 그것은 절대로 웃고 싶은 일이 아니었다.

그녀는 덜덜덜 떨며 손가락으로 경하를 가리켰다.

"다, 당신은…."

"응?"

"당신은 도대체 누구죠?"

그 순간, 파사사삭— 소리를 내며 모닥불의 마지막 장작이 부서져 내렸다.

*   *   *

"흐흑."

흑흑흑 하는 울음소리가 끊임없이 등 뒤에서 들려온다.

경하는 몸 둘 바를 몰라 앞서거니 뒤서거니 하면서 그 울음소리의 주인 옆을 맴돌았지만 결코 말을 걸지는 못했다.

결국 경하는 로운에게 속삭였다.

"좀 어떻게든 해봐. 미치겠어."

"뭘 어떻게 해."

"울고 있잖아. 그것도 하루 종일, 계속, 쉬지 않고. 저 울음소리 때문에 난 머리털이 빠지기 직전이라구."

"어쩔 수 없는 거니까 참아."

"로운!"

"무슨 이야기들을 그렇게 해?"

두 사람이 속삭이고 있는데 불쑥 짙푸른 색의 머리카락이 두 사람의 얼굴 사이로 끼어들었다.

"쿠악!"

"……!"

옆으로 물러서자 이리야가 대뜸 묻는다.

"무슨 비밀 이야기야?"

"좀. 조심해, 이리야."

"할 일 없으면 가서 시유 좀 돌봐줘."

하지만 질문을 받은 두 사람은 그가 묻는 말에는 전혀 대답하지 않고 각기 다른 말을 한다.

"…저앨 제일 잘 아는 게 자네라며. 자네가 돌봐야지, 왜 내가…"

라고 말하는 순간 이리야의 옆을 시유가 흐느껴 울면서 지나갔다.

키리엔을 떠나온 지 이틀째.

그들은 라치온 산맥의 또 다른 자락을 열심히 오르고 있었다.

나름대로는 몸에 밴 산행인지라 분위기는 나쁘지 않았지만 단 한 사람, 일행 중 유일하게 진짜 '여자'인 시유만은 사정이 달랐다.

어젯밤 로운과 기엘로부터 번갈아 짧막하게나마 경하에 대해 설명을 듣고 난 그녀는 그 직후부터 지금까지 정말 지치지도 않고 울어대고 있는 것이다.

저렇게 끊임없이 눈물을 흘리며 흐느껴 대면서도 뒤처지지 않고 일행을 따라오는 것이 신기할 뿐이다.

'저렇게 울어대다가는 곧 탈수증에 시달릴 텐데 말이야.'

아무래도 시유가 제일 신경 쓰일 수밖에 없는 경하는 가끔씩 그녀에게 다가가 수통을 내밀고는 했지만 시유는 고집스럽게 경하의 손길을 거부했다.

사실 그도 그럴 것이, 현재 그녀가 원망할 수밖에 없는 유일한 사람이 바로 경하인 것이다.

진실은 언제나 냉혹한 것이다.

그리고 지금 시유는 그 진실의 냉혹함을 한 몸에 받고 망연자실 해하고 있었다.

아무도 그녀를 위로해 줄 수 없었다. 그나마 시유를 제일 잘 이해해 주고 위로를 해줄 것이라고 생각했던 로운이 의외로 그녀 곁에 다가가지도 않는다는 것이 나름대로 문제라면 문제.

마치 오래된 상처가 덧난 것 같은 기분 때문인지 로운은 누가 뭐라고 해도 스스로 해결할 문제라면서 시유를 달래는 것을 거부했던 것이다.

로운 스스로가 그랬었다. 누가 뭐라고 해도 상처는 자기 스스로가 치유할 수밖에 없는 것, 특히 누군가를 잃었을 때 받는 상처는 자신이 아니면 치유할 수 없다.

냉랭한 로운과 차마 뭐라고 말할 수 없어서 시유를 피하는 기엘, 그리고 위로는 해주고 싶지만 당사자가 거부해서 곁에 다가가지도 못하는 경하는 결국 떨떠름하게 그녀를 멀리 둘러싸고 앞으로 전진할 뿐이었다.

결국 남은 사람이 누군고 하니, 바로 유일하게 일행과는 출신 성분(?)이 다른 물의 술사 이리야였다.

슬금슬금 경하는 이리야 쪽으로 다가갔다.

"이리야."

"응?"

"좀 달래. 책임지고."

"내, 내가 왜!"

"여자들 다루는 데는 일가견이 있다면서? 이번에 힘 좀 써봐."

"이, 이봐…."

"부.탁.해!"

이리야는 울상이 되어버렸다.

'도대체가 도움이 안 돼! 이 일행은!'

소리치고 싶지만 소리치지 못하는 슬픈 이리야였다.

*　　　*　　　*

"여기서부터가 호로스다."

"생각보다는 훨씬 빨리 왔군."

"맞아."

"다시 봐도 참 뭐랄까…."

각기 각각 호로스를 보는 눈길은 달랐다.

"후우, 정말 곤란하다니까."

호로스의 대지가 훤히 내려다보이는 언덕에서 경하는 길고 길게 한숨을 내리 쉬었다.

이제부터인 것이다.

그는 손을 앞으로 뻗었다.

모양 좋은 손가락 하나가 쑤욱— 앞으로 나아간다.

경하는 살짝 마치 허공에 무엇이라도 있는 것처럼 손가락을 댔다.

그곳에서부터 동심원으로 공기의 결이 둥글고 넓게 퍼져 나가기 시작했다.

살짝 일그러졌다가 다시 돌아오는, 마치 물결과도 같은 파장.

그 파장에는 붉은색과 빛나는 은빛이 섞여 있었다.

미메이라보다 훨씬 짙은 색으로 이루어진 풍경이 일행의 눈을 부시게 했다.

"불꽃의 계승자…."

마치 예언의 현자처럼 경하의 입에서 보통 때와는 전혀 다른 느낌의 목소리가 흘러나왔다.

"불꽃의 계승자가 돌아와 있다."

비슷한 시각.

불꽃의 나라 호로스의 수도 나카리안에서는 한 남자가 높은 탑 위에 서서 어느 한곳을 지그시 주시하고 있었다.

그는 바로 어제 아슈레이의 중간 지대에서 돌아와 명실상부한 불꽃의 계승자로서 호로스의 수장이 된 남자였다.

　어느 누구보다 강력한, 심지어는 강력한 힘을 가졌었다고 전해지는 전 수장 레나텐을 능가하는 능력을 가진 새로운 수장.
　그는 지금 단 이틀 간의 짧은 계승로를 마치고 느긋하게 휴식을 취하던 중이었다.
　단 이틀의 계승로 일정, 그것은 전대미문의 일로 호로스 내에서도 그 일로 상당히 떠들썩해하고 있었다.

　"바람의 계승자인가…."
　그는 화려한 붉은색의 액체가 담긴 잔을 높이 치켜 올렸다.
　"레나텐, 당신이 만났던 그 계승자를 나도 보게 되었소."
　쿡쿡쿡 하는 웃음소리에 투명한 유리 잔에 잠긴 액체가 흔들린다.
　그보다도 새빨간 머리카락이 주인의 움직임에 따라 화려하게 춤을 추기 시작했다.
　"바람이라는 것은 원래 이렇게 갑작스럽게 불어오는 거지."
　그는 높이 치켜 올렸던 붉은 액체를 천천히 공기 중에 쏟아 부었다.
　"당신을 위한 진혼의 바람이오, 레나텐."

〈6권으로 이어집니다〉

아슈레이 세계

나메스
바라스
나유
벤항일
리사다임
리튜나스
리치온산맥
유린의 땅
(아슈레이 중간지대)
카브리스
테리온
미메이라
카르모니아
키링엔
가이칸 제국
호로스
이오카
자유도시 레카
제국수도 카드미엘
하나스
케슈튼
요하엘
페이요트산맥
대하 나하르
폴리카르 강
2000. 10. 18